李碧华 作品

胭脂扣

新 星 出 版 社　NEW STAR PRESS

新经典文化股份有限公司
www.readinglife.com
出　品

目录

胭脂扣

"先生——"

我的目光自报纸上的三十名所谓"佳丽"的色相往上移，见到一名廿一二岁之女子。

她全部秀发以啫喱膏蜡向后方，直直的，万分贴服。额前洒下伶仃几根刘海，像直刺到眼睛去。真时髦。还穿一件浅粉红色宽身旗袍，小鸡翼袖，领口袖口襟上绲了紫跟桃红双绲条。因见不到她的脚，不知穿什么鞋。

一时间，以为是香港小姐候选人跑到这里来绕场一周——但不是的，像她这般，才不肯去报名呢。俗是有点俗，惟天生丽质。

我呆了半晌，不晓得作答。

"先生，"她先笑一下，嗫嚅，"我想登一段广告。"

"好。登什么？"

我把分类广告细则相告：

"大字四个，小字三十一个。每天收费二十元。三天起码，上期收费。如果字数超过一段，那就照两段计……"

"有多大？"

我指给她看。

"呀，那么小。怕他看不到，我要登大一点的。"

"是寻人吗？"

她有点踌躇："是。等了很久，不见他来。"

"小姐，如果是登寻人启事，那要贵得多了。逐方吋计算，本报收九十元一方吋。"

"九十元，才一吋？"

"是呀，一般的启事，如道歉、声明、寻人或者抽奖结果，都如此。你要找谁呢？"

"——我不知道他是否在这里？不知道他换了什么名字？是否记得我？"真奇怪。我兴致奇高。一半因为她的美貌，一半因为她的焦虑。

"究竟你要找谁？"

"一个男人。"

"是丈夫吗？"

"——"她一怔，才答，"是。"

"这样的，如果寻夫，因涉及法律性，或者需要看一看证书。"

她眼睛闪过一丝悲哀，但仿佛只是为她几根长刘海所刺，她眨一眨，只好这样说："先生，我没有证书。他——是好朋友。寻找一个好朋友不必证明文件吧？"

我把纸笔拿出来，笑：

"那倒不必。你的启事内容如何？"

她皱眉："我们之间，有一个暗号。请你写'十二少：老地方等你。如花'字样。"

"十二少是他代号？如今仍有间谍？"我失笑。

"如花小姐，请问贵姓？"

"我没有姓。"

"别开玩笑。"

"我从小被卖予倚红楼三家，根本不知本身姓什么。而且客人

4

绝对不问我们'贵姓'，为怕同姓，诸多避忌。即使温心老契……"

我有点懊恼，什么"倚红"，什么"三家"、"客人"、"温心老契"……谁知她搅什么鬼？广告部一些同事都跑到楼上看香港小姐准决赛去，要不是与这如花小姐周旋，我也收工，耽在电视机旁等我女友采访后来电，相约宵夜去。

如今净与我玩耍，讲些我听不懂的话，还未成交一单生意——且她又不是自由身，早有"好朋友"，我无心恋战。

"请出示姓名、住址、电话、身份证。"

"我没有住址、电话，也没有身份证。"她怯怯地望着我，"先生，我甚至没有钱。不过我来的时候，有一个预感——"

我打量她。眉宇之间，不是不带风情。不过因为焦虑，暂时不使出来。也许马上要使出来了。老实说，我们这间好歹是中型报馆，不打算接受一些暧昧的征友广告："住客妇女，晚七至十，保君称心"之类。难道——

如花说："我来的时候，迷迷糊糊，毫无头绪。我只强烈地感觉到，第一个遇上的人，是可以帮我忙的。"

旁边有同事小何，刚上完厕所，见一个客人跟我讲这样的话，便插嘴："是呀。他最可靠，最有安全感——不过他已有了……"

"滚远点！"我赶小何。

但我不愿再同这女子纠缠下去。

"如果登这启事，要依正手续，登三方时，二百七十元。"

她很忧愁。

"好了好了，当是自己人登，顶多打个七五折。"

"但是，我没有你们所使用的钱。"

"——你是大陆来的吧？"

"不，我是香港人。"

我开始沉不住气。这样的一个女子，恃了几分姿色，莫不是吃了迷幻药，四出勾引男人，聊以自娱？

"真对不起。我们收工了。"

我冷淡地收拾桌上一切。关灯、赶客。

她不甘心地又站了一会。终于怏怏地，怏怏地走了。退隐于黑夜中。

我无心目送。

小何问："干什么的？"

"撞鬼！"我没好气地答。

"永定，你真不够浪漫。难怪凌楚娟对你不好。"

"小何，你少嚼舌。"我洋洋自得，"刚才你不是认同我最可靠，最有安全感么？阿楚光看中我这点，一生受用不尽。"

"阿楚像泥鳅，你能捉得住？"

我懒得作答。

——其实，我是无法作答。这是我的心事。不过男人大丈夫，自己的难处自己当。

我，袁永定，就像我的名字一般，够定。但对一切增加情趣的浪漫玩意，并不娴熟。一是一，二是二。这对应付骄傲忙碌的阿楚，并不足够。

我女友，凌楚娟，完全不像她的名字一般，于她身上，找不出半点楚楚可人，娟娟秀气之类的表现。楚，是"横施夏楚"；娟，是"苛捐杂税"。

总之，我捉她不住。今晚，又是她搏扎的良机，她在娱乐版任职记者，最近一个月，为港姐新闻奔走。

我收工后跑上楼上采访部看电视。三十名港姐依次展览。燕瘦环肥。

答问时，其中一个说她最不喜欢别人称她为"马骝干"或"肥猪"。

我交加双臂，百无聊赖，说："别人只称你作'相扑手'。"

男同事都笑作一团。一个跑突发的回来，拿菲林去冲，一边瞄瞄电视："哗，胸部那么小，西煎荷包蛋加红豆！"

有女记者用笔掷他，他夹着尾巴逃掉。选美就是这么一回事，直至选出十五名入围小姐。电话响了，原来是找我："永定，我今晚不同你宵夜，我们接到线报，落选小姐相约到某酒店咖啡馆爆内幕，我要追。你不用等。自生自灭。"

我落寞地步下斜坡。

有些夜晚，阿楚等我收工，或我等她收工，我俩漫步，到下面的大笪地宵夜去——但更多的夜晚，我自己走。遇上女明星割脉、男明星撬人墙脚、导演遇袭……之类突发新闻，她扔下我，发挥无穷活力去追索。她与她工作恋爱。

影视新闻，层出不穷，怎似广告部，无风无浪。

走着走着，忽觉尾后有人蹑手蹑足相随。我以为是我那顽皮的女友，出其不意转身。

方转身，杳无人迹，只好再回头，谁知突见如花。

在静夜中，如花立在我跟前。

她默默地跟我数条街巷，干什么？我误会自己真有点吸引力。但不，莫非她要打劫？也不，以她纤纤弱质，而且还学人赶时髦，穿一件宽身旗袍。别说跑，连走几步路也要将将就就。

"先生，"她下定了决心，"我一定要找到他，我一定要知道他的下落。"

她见我不回话，又再道：

"我只申请来七天。先生，你就同情我吧。难道你不肯？"

"你要我怎样帮你？"

"我说不上。"她为难,"但你一定会帮到我——或者,麻烦你带一带路。我完全认不得路了。一切都改变了。"

我心里想,寻亲不遇,只因香港近年变迁太大了,翻天覆地,移山填海,五年换一换风景,也难怪认不得路。

且她只申请得七天,找不到那男人,自是万分失望。

好,我便帮这小女子一个忙:

"你要上哪儿去?"

"石塘咀。"

"哦,我也是住在石塘咀哩。"

"吓?"她惊喜,"那么巧?我真找对人了。"

"带你到电车站。"

一路上,她离我三步之遥。间中发觉她向我含蓄地端详,十分安心。

我们报馆在上环,往下走是海边,灯火辉煌的平民夜总会。想起我的宵夜。

"你饿不饿?"

"——不,不很饿。"她含糊地答。

"我很饿。"我说,"你也吃一点吧。"

"我不饿。"

我叫了烧鹅濑粉,一碟猪红萝卜。问她要什么,她坚持不要,宁死不屈。不吃便不吃。何必怕成那样?好像我要毒死她。

她坐在那儿等我吃完,付账。

然后我俩穿过一些小摊子。她好奇地到处浏览,不怕人潮挤拥,不怕人撞到她。蓦地,她停下来。

是一个地摊,张悬些陈旧泛黄布条,写着掌相算命测字等字样。摊档主人是个六七十岁的老人,抽着烟斗,抽得久了,连手指都化为烟斗般焦黄黯哑。

她坐在小凳子上，瞧我一下。

"好的，你问吧，我帮你付钱好了。"

她感激一笑。顺手自一堆小字条卷中抽了一卷，递与老人。

摊开一看，是个"暗"字。她见字，一阵失意。

我也为她难过。

老人问："想测什么？"

她说："寻人。"

"是吉兆呢。"他说。我俩一齐望向他。

如花眼睛一亮。

她殷切俯身向前，洗耳恭听。

满怀热望。

她期望找到这个男人。是谁呢？如此得蒙爱恋。念及我那阿楚，触景伤情。

老人清清喉咙，悠悠地说道：

"这个'暗'字，字面显示，日内有音，近日可以找到了。"

"他在此？"如花急着问。

"是，"老人用粉笔在一个小黑板上写着字，"这是一个日，那又是一个日，日加日，阳火盛，在人间。"

如花不知是兴奋，抑或惊愕，呆住了。她喃喃：

"他竟比我快？"

老人见顾客满腔心事，基于职业本能，知道可以再加游说：

"小姐，不如替你看看掌相吧，我很灵的，大笪地出了名生神仙。让我替你算一算。你找的是谁呀？让我看看姻缘线——"

她伸出手来。

"呀，手很冷呢。"

老人把火水灯移向如花的手。反复地看。反复地看。良久。

"真奇怪。"他眉头紧锁，"你没有生命线？"

我失笑。江湖术士，老眼昏花，如何谋生？我想叫如花离去。她固执地坐着。

"小姐，你属什么？"

她迟疑地："属犬。"

然后不安定地望我一眼。哦，属犬，原来与我同年，一九五八年出生。不过横看竖看，她一点不显老，她看上去顶多廿一二。即使她作复古装扮，带点俗艳……女人的样貌与年龄，总是令人费解的。

她仍以闪烁眼神望我。

我很明白。所有女人都不大愿意公开她们的真实年龄，何况我只是一个初相识的陌路人？她还在那儿算命呢，我何必多事，侧闻她的命运？到底漠不相关。

于是我识相地走远几步。

四周有大光灯亮着，各式小摊子，各式人类，灯下影影绰绰，众面目模糊，又似群魔乱舞。热气氤氲。

歌声充斥于此小小的繁华地域：

"似半醒加半醉，

像幻觉似现实里……"

只听得老人在算：

"属犬，就是戊戌年，一九五八年。"

"不，"如花答，"是庚戌年……"

我听不清楚他俩对话，因为歌声如浪潮，把我笼罩：

"情难定散聚，

爱或者歇蔽，

仿佛都已默许。

能共对于这一刻，

却像流星般闪过，

你是谁？我是谁？

也是泪……"

隔了一会，我猜想他已批算完毕，便回去找她。

——但，如花不见了！

那测字摊的老人，目瞪口呆，双眼直勾勾地向着如花坐过的小凳子。

我问："阿伯，那小姐呢？"

他看也不看我。

一言不发，仓皇地收拾工具。粉笔、小黑板、测字纸卷、掌相挂图……他把一切急急塞在一只藤唸中。苍白着脸，头也不回地逃走。

转瞬人去楼空貌。

我怔在原地，不知所措。

谁知老人替她看掌相，算出她是什么命？现两相惊逃，把我扔在一个方寸地，钱又不用付，忙也不必帮。呼之则来，挥之则去？真可恶，未试过如此：冠盖满京华，斯人独憔悴——别再让我见到她，否则一定没好脸色。

我去坐电车。

电车没有来。也许它快要被淘汰了，故敷衍地怅惘地苟活着。人们记得电车悠悠的好处吗？人们有时间记得吗？

电车站附近是一些报摊，卖当日的拍拖报，两三份一组的，十分贬值。报摊往上走，便是"鸡窦"，总有两三个迟暮私娼，涂上了口红，穿唐装短衫裤在等客，她们完全不避耳目，从容地抽烟，有时买路过的猪肠粉吃，蘸上淤血一般颜色的海鲜酱，是甜酱。数十年如一日。有些什么男人会来光顾？好像跟母亲造爱一样，有乱伦的丑恶。

正等着，如花竟又来了。

我气她不告而别，掉过头去。

她默默地在我身后，紧抿着小嘴，委屈地陪我等车。

电车踽踽驶来，我上车。如花一足还未踏上，车就开了。我扶她一把，待她安定。如今生活节奏快，竟连电车也不照顾妇孺？出乎意料之外。

上到楼上，除了车尾一双情侣，没其他乘客。他俩尽情爱抚，接吻，除了真正交合之外，无恶不作。

"小姐——"

"叫我如花吧。对不起，刚才我走开了一阵。你别要生我的气呀！"

"没关系啦，反正萍水相逢。难道要生气伤身不成？"我是男人，毫无小器之权利。

"你要在哪儿下车？"

"就在屈地街，填海区那边。"

"填海区？"

"是——"她顾左右言他，"附近不是有太平戏院吗？"

"哦，太平，早拆了。现在是个地盘。隔壁起了一个大大的商场。"

见她迷惑，便问：

"大概你很久没到过那区吧？"

"很久了。"

"在我小时候，太平戏院一天到晚放映陈宝珠的戏。我记得有一出戏叫作"玉女心"，如果储齐七张票尾字咭，可以换她一张巨型亲笔签名相的。我帮我姊姊换过。"

"谁是陈宝珠?"

"你未看过她的戏吗?"

"没有。我在太平戏院看的不是这些。"

哼,在扮年轻呢。难道我不洞悉?只要讲出什么明星的名字便可以推测对方是什么年代的人。但她分明在假装:我看的不是这些……以示比我后期出生。我只觉好笑。这女人,自以为聪明。其实我早知她的生肖。

"那你看的是什么戏?"

"更早一点的。"

我愕然,那么我错估了。更早一点?于是我开玩笑地数:

"三司会审杀姑案?神眼东宫认太子?十年割肉养金龙?一张白纸告亲夫?沉香太子毒龙潭救母?清官斩节妇?节妇斩情夫……"再数下去,我仅余的记忆都榨干了。

"不不。我看的是大戏。太平戏院开演名班,我们一群姐妹于大堂中座。共占十张贵妃床,每张床四个座位,票价最高十二元。"她开始得意地叙述,完全没有留神我的反应。

她继续:"那时演'背解红罗'、'牡丹亭'、'陈世美'……"

在她缅怀之际,我脸色渐变,指尖发冷。

"你是——什么人?"

她蓦地住嘴,垂眼不语。

"你是——人吗?"

她幽幽望向窗外。夜风吹拂着,鬓发丝毫不乱。初见面时,我第一眼瞥到的,是她的秀发,以啫喱膏悉数蜡向后方,万分贴服——看真点,啊不是啫喱膏,也许是刨花胶。她那直直的头发,额前洒下几根刘海,哪里是最时髦的发型?根本是过时。还有一身宽旗袍,还有，她叫如花。还有，她完全不属于今日的香港。我甚至敢打赌她不知道何谓一九九七。赔率是一赔九十九。

我恐怖地瞪着她，等她回话。

她不答。

她不知自哪儿取出胭脂，轻匀粉脸，又沾了一点花露水。一时之间，我闻到廿多年来未曾闻过的香味。

我往后一看，那对情侣早已欲仙欲死，忘却人间何世，正思量好不好惊动鸳鸯，以壮胆色。如花已楚楚低吟：

"去的时候，我二十二岁。等了很久，不见他来，按捺不住，上来一看，原来已经五十年。"

"——如花，"我艰辛地发言，"请你放过我。"

"咦？"她轻啐，"我又不是找你。"

"你放过我吧！"

我忽联想起吸取壮男血液以保青春的艳鬼："——我俩血型又不同。"话刚出口，但觉自己语无伦次，我摇摇欲坠地立起来，企图摆脱这"物体"。

"我下车了。"

"到了吗？在屈地街下车，中间一度水坑。四间大寨：四大天王。我便是当年倚红楼红牌阿姑——"她凄凄地，竟笑起来。

老天，还没到屈地街呢。只是在一个俗名叫"咸鱼栏"的区域。电车又行得慢，直到地老天荒，也未到达目的地。我急如热锅上小蚁，惟一的愿望是离开这电车。

"如花，我什么也不晓得。我是一个升斗小市民，对一切历史陌生。当年会考，我的历史是 H。"

"什么是会考？"

"那是一群读了五年中学的年青人，一齐考一个试，以纸笔作战争取佳绩。"

"不会考可以吗？"

"可以。但不参加会考，不知做什么好。结果大伙还是孜孜地读书考试。考得不好，女孩可报名参选香港小姐，另寻出路，但男孩比较困难。"

"啊，那真麻烦！"她竟表示同情，"我们那时没什么选择，反而认命。女人，命好的，一生跟一个男人；命不好，便跟很多个男人。"

我看看眼前塘西花国的阿姑，温柔乡中，零沽色笑——当然，结婚是批发，当娼是零沽。

我也有点同情她。

"你会考不好，怎么找工作？"

"谁说我会考不好？"我不能忍受，"我只是历史不好，其他都不错。"

为免她看不起，我侃侃而谈：

"会考之后，我读了两年预科，然后在大专修工商管理，现任报馆广告部副主任——"

后来我但觉自己无聊极了，那么市侩，且在一只鬼面前陈述学历与职位，只是为免她看不起。说到底，我不是好汉。我痛恨自己。

奇怪，我渐渐不再恐惧，寒意消减。代之是好奇："你那十二少，是怎样的人？"

"十二少——"她心底微荡，未语先笑，"他是南北行三间中药海味铺的少东。眉目英挺，细致温文……"

"所以你与他一见钟情？"她又一笑。开始卖弄她的款客手段："你帮我的忙，我自把一切都告诉你。"

女人便是这样，你推拒，她进逼；到你有了相当兴趣，她便吊起来卖。

"你不会害我？"

"我为什么要害你？"

"为什么拣我？"

"你已经知道这样多了，不拣你拣谁？"

这女鬼缠上我了！真苦。只见一面便缠上。那男人，什么十二少，看来更苦命。

"——我有心相帮，若力有不逮，毫无结果，是否保证没有手尾？"

"一定有结果。刚才测字，不是说他在人间，日内有音吗？"

见她那么坚持信念，比一般教友信奉上帝还要虔诚，我不便多言，信者得救。

我换一个话题：

"十二少真有那么多兄弟姊妹的吗？"

"才不！"她道，"他排行第二。不过当时塘西花客，为了表示自己系出名门，一家热闹团聚，人口众多，所以总爱加添'十'字。他原姓陈。"

"叫什么名字？"

"振邦。"

哦，在石塘咀，倚红楼，蒙一位花运正红、颠倒众生的名妓痴心永许，生死相缠，所以他得以"振邦"？嘿嘿。我不屑地撇撇嘴。不过是一个嫖客！如花未免是痴情种，一往情深。

"我被卖落寨，原是琵琶仔，摆房身价奇高，及后台脚旺，还清债项，回复自由身。恃是红牌，等闲客人发花笺，不愿应纸。"

有一晚……

我专注地聆听一些只在电影上才会出现的故事情节。

"那晚有阔客七少，挥笺相召。这七少，曾是我毛巾老契——"

"什么是毛巾老契？"

"王孙公子花天酒地，以钱买面。阿姑在应纸到酒楼陪客时，出示一方洒了花露水的杂色毛巾给他抹面，以示与酒楼的白色小毛巾有所不同而已。"

原来阔客捻花，竟以得到区区一两条毛巾来显示威风，与众不同。为了这毛巾，想他也要付出不菲代价。风月场中，妓女巧立名目，大刀阔斧；大户引颈待斩，挥金如土，难怪如花洋洋自得。

"就是那晚，座中遇得十二少。也许是缘分，也许是冤孽，总之，我挂号后，他对我目不转睛，而言笑间，我也被他吸引。本来为了摆架子，不便逗留太久，流连片刻便要借口赶下场。"

"但你一直坐下去？"

"不，我还是走了——不过，埋席时又赶来一次。散席后，邀约七少返寨打水围。十二少没有来。我暗示他，三天之后，他来找我……"

就在如花诉说她春风骀荡、酒不醉人的往事时，电车已缓缓驶至石塘咀。

"糟，要过站了。"

我马上带如花下电车。这一回，我让她先行，免得司机看不见，她还未落定便又开了车。

时夜已深，回首一看，石塘咀早已面目全非，她如何找得"老地方"？真烦恼。她站在那里，一脸惶惑。此情可待成追忆，只是当时已惘然。

如何安置这个迷路的女鬼？

"你到了吧？"

"我在哪里？"她几乎要哭出声来，"这真是石塘咀吗？"

她开始认路：

"水坑呢？我附近的大寨呢？怎么不见了欢得、咏乐？还有，富丽堂皇的金陵酒家、广州酒家呢？……连陶园打八音的锣鼓乐声也听不到了——"她就像歧路亡羊。

"日后十二少如何会我？"

还念念不忘她要寻找的人。

"我怎么办？"

忽然之间，她仓皇失措地向我求助。

我如何知道怎么办？我如何有能力叫一切已改变的环境回复旧观？我甚至不可以重过已逝去的昨天，何况，这中间是五十多年？我同她一样低能软弱，手足无措。人或者鬼，都敌不过岁月。啊岁月是一些什么东西？

"这样吧——"我迟疑了一下，"你暂时来我家住一宵再说。"

她点点头。

我以为她会推辞：不好意思啦，萍水相逢啦，孤男寡女啦，两不方便啦……一般女子总有诸如此类的顾忌。但如花，我竟忘记她是一个妓女。她见的世面比我多呢。以上的顾忌，反而是我的专利。

我并没有看不起她。

我在那儿提心吊胆，担心她夜里爬上我的床来诱我欢好——真滑稽，在半分钟之内，我想到的只是这一点。

"你不介意吧？"我还是要问一问。终于我带她回家。途中经过金陵阁。以前这是金陵戏院，如今建了住宅，楼下有电子游戏中心。附近有间古老的照相馆，橱窗里残存一张团体相，摄于一九五八年。我也是五八年的——我比如花年轻得多了！

虽然我俩生肖相同，但屈指算来，她比我大四十八岁。四十八年，是很多人的一生了。如果如花一直苟活，便是一个龙钟老妇，皮肤皱，眼神黯黄。如果她轮回再世，也是个——四十几岁，既不是中年，又不是老年，真是尴尬年龄。而她绮年玉貌地在我身畔，只不过因为她的痴心执拗，她要"执子之手，与子偕老"。即使这男人投胎重新做人，她也要找到他吧。

"先生，我忘了问一件事。你家，方便吗？——你是否已有妻子？"

哦，这真是个令我不好意思的问题。我连与女友之间的关系，也因对方之勤奋上进，而岌岌可危。

"我未婚。"急忙转个话题岔开去，"你不要叫我先生了。我是袁永定。"

"永定少。"如花如此称呼。

真叫我受宠若惊，我阻止她：

"我们不作兴什么少、什么少地相称。你还是唤我永定。我名字不好吗？"

"好，有一种地老天荒的感觉。简直不像人的名字。像一块石头，或者桥，或者坟墓。"

"不。请别说下去。到我家了。"我迟早会成为石头、桥，或者坟墓，何必要她诸多提醒？真受不了。

我拣一些充满活人气息的状况告诉她：我家在四楼，一梯两伙。对户住的是我姊姊与姊夫。单位是四百呎，各自月供二千多元。如无意外，他日我结婚生子，也长住于此。在香港，任何一个凡俗的市民，毕生宏愿是置业成家安居，然后老死。就像我姊姊，她是一个津校教师，教了十年。她的丈夫，是坐在她对面位的同事。天天相对，一起议论着学生，蹉跎数载，只得也议论嫁娶。

我招呼她进屋。招呼她坐。然后我又坐下来。

二人相对，不知该从何说起。

她侧身靠坐沙发上，姿态优美。渐渐我才发觉，她并没有正视对方的习惯，因着职业本能，她永远斜泛眼波，即使是面对我这种毫无应付女人良方的石头。

做什么好呢？

我只得搜寻出一些水果，橙和苹果，切开盛于碟上，请她吃。

"我知你不吃热的，但水果比较冷。真的冷，我在雪柜中取出来，非常适合你。"

她吃苹果。

"够冷吗？"我殷勤相问。

她"吃"完了。苹果尚留在桌面，分毫未损。

"有一次，十二少来我房间打水围，"如花见水果思往事，"寮口嫂送上一盘生果，都是橙啦苹果啦，我叫她通通搬走。"

那十二少一定丈八金刚摸不着头脑。

如花说："我且骂道：十二少是什么人？搬次货出来？十二少肯，我也不肯。来些应时佳果。于是送上的是桂味荔枝、金山提子……"

你看，一个女人要收买男人的心，是多么地轻易，稍为用点心思便成。十二少一定逃不出如花这纤纤玉手之掌心。

我一瞥桌上的水果，啊，这是"次货"呢，真汗颜。不过，回心一想，我讨好一只鬼干么？我又不作长线投资。而且，这种女人很可怕。她不爱你犹自可，不幸她爱上你，你别想逃出生天。化身为苍蝇，她也变作捕蝇草来侍候你。即使重新做人，她的阴魂不肯放过。

对了，她为什么孜孜于寻找一个男人？

莫非是"复仇"？

她爱他，他不爱她，于是她非要把他揪出来不可？

但我没有习惯揭人阴私，也不大好管闲事。如是我那八婆姊姊，她一定热情如火地交换意见——虽然她的爱情是如此地贫乏、枯燥，与一个男同事相对日久，面面相觑，一生。

不过但凡女子，嫁了的，总是瞧不起未嫁的。因为一个男人要了她，莫不因而抖起来。对其他单身女郎布施同情。

我那姊夫，三十几岁，当着校务主任，这微末的权，供他永远享用。有时，他也对我这王老五布施同情。

窗外，是一间酒楼，酒楼因有人嫁娶，张悬了花牌。电灯泡如珠环翠绕，叫一个紫红缤纷的花牌更是灿烂，上面写着"陈李联婚"字样。陈和李，都是最普通的姓氏，过着普通人的生活，办普通人的喜事。

如花凭于窗前。

我只好也凭在窗前。隔她一个窗口位，没敢接近。

"这是联婚花牌，"我在作应景对白，"你们那时候嫁娶，也有这样的花牌吧？"

"我不知道，"如花道，"我没嫁娶经验。"

真要命，哪壶不开提哪壶。

"但，我曾经拥有一个花牌。"

十二少买醉塘西，眷恋如花。他与一般客人迥异之处，便是时有高招。一夕执寨厅，十二少送了如花一个生花扎作的对联花牌，联云："如梦如幻月，若即若离花"。

我在五十年后，听得这样的一招，也直感如花心荡神驰。这二人不啻高手过招。我竟然要借一个女鬼来启示"如何攫取少女芳心"！

以本人的 IQ，无论如何想不出这一招。我连送情人咭予女友，写错一划，也用涂改液涂去重写。我甚至不晓得随意所至，我一切平铺直叙。像小广告，算准字数交易。

难怪。难怪我如梦如幻，难怪阿楚若即若离。想不到如花那毕生萦念的花牌，是我的讽刺。

如花不知我内心苦恼，又断续地低诉她与她温心老契之旖旎风光。诸如人客返寨打水围，如果她已卸装，只穿亵衣，也会马上披回"饮衫"出迎，这是她倚红楼鸨母三家的教导，以示身为河下人，亦有大方礼仪——不过，如果返寨的是十二少，她就不拘这礼仪了。她这样说，无非绕了一大圈来展示鹣鲽情浓。她就是吃定了我是个好听众。一点也不提防避忌。

当然，如果我说出去，谁肯相信？必一口咬定我是看书看回来的。

往下说，自然也包括十二少绵密的花笺，以至情书。后来还送上各式礼物：芽兰带、绣花鞋、襟头香珠、胭脂匣子、珠宝玉石……只差没送来西人百货公司新近运到的名贵铜床。

——送予妓女一张铜床？最大方的恩客也不会这样做。

谁知如花说，后来，他真的送了。十二少父母在堂，大户人家，虽是家财百万，但他尚未敢洞穿夹万底，作火山孝子，不过尽力筹措了二百多元不菲之数，购买了来路货大铜床，送至如花香巢。日后经常返寨享用他的"赠品"。这红牌阿姑以全副心神，投放于一人身上，其他恩客，但觉不是味儿。为此，花运日淡，台脚冷落，终无悔意。二人携手看大戏、操曲子……

我不相信这种爱情故事。我不信——它从没发生在我四周任何一人身上。

正想答话——电话铃声蓦地响了。

在听着古老的情爱时，忽然响来电话铃声，叫人心头一凛。仿佛一下子还回不过来现实中。

我拿起听筒，是阿楚那连珠密炮的声音：

"哗，真刺激，我追车追至喜来登。那些落选港姐跟我们行家捉迷藏……"

"你回家了？"

"没有，我在尖沙咀。她们爆内幕，说甲拍上级马屁；乙放生电；丙自我宣传；丁是核突状王……"

这些女孩子，输了也说一大箩筐，幸好不让她们赢，否则口水淹死三万人。输就输了，谁叫自己技不如人，人人去搏见报搏出名，你不搏，表示守规则？选美又不颁发操行奖。所以我没兴趣。但如果没有这些花边，阿楚与她的行家便无事可做，非得有点风波不可。

"你快回家，现在几点？赶快跑回沙田写稿去。"——我其实怕她跑来我这里写稿。以前没问题。今晚万万不能。

"我不回去。太夜了。我现在过来。"

她喜欢来就来，走就走。但，今晚，我一瞥如花。她基于女性敏感，一定明白自己的处境。也许她习惯成为生张熟魏的第三者，"老举众人妻，人客水流柴"。惟本人袁永定，操行纪录一向甲等，如今千年道行一朝丧，阿楚本来便㤢鸡，上来一看……你叫我如何洗刷罪名？

"——你不要来。"

"为什么？"

"我要睡了。"

"你睡你的，有哪一次妨碍你？我赶完娱乐版，还要砌两篇特稿给八卦周刊赚外快。你别挡人财路。"

"早就叫你不要上来，回家写好了。"

"——"阿楚不答。我仿佛见她眼珠一转。

"为什么？你说！"她喝令。

"厕所漏水，地毡湿透了。"我期艾地解释。

"袁永定，你形迹可疑，不懂得创作借口——我非来不可。如果地毡没有湿透，你喝厕所水给我看！"

"——我有朋友在。"

轰然巨响，是阿楚掷电话。

天，这凶恶的女人杀到了。

我怎么办？

如花十分安详。"不要紧，我给她解释。"

"你未见过这恐怖分子。有一次她在的士高拍到某男明星与新欢共舞的照片。男明星企图用武力拆菲林，她力保，几乎同男人打架——她是打不赢也要打的那种人。"

"你怕吗？"

我怕吗？真的，我怕什么？如花只是过客。解释一下，会有什么事情发生？

"永定，"她又开始她的风情，"你放心，应付此等场面我有经验。"

啊，我怎的忘却她见过的世面！

"而且，我有事求你，不会叫你难下台。也许，借助你女朋友的力量，帮我找到。你看，我可是去找另外一个男人的。"

是的，并不是我。

一阵空白。我计算时间，不住看表。阿楚现今在地铁、的士，现今下车，到了我家门。我在趑趄期间，无意地发现进屋多时，我未曾放松过，未换拖鞋，甚至钮扣也没有解开，在自己的家，也端正拘谨。面临一个两美相遇的局面。

嘿嘿嘿，我干笑起来。顺手抄起桌上的苹果便吃。谁知是如花"吃"过的"遗骸"。吓得我！

门铃一响，像一把中人要害的利剑。

门铃只响了一下，我已飞扑去开门。

门一打开，我们三口六面相对，图穷而匕现。

阿楚，这个短发的冲动女子，她有一双褐色的眼珠。她用她自以为聪明的眼睛把如花自顶至踵扫一遍。交加双臂望向我。

　　"阿楚，我给你介绍。这是如花。"

　　二人颔首。

　　我拉女友坐下来。她又用她自以为聪明的眼睛把桌上的水果和我那整齐衣冠扫一遍。十分熟落地，若有所示地把她的工作袋随便一扔，然后脱了鞋，盘坐于沙发上，等我发言。

　　她真是一个小霸王。

　　"如花——她不是人。"

　　阿楚窃笑一下。她一定在想：不是人，是狐狸精？

　　于是我动用大量的力气把这故事复述，从未曾一口气讲那么多话，那么无稽，与我形象不相符。阿楚一边听，安静地听，一边打量我，不知是奇怪本人忽地口若悬河，还是奇怪我竟为"新欢"编派一个这样的开脱。

　　"她说什么你信什么？"

　　是，为什么呢？我毫无疑问地相信一个陌生女子的话。且把她带至此，登堂入室——何以我全盘相信？

　　也许，这因为我老实，我不大欺骗，所以没提防人家欺骗我。而阿楚，对了，她时常说大大小小的谎，因此培养了怀疑态度。每一事每一物都怀疑背后另有意思，案中有案。

　　她转向如花：

　　"你怎样能令我相信你是只五十年前的鬼？"

　　如花用心地想，低头看她的手指，手指轻轻地在椅上打着小圈圈，那么轻，但心事重重。我的眼睛离不开她的手指。

　　"呀，有了！你跟我来。"

　　"去哪儿？"

阿楚不是不胆怯的，她声都颤了。

　　如花立起来，向某房间一指，她走前几步，发觉是我的房，但觉不妥，又跑到厕所中去。她示意阿楚尾随入内。

　　厕所门关上了。

　　我不知道这两个女人在里头干什么。鬼用什么方法证明她是鬼？我在厅中，想出了二十三种方法，其实最简单，便是变一个脸给她看——不过，她的鬼脸会不会狰狞？

　　二人进去良久，声沉影寂。

　　我忍不住，想去敲门，或刺探一下。回心一想，男子汉，不应偷偷摸摸，所以强行装出大方之状，心中疑惑绞成一团一团。

　　门依呀一响，二人出来了。

　　我想开口询问，二人相视一笑。

　　"你如今相信了吧？"

　　"唔。"阿楚点头。

　　"请你也帮我的忙。"

　　阿楚故意不看我的焦急相，坐定，示意我也坐下来，好生商量大计。

　　"你们——"我好奇至沸点。

　　"永定，"她截住我的话，"如花的身世我们知得不够多。"

　　"谁说的？"

　　"你晕浪，问得不好。"她瞪我一眼。

　　我马上住嘴。不知因为她说我"晕浪"，抑或"问得不好"。总之住了嘴。心虚得很。

　　"现在由我访问！"她权威地开始了，"如花，何以你们二人如胶似漆，十二少竟不娶你？他可有妻子？"

　　啊对了，我竟没有深究这爱情故事背面的遗憾。遗憾之一，由阿楚发问：有情人终不成眷属？

十二少虽与如花痴迷恋慕，但他本人，却非"自由身"，因为陈翁在南北行经营中药海味，与同业程翁是患难之交，生活安泰之后，二者指腹为婚。十二少振邦早已有了未婚妻，芳名淑贤。

"我并没有作正室夫人的美梦，我只求埋街食井水，屈居为妾，有什么相干？名分而已。不过——"

如花的惆怅，便是封建时代的家长，自视清白人家，祖宗三代，有纳妾之风，无容青楼妓女入宫之例，所以坚决反对，而且严禁二人相会。

这是我们在粤语长片中时常见到的情节，永远不可能大团圆。到了后来，那妓女多数要与男主角分手，然后男主角忧郁地娶了表妹——也许他很快便忘了旧情，当作春梦一场。"地老天荒"？过得三五年，他娇妻为他开枝散叶，儿女绕室，渐渐修心养性，发展业务，年事日高，含饴弄孙，又一生了。谁记得当年青楼邂逅的薄命红颜？

"你与他分手了？"阿楚追问。

"不，我死心不息。"如花忆述，"一天，鼓起勇气，穿着朴素衣裳，十足住家人模样，不施脂粉，不苟言笑，亲自求见陈翁。"

"他赶你走？"

"他与我谈了一会。至我恳切求情，请准成婚。陈老太拿出掘头扫把——"

"以后呢？"

"后来，他偶尔做了一单亏本生意，因为迷信'邪花入宅'，带来衰运，永远把我视作眼中钉。"

"那十二少，难道毫无表示吗？"阿楚愤愤不平，"你为他付出这样多，他袖手旁观？你要他干什么？不如索性……"

如花脸上一片光辉："他，为我离家出走！"

"哦，算他吧！他住到你家？"

"不是家，是'寨'。"轮到我发一言了。

阿楚白我一眼。不服。

"是呀，一间寨通常三层。地下神厅之后，二三楼都是房间，我因是红牌，个人可占一间，其他台脚普通的阿姑，则两三人同居一房。"如花答。

"他住到你寨里，方便吗？"

"他没住下来，根本没这规矩。他另租房子，就在中环摆花街。"

"那你洗尽铅华，同他相宿相栖去？"

"没有。"

"二人难道不肯挨穷？"

"不是不肯，是不敢。"

三人默然。多么一针见血。挨穷不难，只要肯。但你敢不敢？二人形容枯槁，三餐不继，相对泣血，终于贫贱夫妻百事哀，脾气日坏，身体日差，变成怨偶。一点点意见便闹得鸡犬不宁，各以毒辣言语去伤害对方的自尊。于是大家在后悔：我为什么为你而放弃锦衣玉食娇妻爱子？我又为什么为你而虚耗芳华谢绝一切恩客？

当你明知事情会演变至此，你就不敢。如花虽温十二少，但她"猜、饮、唱、靓"，条件齐全，慕名而来的客人，还是有的。某些恩客，刻意不追究如花的故事。如花的故事，延续着。

"十二少靠吃软饭为生？"

阿楚的访问，真是直率。而且问题咄咄逼人。眼看如花面色一变，但她一定用更多的答话来解释。于是访问者奸计得逞。

凌楚娟小姐，我心底佩服：你真不愧娱乐版名记。

自她坐下来开始，问题便滚滚而来。我真汗颜，我是人家讲什么我便听什么；她呢，人家讲得少一点，她便旁敲侧击盘问下去。

果然，如花不堪受辱。

"他没有靠我养。他有骨气，不高兴这样。"

"但，一个纨袴子弟，未历江湖风险，又没有钱创业兴家，这样离开父荫跑了出来，他总不能餐餐吃爱情。"

"他去学戏。"

"有佬倌收他吗？"我想到就说。

"怎么没有？"如花为个情郎颜面而辩。

"不不，请勿误会。"阿楚打圆场，"他的意思，是当年的佬倌架子很大，拜师不易。绝对没有低估十二少。"

"而且，"阿楚乘机再狡猾，"我跑娱乐圈就知道，访问老一辈的伶人时，都说他们当年追随开山师父，等于是工人侍婢。"

见如花气平了，阿楚得意地朝我撇撇嘴。

不过，即使如花为十二少的骨气辩护得不遗余力，到底，我们还是了解：都是如花的说项。

在十二少仍是失匙夹万之际，他与如花已是太平戏院常客，看戏操曲，纯是玩票遣怀。人生如戏，谁知有一天，他要靠如花在酒家开一个厅，挽人介绍大佬倌华叔，央请收十二少为徒，投身戏班。

华叔见十二少眉清目朗，风流倜傥，身段修长秀俊，有起码的台缘。要知登台演戏，最重要是第一眼。

——当然，在爱情游戏中，最重要的，也就是第一眼。

"为了十二少的前途，我对华叔苦苦恳求，直至他勉为其难，答允了。拜师之日，我代他封了'贽仪'美金一百元。"

"那是多少钱？"阿楚问。

"约港币四百元。"

"你如何有这许多钱？"

"找个瘟生，斩之。"

"十二少知道吗？"

"他不必表示'知道'。"

真伟大。我想，如果有个女人如此对待本人，我穷毕生精力去呵护她也来不及。但这样的钱，如何用得安心？

虽然华叔看名妓面上，徒弟常务如倒水洗脸、装饭拨扇、抹桌执床、倒痰盂等工作，不必十二少操劳。但贱役虽减，屈辱仍在，新扎师兄要挣扎一席位，也是不容易的。

"十二少有没有红起来？"

"不知道。"

"不知道？什么意思？"我忙问。红就是红，不红就是不红。三十年代的佬倌，一切立竿见影，不比今日的明星，三年才拍一部戏，年年荣登"十大明星"宝座。她们只在"登台"时最红。

但我真是一根肠子直通到底。阿楚以手肘撞我一下。

这是如花心上人，她会答"他红不起来"这种话吗？

女人通常讲"不知道"，真是巧妙的应对，永远不露破绽。

自此，十二少心情长久欠佳，但觉无一如意事。不容于家，不容于寨，又不容于社会。为了与一个痴心女子相爱，他付出的代价不云不大。

"有时，他以冷酷的面孔相向，"如花泫然，"甚至借题吵骂，我都甘心承受。他在无故发脾气之后，十分懊悔，就拥着我痛哭，哭过了，我对镜轻匀脂粉，离开摆花街，便到石塘咀。"

她无限依依："有时关上门，在门外稍驻，也听到他的嚎哭。"

我眼前仿见一架长班车（私家手车），载着千娇百媚、滴粉搓酥的倚红楼名妓，招摇过市。她又上班去了。阿姑的长班车，座位之后竖了一支杂色鸡毛扫，绚缦色彩相映，车上又装置铜铃，行车时叮当作响。

这侧身款款而坐，斜靠座位，尽态极妍的女子，眼波顾盼间，许有未干泪痕。问世间情是何物……

我们都不懂得爱情。有时，世人且以为这是一种"风俗"。

我和阿楚，在问了一大堆问题之后，也无从整理。一时间又想不起再问什么。这都是一些细碎、温柔的生活片段，既非家国大事，又非花边新闻。

我们都忘记了前因后果。前因后果都在红尘里。甚至，我竟忘记了她为什么上来一趟。

还是阿楚心水清：

"你们以后的日子怎样？你为什么要寻找他？你比他早死？抑他比你早死？"

"我们一齐死。"

"啊——"阿楚叫起来。

我按住她的手：

"不过是殉情。你嚷嚷什么？"

"永定，何谓'不过'是殉情？叫你殉情你敢不敢？"

"那就要视乎环境而定了。"

"你敢不敢？"她逼问。

"也要视乎原因。"

"即是不敢啦。"阿楚抓到我的痛脚。

——但殉情，你不要说，这是一宗很艰辛而无稽的勾当。只合该在小说中出现。现代人有什么不可以解决呢？

"不敢就不敢。"我老实地答。

虽然说敢，反悔了又不必坐牢，起码骗得女友开心。但我真蠢！在那当儿，连简单的甜言蜜语也不会说。我真蠢。

阿楚不满意了："永定，你是我见过的最粗心大意的男人了。你看看人家如花和十二少！"

"看看我们有什么好？"如花怨。

——不久，十二少壮气蒿莱，心灰意冷，深染烟霞癖。

当时鸦片由政府公卖，谓之"公烟"，一般塘西花客，都喜欢抽大烟，六分庄的鸦片一盅，代价九毫。一般阔少抽大烟，不过消闲遣怀，他们又抽得起。落魄的十二少，却借吞云吐雾来忘忧。

如花无从劝止，自己也陪着抽上一两口。

渐渐，日夕一灯相对，忘却闲愁，一切世俗苦楚抛诸脑后，这反而是最纯净而恩爱的辰光了。一灯闪烁，灯光下星星点点的乱梦，好像永恒。

十二少说："但愿鸦片永远抽不完。"

只是第二天，一旦清醒，二人又为此而痛哭失声。长此下去，如何过得一生？

一生？

前路茫茫。烟花地怎能永踞？红不起来的戏子何以为生？彩凤随鸦，彩凤不是彩凤，但鸦真是鸦。

楚馆秦楼，莺梭织柳，不过是缥缈绮梦。只落得信誓荒唐，存殁参商。

前无去路，后有追兵。真是，如何过得一生？

但觉生无可恋。二人把心一横，决定寻死。

"你们如何死法？"

"吞鸦片。"

"吞鸦片可以死吗？鸦片不是令人活得快乐一点的东西吗？"阿楚怀疑。

"鸦片也是令人死得快乐一点的东西。"如花说，"它是翳腻馨香的麻醉剂。"

"你俩真伟大。"阿楚无限艳羡。

"不是伟大，只是走投无路。"

"二人都吞下鸦片？"

"是。"如花强调。

"怎样吞？"

"像吃豆沙一样。"

"十二少先吞，还是你先吞？"

"一起吞。"

"谁吞得多？"

"为什么你这样问？"如花又被激怒了，"我都不怀疑，何以你怀疑？"

阿楚噤声。

我只好跑出来试试发挥缓和的力量：

"——结果是，你先行一步。在黄泉等他，不见他来，对不对？"

"等了很久，不见他来。"

"或者失散了？"阿楚又回复活泼。

"没理由失散。我在黄泉路上，苦苦守候。"

"或者一时失觉，碰不上。连鬼也要讲缘分吧？硬是碰不上，也没奈何。"我说。

"所以我上来找他，假如他再世为人，我一定要找到他，叫他等一等，我马上再来。"

"他怎么可能认得你呢？他已经是另一个人了。"

"不，"如花胸有成竹，"去的时候，我俩为怕他日重认有困难，便许下一个暗号。"

"什么暗号？"

"三八七七。"

"这是什么意思?"

"因为我们寻死那天,是三月八日晚上七时七分。我们相约,今生不能如意,来生一定续缘,又怕大家样子变更或记忆模糊,不易相认,所以定个暗号,是惟一的默契和线索。"

"呀,三八——"阿楚忽省得一事。

"什么?"如花急问。

"三月八日是一个节日。"我告诉她,"妇女节。"

如花皱眉:"我没听过,这是外国的节日吧?纪念什么的?"

一切只是巧合。一个妓女,怎晓得庆祝妇女节?何况还是为情而死,才廿二岁的妓女。妇解?开玩笑。

三八七七,三八七七。

我和阿楚在猜这个谜。

三月八日早已过去。七月七日还没有来。

要凭这几个数字作为线索,于五六百万人中把十二少找出来?

"只有一个最简单的方法,"我没好气地说,"在每一个男人跟前念:三八七七。如果他有反应——"

"永定,你再开玩笑我们不让你参加!"阿楚这坏女孩,竟想把我踢出局?这事谁惹上身的?岂有此理。

不过我们也在动脑筋。我们都是这都市中有点小聪明的人吧,何以忽然间那么笨?

三八七七,也许是地址,也许是车牌,也许是年月日,也许是突如其来的灵感,小小的蛛丝马迹,一切水落石出——我不断地敲打额角,企图敲出一点灵感。

我没有灵感,我只有奇怪的信念:一定找到他!

在这苦恼的当儿,惟有随缘吧,焦急都没有用。折腾了一夜,真疲倦。我又不是鬼，只有鬼，在夜里方才精神奕奕。

终于我们决定分头找资料，明天星期日，我到大会堂去。

"那我先走了。"如花识趣地、委婉地抽身而退。

"你到哪儿去？"我急问。

"到处逛逛。"

"别走了，你认不得路，很危险。"

阿楚见我竟如此关怀，抬眼望着我。

"不要紧，"如花说，"我认得怎样来你家，请放心。"

末了她还说："也许，于路上遇到一个男人，陌路相逢，他便是十二少，就不必麻烦你了——如果遇不上，明晚会再来。"

"喂，你没有身份证——"话还未了，她在我们眼前，冉冉隐去。我怅然若失。她到哪儿去了？我答应帮忙，一定会帮到底，明晚别不出现才好。

如花，她是多么地晓得观察眉头眼额，一切不言而喻，心思细密。她是不希望横亘于我与女友之间，引起不必要误会。所以她游离浪荡去了。她是一只多么可怜的鬼，我们竟不能令她安定度过一宵？她的前生，已经在征歌买醉烟花场所，无立锥之地，如今，连锥也无。我很歉疚。

"喂，"阿楚拍我一下，"你呆想什么？"

"没什么。"我怎能告诉她，我挂念如花？我忽地记起一直没机会发问的事："刚才你们跑到厕所去干么？"

"啊——"阿楚卖关子，"她给我证明她是鬼呀。她不证明，我怎肯相信。"

"如何证明？"

"不告诉你。"她转身坐下来。

"说呀。"我追问。

阿楚不理睬我，她摊开原稿纸，掏出笔记簿，里面有些如符如咒的速记，作开始写稿状："你别吵着我赶稿，我要赶三篇特稿。"

算了，我不跟她拉锯，说就说，不说就不说，难道要我牵衣顿足千求百请吗？于是不打算蘑菇下去。见我收手，阿楚又来勾引：

"你不要知道吗？好吧，告诉你：她让我看她的内衣。我从未见过女人肯用那种劳什子胸围，五花大绑一般，说是三十年代？简直是清朝遗物！"

说完我俩笑起来……

大会堂的图书馆有一种怪味，不知是书香，抑或地蜡，抑或防虫剂。嗅着，总有朝代兴亡的感觉。

红底黑字的联语是"闻得书香心自悦，深于画理品能高"——不知如何，我记得十二少送予如花的花牌："如梦如幻月，若即若离花"。这真是道不同不相为谋的两副对联了，一个是宽天敞地，一个是斗室藏春。你要黄金屋，还是颜如玉？

我浏览一下，发觉没有我想找的资料，便跑到参考图书馆去。当我仍是莘莘学子之一时，我在此啃过不少一生都不会用得着的书本。何以那时我寒窗苦读，如今也不过如是？当年我怎么欠缺一个轰烈地恋爱的对象？——不过如果有了，我也不晓得"轰烈"，这两个字，于我甚是陌生。几乎要翻查字典，才会得解。

"小姐，我想找一些资料。"

"什么资料？"一个戴着砧板厚的眼镜的职员过来。

"所有香港娼妓史。特别是石塘咀的妓女，有没有她们的记载？"

那女人瞅我一眼：

"请等等。"

然后她跑到后面给我找书。

我见她对一个同事私语，又用嘴巴向我努了一下。这个老姑婆，一定把我当作咸湿佬。真冤枉，本人一表人材……"对不起，"她淡淡地说，把几本书堆在柜台上，"没什么娼妓专书。只有香港百年史，和这几本掌故。"

我只好道谢，捧到一个角落细看。我又不是那个专写《不文集》的黄霑，她凭什么以此不友善眼光追随?

我不看她，光看书。

翻查目录，掀到《石塘咀春色》。企图自字里行间窥到半点柔情，几分暗示。

香港从一八四一年开始辟为商埠，同时已有娼妓。一直流传，领取牌照，年纳税捐。大寨设于水坑口，细寨则在荷李活道一带。

大寨妓女分为："琵琶仔"、"半掩门"和"老举"……我一直往下看，才知道于一九〇三年，政府下令把水坑口的妓寨封闭，悉数迁往刚刚填海的荒芜地区石塘咀。那时很多依附妓寨而营业的大酒楼，如杏花楼、宴琼林、潇湘馆、随园等，大受影响，结束业务。

不过自一九一〇年开始，"塘西风月"也就名噪一时，在一九三五年之前，娼妓一直都是合法化的。花团锦簇，宴无虚夕，真是"面对青山，地临绿水，厅分左右，菜列中西，人面桃花，歌乐升平"。及后禁娼……

——但文字的资料仅止于此。虚泛得很。

我还有缘得见几帧照片，说是最后一批红牌阿姑。有一位，原来也是"倚红楼"的，名唤花影红——不过她比不上如花的美，而且又较丰满。真奇怪，何以不见如花的照片?

对了，原来如花早已不在了。

他们在一九三二年吞的鸦片。

我灵机一触，忙还书，又商借别的。

"小姐，"我斯文有礼地向她招呼，免生误会，"对不起，我想再借旧报纸的微型菲林。"

"几年的？"

"一九三二年。"

"三二？"她找出一本册子来，"没那么早。"

"最早的是几年？"

"最早也要一九三八年。"

唔，那年如花已经死了。

"麻烦你了，不大合用。"我转身想走。

——啊不，三八年？

"小姐小姐，"我兴奋得大声地唤，"我要借三八年七月七日那卷！"

我之所以兴奋，便是想到，会不会在三八年七月七日的报纸上，刊了有关十二少的消息？那天可是他再世为人的出生日？可有一点线索供我追查下去？我只是区区一个广告部副主任，得以兼任侦探，造梦也想不到。一壁想，一壁笑。催促之声音也大起来。

"先生，在图书馆中请保持安静。"

她给我的印象分早已是"丙"，不，也许是"丁"。所以一见我表情有异，更防范森严。

"这卷微型菲林是《星岛日报》一九三八年下半年的，你自己找七月七日吧。"

她登记了我的姓名住址，身份证号码。在登记身份证号码时，一再复看，证实无讹。怕是一见势色不对，诸如我出言不逊，意图非礼，或公共场所露出不文之物，她们便马上去报警——都是我自己不好，研究娼妓问题走火入魔了，样子也开始变得像急色的嫖客。我让那步步为营的女职员安装好菲林之后，便按掣察看。由七月开始，逐天逐天地看，这些在我出生二十年之前的民生国事——但，看到七月七日,我找不到任何资料。我只知道当年的卖座电影是"陈世美不认妻"。士多卑厘果占卖一元五毫八仙一瓶。饮哟咕很时髦。副刊的文章是《青年如何读书报国》。又因战事已经爆发,香港也受波及,报上提到日军,都用一个"×"或空白格子代替,有些稿件的位置开了天窗,植上"被检查"字样……已是乱世,谁有工夫顾盼儿女私情?

我很失望。花了半天的时间,毫无头绪,还遭受女人的白眼。如果那女人好看一点,也是无妨,但她又长得……算了,我对美女的标准,竟然在一夜之间提高不少呢。

当我自大会堂图书馆出来时,普天是烂漫阳光。

只有我,因为空手而回,甚是无聊。一如没上电芯的收音机、没入水银电池的计数机、没蜡烛的灯笼、没灯的灯塔、没灯塔的海。

脑中充斥着三八七七的旧报资料:陈世美不认妻、士多卑厘果占、读书报国、"×"侵华行动、"被检查"……

沿着电车路,信步行至中上环,那个站,是我与如花一同上车的站。

咦,往上行,不是南北行吗?如花偶尔提过,十二少当年是南北行三间中药海味铺的少东。于是移玉上行,谁知,我也认不得路了。

这里有新厦,有银行,就是不见老店。在一间卖人参的高丽店子门外,老头给我遥指:

"这边不是南北行,往西行才是。文咸西街,知道吗? 南北行以前很有地位,知道吗? 以前——"

没等他说完,我连连谢过。我怕他又给我惹来另一个故事,则我此生也必得在三十年代的风尘中打滚了。不,一宗还一宗。先解决如花的一宗。

这南北行一带,虽已破旧立新,面目全非,间中,还可见残存的老字号，木招牌，漆了金字，两旁簪花。店里高高悬着风扇，一边排了木桌，木桌上有算盘。整条街，弥漫着当归的香味，闻着闻着，魂魂魄魄都不知当归何处？

星期天，大部分都休息。一些不休息的店铺，稍稍张了半扇门，里头有不知岁数的老人在扇着折扇，闲话家常。墙头有毛笔写了该店的货品名称：珠珀猴枣散、清花玉桂、金丝熊胆、老山琥珀、正龙涎香、箭炉麝香、公母犀角、金山牛黄、珍珠冰片……我完全不懂得是什么玩意。

"喂，你找谁？"突然的声音问。

我吓了一跳。

始知我在这木门外，已不自觉地怔了好一会。定过神来，连忙谦恭地向这三四十岁的中年人说：

"阿叔，你好，吃过饭了吗？"

"什么事？"

"——"我一时不知从何说起，"你这儿是不是姓陈呀？"

"不是。"

"附近有没有哪间店的东主姓陈？"

"问来干什么？"

干什么？我只见里面有年迈的伙计在挑拣花旗参，花旗参摊在斗笠上，他们分类分大小，好样的拣在另一个小窝篮中。

"——这样的，我祖父专营花旗参，以前在附近也有店铺。后来举家移民到——英国去。今次我回来，代他探访故旧，姓陈，叫……叫什么振邦……"我的谎言也算及格吧。

"我不认识这个人。"他在思索，"姓陈的？三十几号一列以前好像是姓陈的，不过后来转卖了给人。其他我不知道，我们后生一辈不知道这么陈年的旧事。"

不知道陈年旧事是对，但怎还称自己为"后生一辈"？这年头，男男女女都不服老。

"谢谢。"

别过这"后生一辈"，便往三十几号进军，莫不是三十八号？沿途，也见有海味店在起货，门前挂了牌子，专售象牙、蚌壳、虾米、腰果、燕窝、鱼翅、鲍鱼、海参、冬菇，竟还有鸭毛。鸭毛有什么用？

然后我找到了。

正正对着我的是一个大木牌，写着地基工程公司——对了，由三十号至四十二号A，一列店铺早已拆卸，现今是颓垣败瓦一片。"风流总被雨打风吹去"。

于南北行逛了一会，不得要领。

小巷中有一档摊子，在卖一些食品，我走过去，见到一堆堆黏黏腻腻的东西，问得是"糯米糍"。这种糯米糍是湿的、扁的。里头的馅是花生、豆沙、芝麻。看来是一种甚为古老也许有五十年历史的食品。我每款买了三个，预备给阿楚和如花作点心——我也学作一个周到的男人。

回到家，才是下午。

我开了啤酒，放了些音乐，昏昏沉沉的，猜想十二少是一个怎么样的男人。那时西装并不盛行，不过以堂堂南北行少东的身份，一定衣履煌然，不穿西装的时候，或长衫或短打，细花丝发暗字软缎。走起路来，浮浮薄薄。他的重量，是祖上传下来的重量，譬如钱，譬如店，譬如一个指腹为婚的妻子。根本他就毋须为自己铺路。他只以全副精神，去追踪如花的眼睛。他追踪她的眼睛。她追踪他的眼睛……

昏昏沉沉中，我以为自己在塘西买醉。

门铃响了，在这个琥珀色的黄昏。啊原来不过是我那住隔壁的热情过度的姊姊，捧来半个西瓜。

"喂，怎么星期天也在家？"

"我刚回来吧。"

"阿楚又不陪你？你真没用。"

"她挑了幻灯片给八卦周刊做封面，那是她的外快，要赶的。如今生意难做，大部分周刊连夜开工齐稿，空了十五个名字的位，等三两句侧写便付印。大家斗快出版。"

"我不关心哪本周刊出得快，我只看不过你追女仔追得慢！"

真烦。好像上帝一样，永远与世人同在。虽是独立门户各自为政，我姊姊因我一日未娶，一日以监护人、佣人、南宫夫人自居，矢志不渝——人人都有一个女人，为什么我的"女人"是姊姊？

我把那半个西瓜放进冰箱，度数校至最冷——因如花只吃冷品。还有午间买的糯米糍点心。这些都用作款客。奇怪，我也不觉得饿，只觉得夜晚来得太迟。

今晚，我们三人又可以商议到什么寻人计划？左忖右度，一点轻微的声音都叫我错觉是如花又冉冉出现了。

但没有。

我先吃了一个糯米糍，那原来是豆沙馅的。吃第一口没什么，刚想吞，忽地忆起他们吞鸦片自杀的一幕，食不下咽。半吞不吐时，门铃乍响。我只得骨碌一声吞下。

门开处，不见人。

"永定。"

如花斜坐沙发上唤我。

她来去原可自如，何必按铃？看来是为了一点礼仪。我对她的好感与日俱增——只不过第二日。

便也记得在《石塘咀春色》中记载的龟鸨训练阿姑的规矩。也许倚红楼三家自小灌输礼仪知识，她们都出落得大方、细致、言行检点、衣饰艳而不淫。她们不轻易暴露肉体，束胸的亵衣，像阿楚所说的"五花大绑"。据说除了仪注规矩外，也切忌贪饮贪食，更不容许不顾义气撬人墙脚。性情反叛顽劣一点的女孩，教而不善，龟鸨用一种"打猫不打人"的手段树立威信。打得一两次便驯服了。

原来他们对付不听话的妓女，是把一只小猫放入她的裤裆里，然后束紧裤脚，用鸡毛扫用力打猫不打人。猫儿痛苦，当下四处乱窜狂抓……

我定一定神，向如花招呼："你今天到哪儿去呀？"

"到处碰碰吧。"

"碰到什么？"

"到了一处地方，音乐声很吵，人山人海，很快乐地跳舞聊天和吃东西。那是一群黑人。"

"黑人？"

"是呀。肤色又黑，嘴唇又厚，说话叽叽呱呱的。一点都听不懂。"

——哦，那个地方是中环皇后像广场，那批"黑人"是宾妹。

"她们是菲律宾来的，全都是佣人。"

"哗，光是佣人就那么多？香港人，如今很富有的吧。"

"不，她们的工资很低的。"

"工资低也肯做？"

"肯，因为她们的国家穷。所以老远跑来香港煮饭带小孩洗衣服，赚了钱寄回去。"

"她们，没有别的方法可赚钱吗？"

"有，"我顺理成章地答，"也有做妓女，游客趁游埠的时候也唤来过夜。这是她们比较容易的赚钱之道。"

"一叫便肯过夜？"

"是。难道你们不是？"话没说完，我深悔出言孟浪，我不应该那么直话直说，好像一拳打在人鼻子上。

因为我见如花带着受辱的神色，咬着下唇，思量用什么话来回答我，好使我对她的观感提升。每个人都有职业尊严。我的脸开始因失言而滚烫起来。

"——我们不是的。"如花说，"大寨自有大寨的高窦处，虽然身为阿姑，却不是人人可以过夜，如果不喜欢，往往他千金散尽，也成不了入幕之宾。"

见如花正色，我也不敢胡言。基于一点好奇，腼腆地问：

"如果想——那么要——我是说，要经很多重'手续'吗？"

"当然啦，你以为是二四寨那么低级，可以干尸收殓，即时上床吗？"看，这个骄傲美丽的、曾经有男人肯为她死的红牌阿姑！

你别说，中国人最倔强的精神是"阶级观念"，简直永垂不朽。连塘西阿姑，也有阶级观念。大寨的，看不起半私明的；半私明的，又看不起大道西尾转出海傍炮寨的——一行咕喱排着长龙等着打炮，五分钟一个客。

地域上，石塘咀的看不起油麻地的。身份上，红的看不起半红的；半红的又看不起随便的；那些随便的，又看不起乞丐。

如花也不过是一个女人吧。她的本质是中国人的本质，她有与众不同之处，只是因为她红了。"永定！"她以手在我眼前一挥。见我这样定睛望着她沉思，心底不无得意——说到底她也不过是一个女人吧。"让我告诉你一些'手续'好不好？"

"好好好。"我一迭连声答应。

于是她教会我叫老举的例行手续，由发花笺至出毛巾、执寨厅、打水围、屈房……以至留宿。多烦琐，就像我等考试：幼稚园入学试、小一派位试、学能测验试、中三淘汰试、会考、大学入学试……我才不干。

——虽然所谓执寨厅，设响局，六国大封相的锣鼓喧天，歌姬清韵悠扬。饮客拾级登楼，三层楼的寨口嫂必恭必敬地迎迓，高呼"永定少到！"然后全寨妓女燕瘦环肥，一一奉为君王。但晚饭宵夜甜点烟酒打赏，还有什么"夹翅费"、"开果碟费"、"毛巾费"、"白水"之类贴士……连"床头金尽"四个字还未写完，我已壮士无颜。

想不到塘西妓女有此等架势。真是课外常识。老师是不肯教的。

阿楚在我俩谈得兴高采烈的时候才到。

因她迟来，如花不好把她讲过的从头说起，怕我闷。我把西瓜、点心递与阿楚，她又不怎么想吃。见我俩言笑晏晏，脸色不好看。

如花对她说：

"我今天漫无目的到处走，环境一点也不熟，马路上很热闹。我们那时根本没什么车，都是走路，或者坐手拉车。我在来来回回时被车撞到五六次，真恐慌。"

"到了一九九七后，就不会那么恐慌了。"我只好这样说。

"一九九七？这是什么暗号？关不关我们三八七七的事？"

"你以为人人都学你拥有一个秘密号码？"阿楚没好气，"那是我们的大限。"

"大限？"

"是呀，那时我们一起穿旗袍、走路、坐手拉车、抽鸦片、认命。理想无法实现，只得寄情于恋爱。一切倒退五十年。你那时来才好呢，比较适应。"

阿楚发了一轮牢骚，如花半句也不懂，她以为阿楚在嘲笑她的落后。

"如花，"我连忙解释，"你不明白了。但凡不明白的，不问，没有损失。"

她果然不问了。我只联想到，当年是否也有一个男人，背负着道德重担传统桎梏，又不愿她苦恼，所以说："你不明白了。但凡不明白的，不问，没有损失。"然后她果然不问了——但遇三杯酒美，况逢一朵花新，片时欢笑且相亲，明日阴晴未定。

在我无言之际，阿楚又把中心问题提出来："你到过哪儿？"她惟一的兴趣，只是当侦探。

"很多街道。譬如中环摆花街。当年十二少的居停已经拆了，变成一间快餐店，有很多人站在那里，十分匆忙地吃一些橙色酱汁和物件拌着白饭。"

"那是鲜茄洋葱烩猪扒饭。"

"哦，有这样的一种饭吗？听上去好像很丰富似的。"

如花还想形容那饭，阿楚抢着说："这是我们的民生。不过那饭，番茄不鲜，洋葱不嫩，猪扒不好吃。"

听得阿楚对一个饭盒的诋毁，我忽然记想某食家之言："苦瓜唔苦，辣椒不辣，男人唔咸，女人唔姣——最坏风水。"

想归想，不敢泄漏半分笑意。我正色而问如花：

"还去过哪些街道？"

她再数算：

"士丹利街三十八号，是一间摄影铺子；皇后大道中三八七号，没有七楼。皇后大道西的三八七号A，是一座公厕呢。还有轩尼诗道三十八号，卖衣服的，根本没七十七楼那么高，还有……"

我们叫她明天再去碰，她环游港九不费力。

"永定，那广告照样刊吧。"阿楚说，"你当自己人收费，随你用什么方法开数。"

"用什么方法开数"？还不是打最低的折头然后本人掏腰包，难道我会营私舞弊？真是。

终于决定报章广告照刊，电台上的寻人广告也试一试。全都是"十二少：老地方等你。如花"这样。

如果有些无聊臭男人跑到石塘咀故地调侃，讲不出三八七七的暗语，就是假冒。但，他们如何得知"老地方"？想一想，好似千头万绪，又好似天衣无缝。其实是老鼠拉龟。只得分头进行。

"再想，还有没有其他途径？"我犹在热心地伤脑筋。

"呀！"想到了，"阿楚，你同我留意一下车牌的线索。"

"唔，"她应，"如果不大忙的话。"末了她瞥一瞥如花："我走了。回家躺自己的床睡得好一点。"

如花款款而立，只得也一起走了。

我见如花要走，挽留道："你还是暂时借住数天吧，那有什么关系？你又没有家。"

她推辞。濒行，恳切地说："如果找到了十二少，二人得以重逢，真是永远感激你们两位。"

阿楚不待我回答，便自对她说：

"放心好了。"

两个女人都离去。

我特别地感到不安。以前阿楚忙于工作，有时对我很冷淡。但她是一个可爱而古怪的女孩，居心叵测，她一旦对我好，叫我不敢怠慢。久而久之，助长了气焰，尾大不掉——连我招呼客人住几天，她也不表示殷勤。怎么可以这样？

计算时间，她已回到沙田去，我拨个电话，预备加以质问。非质问不可！

"哪有如此不近情理？见人有难题，我怎不挺身而出？"

阿楚急接，还带着笑："你又不是肉弹明星，学什么挺身而出？"

"阿楚，别跟我耍。我是说正经的！"

她没趣："是她自己要到处碰碰，我又没赶她。嘿，我还在百忙中抽空帮她找人呢。我们落力，她自己更要加倍。还剩六天时间那么少，分秒必争才是。"

来势汹汹地说了一番，稍顿："你怕她终于不必依靠你，自己找到十二少，你劳而无功？"

"我只是担心，她无亲无故，又满怀愁绪，有人劝慰总是好的。"

"永定，"阿楚倔了，"她只是一只初相识的鬼。何以你对我不及对她好？"

"不是的——"我还想说下去。

对方并没有掷电话，只是卡一声，挂上了。

第二天，我与阿楚在上海小馆子吃中饭。她脸色寒寒的，她的俏皮毫无觅处。

我只得十分老土地先开口："有什么内幕贴士？十五名佳丽中谁最有机会？小何揽不揽外围投注？"

"我忙我的，你忙你的吧。"

"我还不知道该怎样忙呢？"

"布袋装锥子——乱出头！"

"你得讲道理，那晚是她找上我的，又不是我通街通巷接洽寻人生意。"

"你口才进步了，想必是阿姑的训练有方啦。"

"你想到哪里去了？"

她刚想发作，伙计端上油豆腐粉丝汤和春卷。她别过头不答。我死死地帮她舀了一点汤，粉丝缠结着，又顺溜跌下大汤碗里去，溅起了水珠。她狠狠用手背抹了抹面。好像这水珠之产生是我故意制造的。

她夹了一截春卷，倒了大量的醋。醋几乎要把春卷淹死了。

我心中也有气，一时不肯让步：

"她只是一只可怜的鬼罢了。"

半晌，阿楚才说：

"她不是鬼，她是鸡！"

"那又怎样？"

"——你别跟她搭上了才好。"

"我？怎么会？"我理直气壮地答。

"谁信？你还留过她两次。"

"我才不会！我从来没试过召妓，我顶多只到过鱼蛋档。"

"吓？"阿楚闻言直叫，"你到过鱼蛋档？"

糟了，我怎能失言至此？我不愿继续这个话题，但霎时间转圜无术，怎么办怎么办？我的舌头打了个蝴蝶结，我恨自己窝囊到自动投诚自投罗网自食其果自掘坟墓！

"你说！你跑去鱼蛋档？"她暴喝着，"你竟敢去打鱼蛋？"

"不不，是广告部一班同事闹哄哄地去的。"

"你可以不去呀。"

"他们逼我去见识一下。小何担任领队。你问他。"

"牛不饮水谁按得牛头低？"

"我没有'饮水'。"

阿楚又用她那褐色的眼珠逼视我，我只好再为她舀一碗汤。

她不喝汤。须臾，换另一种腔调来套我的话："你且说说吧，鱼蛋档是怎样的？"

"那可是高级的鱼蛋档呀！"

"啐！鱼蛋就是鱼蛋，哪分高低级？"说得明白，连阿楚也有点讪讪的。

她继续盘诘：

"里头是怎样的环境？"

"——"我稍作整理才开口，情势危殆，必得小心应对：

"里头有神坛，是拜关帝的。"

"哦？关帝多忙碌，各道上的人都拜他。"说着，她再问：

"里面呢？"

"——有鸳鸯卡座。"

"然后呢？"

"那卡座椅背和椅垫上有很多烟蒂残迹。也许是客人捺上去，也许部分也捺到鱼蛋妹身上了。那些卡座……"

"我叫你素描写生吗？我问你那些鱼蛋妹——"

"阿楚，"我努力为自己辩解：

"我只摸过她几下，而且很轻手。我只是见识见识吧。又不是去滚。难道连这些经历也不可以有吗？男人都是这样啦。你看你好不好意思？一点小事就凶残暴戾。"

"我知，我没有如花那么温柔体贴！"她负气地用这句话扔向我。

无端地又扯上了如花。无端地，阿楚烦躁了半天。她定是妒忌了。

真的，除了妒忌，还有什么原因可叫一个好强的女子烦躁？

但我一点也不飘飘然，没吃到羊肉一身膻。多冤枉。这边还帮不上忙，那边又添置不少麻烦。真头大如斗。

我万不能大意失荆州，息事宁人：

"阿楚，你别用那种语气同我说话。"

"我不是'说话'，"她气还没平，"我是'吵架'！我不高兴你帮她不遗余力。"

"何必为一只只上来七天的女鬼吵架？"

"哼！'妻不如妾，妾不如妓，妓不如偷，偷不如偷不到。'五千年来中国的男人莫不如此。你以前不那么轻佻，最近大不如前，想是近墨者黑。"

我才认得如花两天，就"近墨者黑"？这小女子真蛮不讲理。我气得说不出话来。口才一直拙劣，此刻招架无力，看起来更像走私。连五千年来男人的罪孽也关我的事？我袁永定要代背他们好色之徒的十字架？

她得理不饶人："你别以为时代女性会像以前的女人一般忍让。如今男女平等。丈夫不如情夫，情夫不如舞男，舞男不如偷情，偷情不如——"她一时灵感未及，续不了句。

"你有完没完？"

"还没完。吵架是永远都吵不完的！"

"好好好，"我火起来，"你去偷情，我去召妓。今晚我非与如花成其好事不可，横竖你砌我生猪肉——"阿楚霍地站起来，拎起工作袋，拂袖欲行。我也要走。

"你站住！"她喝。

又道："伙计，账单交这色魔！"我当场名誉扫地。

但扫地的不止我的名誉。

她顺手再扫跌一个茶壶以及两个茶杯："破烂的都算在内！"

然后扬长而去。

结果账单递来，是八十七元七角正。我给伙计一百元，还不要找赎——看，这不也是三八七七之数吗？我们的"三"角关系，弄致八十七元七角收场。

阿楚这凶悍的女子。怎么凶成这样，可以叫作"楚"？中国文字虽然美丽，也有失策之处，例如被误用，结果是讽刺。你看她那副尊容，古时代父从军的女子，大概便是如此，否则怎与众彪形大汉周旋？——但我不是彪形大汉，我是知识分子，好，就算不是知识分子，起码我不是市井之徒，我可是她的男友！

哼!

别妄想我会娶她为妻。谁知她会不会给我来一副贞操带?

我越想越气,情绪低落。

回到广告部,又为公事而忙。

阿楚也为公事而忙。

下午她自外面回,经过门口广告部,像只僵尸般上二楼去,正眼也不看我一下。小何心水清,明白了。

"喂,"他上来,"吵架了?"

"有什么稀奇?每个月都吵一次。"

"唏,那是生理上周期性情绪欠佳,没法控制的呀。"这混小子在为女性说项。

"不,这回是因为呷醋。"

小何以那天他阅报,乍见"邵音音要嫁到沙捞越去"的婚讯的表情来面对我:"什么?"

我才不敢把如花的故事张扬,免得节外生枝。只含糊其辞:

"阿楚不高兴。其实那有什么?我只认得那女子两天。她托我代她寻人。"

"哦,"小何恍然大悟,"那晚的女人。好呀。我听到她赞美你,认定你可以帮她的忙。"

"帮忙而已。"

小何自顾自评头品足:

"样子不错,有点老土。不过很有女人味。阿楚没有的,她全有了。永定,想不到你也有点桃花运。"

我不答。

"为什么你不去马?出轨一次半次,不要紧,回头还有阿楚,阿楚跑了,起码你浪漫过。谁说一生只能够爱一个人?"

"你不要推波助澜了。没有用。这女人不会喜欢我,她另有爱人。"

"你呢?"

"我不会。"

"不会,抑或不认?"

我不会、不认、不敢。这种曲折离奇的事件千万别发生在一个小市民的身上,负担不起。一个阿楚,已经摆不平。

还同我吵什么"妻不如妾,妾不如妓,妓不如偷,偷不如偷不到"……我们二人此时正隔着一行楼梯,咫尺天涯,老死不相往来。

咦?她骂我什么?——妻不如妾。用这样的话来骂我。在她的意识中……我真蠢!她是重视我的,原来我俩之间,感情足够至吵一场这样的架!

我或者她,一直都不发觉。

她当我是石头,我当她是泼妇。不是的不是的。

一刹那间本人豁然开朗。还想向各同僚公开心得:客气忍让怎算真爱?肯吵架才算。

她是重视我的!禁不住略为阴险地笑。

登登登楼上跑下阿楚来。她不知要出发采访什么新闻去。见我竟在笑,更为生气,掉头便走。

"阿楚!"我叫她。

她听不到,出门去。

近日天气变幻无常,忽然下着一场急雨。阿楚才走得几步,雨大滴大滴地自高空洒下。我在门口望到她跑下斜坡去。她把挂在肩膊的相机,急急拥住,一边跑,一边塞进杂物澎湃的工作袋中,护得相机,护不得自己的身体。她竟那么宝贝她的工具。

转眼她的芳踪消失了,怕是截了计程车赶路去。

转眼雨势也稍弱了。这般没来由的雨,何时来何时去?好像是未曾有过。

第一次发觉，原来在风雨飘摇中，强悍的阿楚，也有三分楚楚可怜。

一个女子，住得那么远，因是居屋，无法不拣沙田。而她天天沙田上环地往返，营营役役，又是跑娱乐新闻的，寸土必争寸阴是竞，一时怠慢，便被人盖过。每个月还要拿家用给父母呢。

我竟还惹她生气？

我护花无力，非好好向她道歉，良心不安——如此一念，虽然她曾当众骂我"色魔"，叫我没脸，但我也原谅她了，顶多此后不光顾那上海馆子便是。

我俩的恩恩怨怨，终也化作一场急雨。

——但，这只是我一厢情愿。

距下班时间约十分钟，阿楚赶回来。

她不是一个人。

她托小何把菲林拿上去冲晒，然后，把身边那男子介绍我认识。小何向我扮个鬼脸，不忍卒睹。

"永定，这是安迪。你不是想问有关车牌的资料吗？你尽管问他。他是我的好朋友，一定帮我忙。"

说着，以感激目光投放于那安迪上。

靠得很近。

我安详地问："我想知道关于某一个车牌——"

他已煞有介事答："我们运输署发牌照，有时有特别的车牌，便储存公开拍卖，市民出价竞投，价高者得，你想投一个靓数字吗？"

"不，而是已知一个数字，想查查车主。"

"这却是警方交通组的事了。"

我见他把波交到警方手中去，也就算了。

"那么我尝试去交通组问一问吧。不过从何查起呢？三八七七，又不知字头……"我自己同自己说。不大理会他。

"你帮他想办法吧。"阿楚推他，"永定也是帮人的，他倒极热心，怕人不高兴呢。"

"什么？三八七七？"

安迪说："好像有个这样的车牌，好像是，因为三八意头佳，明天将会拍卖。"

"真的？"我同他握手。

"阿楚，"我向她说，"等会去吃晚饭？"她不答应。她与安迪离去。我大方地道别，还要装成有些数项要计算，很忙碌的样子。我怪自己，叫作阿定，便定成这样！五内翻腾，不为人知。回家途中，一路猜想：二人吃完饭，不知是否去看电影？看完电影，不知是否喝咖啡去？……

懒得上街吃饭，到我姊姊处鳎餐。席间，我小甥子顽皮，姊姊教训他。姊夫以苦水送饭：

"一天到晚都听得女人在吵。"

原来他俩的学校中，校长、训导、总务、事务、书记、工友，和大部分的老师都是女人。姊夫几经挣扎，方能自女人堆中争到一个小小的校务主任的位，多么委屈啊，你以为饰演贾宝玉吗？——唉，女人都是麻烦的动物！

我问姊夫：

"最近又有什么难题呀？升了主任已一当五年，虽在女人当家手中讨一口饭吃不容易，但是，你们是津校，人人都受政府俸禄而已，又不怕炒鱿鱼。"

"唉，"他说，"最近有个副校长空位，我便递了信申请，谁知新同事中也有人递了信。"

"公平竞争嘛。"

"你不知道了。这新人在他校任体育组组长，因迁居请调本校。校长喜欢他不得了，年轻力壮，人又开朗，赢得上下人缘，看来比我有机。真不知要如何整治他一镬才好。"

然后姊夫扒口饭。我看看他，三十几岁的光景，前途一目了然，活得不快乐，只因长江后浪推前浪。教育界，整治人以攀高位？看来小洞里也爬不出大蟹来。

"永定，你有什么建议？"

"建议？暗箭伤人多容易！说他不尽忠职守，说他课余女友多多，说他暗中兼七份补习，上课精神萎靡，说他对六年级刚发育女生色迷迷……随你挑一个借口。"

"校长也许会信吧。"

"好的上级不听谗言。但我又不认得你们校长。"

姊夫在慎重斟酌："这个世界真的要讲手法。"

"不是手法，是手段。"

姊姊收拾碗筷，听到末两个字：

"永定你教他什么手段？"

"没有。如果够手段，我不会自身难保。"我想，到我三十岁的时候，也没差多少年了，那时上级主任犹未退位，我只得守在副主任的位置上。而阿楚，又未必成为我妻。一个人为黍稷稻粱而谋，为妻儿问题诸多苦恼，真没意思。

"真的呀，"我像在努力说服自己，"是需要一些手段。否则茫茫人海，怎会挑中了你？"

"你又发什么牢骚？"姊姊问。她又开始探讨我的内心世界了。想起阿楚呷如花的醋，我呷那什么安迪的醋。情海，也不过是如此的一回事。

"即如当年男人跑到塘西召妓吧，要引起红牌阿姑的注意，青睐另加，你就要使点手段。"我熟能生巧：

"或者出示红底发揸；或者送个火油钻戒指；又或者在春节期间为心爱的女人执寨厅，包足半个月，赏赐白水之外，打通上下关卡，无往而不利……"

姊夫以一种奇异的表情望我，但本人浑然不觉，滔滔不绝：

"如果不施银弹攻势，便去收买人心。卖弄文墨，娓娓谈情，故意表示自己无心问鼎中原，只是恋爱，不但肯为她抛妻弃子，甚或为她死——她必非你莫属了。"

姊姊姊夫二人根本没机会插嘴。

"事业是这样，爱情也是这样。甚至最简单的人际关系，谁说不是要花点心思？"

"永定，"姊姊觑得我一个空档，"你说些什么？"

"我说些什么？"

"你以前都不是这样的。"她疑惑。姊姊把她的玉手伸来摸摸我前额。

"你说，姊夫与同事追逐一个高职，与嫖客争夺红牌妓女芳心，难道不是差不多的意义吗？摸我干么？你的手未洗净，有一阵鱼腥味。"我避开。

"永定你要死了，你哪里懂得这么多召妓的心得？你与阿楚闹翻了，于灯红酒绿色情场所流连？啧啧，你怎么堕落成这样子？有疱疹的呀，一生都医不好的呀，你……"

我见势色不对，一塌胡涂，终逃窜回隔壁的家去。

我一边开锁，一边想：

哼，赶明儿若见那安迪乘虚而入，我一定要在阿楚面前力陈利害，叫她留意：安迪这人走路脚跟不到地，轻佻浮躁；说话时三白眼，又不望着对方，妄自尊大。且他也许女友多多，公余嗜看咸片，特别是大华戏院的。

以阿楚之聪明，她一定不会舍我而就一个毫无安全感的臭飞。

——当我这样想时，自己不禁为自己的卑鄙而脸热。为什么我竟会动用到"暗箭伤人"这招数？

难道本世纪没有单纯的恋慕，生死相许？难道爱情游戏中间必得有争战谋略，人喊马嘶之局面？

也许我遇不到。

也许我遇不到。

不消一刻，我便颓唐。认定自己失恋了。

我拨电话找阿楚。伯母说她还未回家。

"永定，"伯母对我十分亲热，"明天来饮汤呀？"

天底下的女人，都爱煲汤给男人喝。年轻时为男友，年长时为丈夫，年老了，又得巴结未来爱婿。我支吾以对，看来她不知道我与她爱女吵了一场。

取过一份日报，见十五名佳丽会见记者的照片，旁边另有一些零拾对照，是记者偷拍自集训期间的。有的因长期睡眠不足，心神恍惚，患得患失，在偶一不慎时，流露无限的疲惫。她怎料得又上了镜？选美不是斗美丽与智慧，而是斗韧力。于艰苦逐鹿过程中，状态保持坚挺一点，赢面就大些——恋爱，都是一样。

这晚，我决定不找阿楚。如花竟又没出现。我睡眠不足。心神恍惚，患得患失，无限疲惫。翌晨照镜，无所遁形。两女对我，始乱终弃。

睡得不好，反而早起。

办公时间一到，我马上拨电运输署，香港二六一五七七，得知早上会在大会堂高座举行车牌拍卖。那安迪没骗我。

然后，我又拨电回报馆，说会与一间银行客户商议跨版广告之设计，之类。

　　当我到达大会堂高座时，已经听得有人在叫价："五千！"

　　"六千！"

　　"一万！"

　　"二万！"

　　终于一个"HK 一九九七"的车牌，被一位姓吴的先生投得，他出价二万一千元，比底价高出二十倍，而他暂时还没有车。

　　忽见镁光一闪，原来有外国人在拍照。

　　他们一定很奇怪，这些香港人，莫名其妙，只是几个数目字，便在那里各出高价来争夺？在他们眼中，不知是世纪末风情，抑或豪气。总之，任何地方都没有这习俗："炒！"

　　"唉，真是市道不景，"旁边有位老先生在自语，也许是找个人搭讪，"以前，车牌同楼价差不多，靓的车牌，才二万元？休想沾手！"

　　"是吗？"我心不在焉。

　　一直留意着以后的进展。接着的车牌是"AA 一一八八"，二万五千元成交。另外还有"CL 五"、"BW 一八"，渐次升至四万。

　　"早一阵，有个无字头三号的车牌，你猜卖得多少？"

　　"十万，二十万？"我说。

　　"有人投至八十万——"

　　"啊？"

　　"八十万还买不到，因为最后成交价钱是一百多万，还登了报纸呢。"

　　"你怎么那样关心？"我问这老先生。

　　忽然，拍卖官提到一些数字：

"CZ三八七七。"

我如梦初醒。

身旁那老先生，已无兴趣，立起来。

我的神经紧张，不知道这老先生，是否对我有帮助；又不知道接下来的拍卖，是否事情的关键。他已离去。我稍分了神。

"二万五千！"

座中一把声音叫了。我急回过头来，追踪不及，不知发自何方。游目四盼。

后面有两个中年男子，在聊着：

"这车牌不是在三月份时拍卖过吗？初定价好像是二万元，但无人问津。"

"三八是不错，但这七七，读起来窒住中气一样。"

"你兴趣如何？"

"普通。"

拍卖官继续在问：

"二万五，有没有多于此数？"

成交吧，成交吧。我心狂跳，守株待兔可有结果？

结果是，拍卖官道：

"没有更高的价钱？底价二万，只叫到二万五，叫价不大满意，所以不打算卖出去，留待下次吧。"

后座的男子又在发表：

"这车牌真邪，两次都卖不出。"

"不是邪，是政府嫌我们太吝啬了，宁愿吊起来卖，等大豪客。"

"大豪客们都跑到小国家入籍去，几乎连车都不要，还要靓车牌？"

不久，拍卖的游戏玩完了。

在这个早晨，推出拍卖的特别车牌共有十七个，卖出了十六个，最高的卖至四万，最低的是一千元，号码是"AN 七四八七"，丝毫吸引力都没有，也有人肯白花了这一千元？

而我翘首苦候的 CZ 三八七七，等了一朝，只听过叫价一次，声沉影寂。

啊，我颓然坐倒。是谁曾有意思，要买这个三八七七的车牌呢？是谁呢？

线索中断，都因为这个林姓的拍卖官对叫价不满意，所以拒卖。真混账。他只顾应对静态港闻的记者们：

"是次拍卖活动共得款十八万零五百元，将拨入奖券基金作慈善用途。"云云。

人群陆续地离去。本来人便不多，一走，马上掏空。他们投入茫茫人海之中，再也辨不出谁是谁。谁讲过那么的一个价钱，谁对三八七七那么有兴趣。留得青山在，已经没柴烧。我混沌的脑袋更加混沌，加上失望。我在想：若有所待便是人生，若有所憾也是人生。

离开冷气间，踏进燠热的城市心脏，又一次，这大会堂的脚头真不好！每次都叫我空手而回。

谁知还发生这样的事故——

一辆八吨重的货车，落货后，工人忘记将吊臂放下，货车行驶时，这吊臂造成意外，轰向一辆巴士的身体，巴士闪躲，轰向一辆私家车，私家车闪躲，轰向行人路。

我刚在行人路。

我闪躲，站立不稳，倒地，身后有一个青年，干革命一般，前仆后继，压向我身上。我的手先着地……

这宗意外，没人死，没人重伤，只有"轻伤"，那是我！在事主与途人与好奇者扰攘不堪之际，我痛楚难当，整条右臂直不起来，我亲眼见到它"弯"了。只轻举妄动，便叫我眼泪直流。他们送我到急症室去，就扔下我自生自灭。在急症室，医生给我照 X 光，那是坐候二十分钟之后的事。照 X 光时，他们叫我把手伸直，我竭尽所能，无法做到。于是他们写纸，上了三楼专科诊治。

我真是时运低！一个遭鬼迷的时运低的落魄书生！

上得三楼专科。医生吩咐道：

"弯曲。"

"伸直。"

"摇动。"

我艰难地照做。恐怕每做一下，消耗的精力都用在忍受痛苦上，未几，筋疲力尽。

"没有断呀，"他说，"你动多些吧，动多些便没事了，回家啦，不用住院。"

"医生，但这尺骨分明弯了。"

"渐渐它会直的。"

"我无法把它伸直。十分之痛。"

"忍忍便没事了。"

"医生，这是我的右手，没有了右手于我影响极大，它什么时候会好？"

"会好的，只是皮外轻伤，不是骨科。"

他口口声声强调没事，不外是不希望我住院。在公家医院，床位弥足珍贵，等闲的伤势，无资格占得一席位。"那我去看跌打吧。"我说。

"不太严重的。"他气定神闲。当然，那又不是他的手。我几乎想把他的手……

他给我两种药："长的、白色那种是止痛药，感觉极痛时才吃；

圆的那种是胃药，因止痛药在胃中发散，所以……"

我一瞥那些药，基于常识，我明白特效止痛剂的"功用"，止痛剂如果储存下来，过量可作自杀之用。

当下我吞了些药。

然后他打发我走。一路上，痛苦减轻，那是因为麻醉。带着残躯回家转，手肘部分已渐渐肿起。我以为会像青少年时代踢球受伤，消肿消痛，三数天完全复元——但不是的。迷糊地躺了几个钟头，半夜里痛得如在死荫的幽谷，冷汗涔涔，我的手，像受着清朝奸官下令所施的酷刑，辣辣地轰痛，惊醒。

在痛得魂魄不齐的当儿，我受伤的手，突然传来一阵凉意。就好像医学上的冰敷一般，但敷在手肘上的，不是冰，是一只手。

如花为我疗伤消肿。

她的手。

她的手。你们不知道了，大寨的妓女由鸨母精心培育，对她们的日常生活照顾周到，稍粗重的工夫，绝不让之沾手，甚至还有人代拧毛巾抹脸，以保护肌肤娇嫩——所以，如花的手，就像一块真丝，于我那肿疼不堪的伤处，来回摩挲，然后，我便好多了。但，太早了，太快了。

我其实应该伤得重一些。

甚至断了骨。

则这柔腻的片刻，可以长一些。

如花不发一言，她坐在我床沿，不觉察我的"宏愿"。

我暗暗地在黑夜中偷看她，坐有坐姿，旗袍并没有皱折。想起她们的"礼仪"。

连一个妓女，也比今日的少女更注重礼仪呢。

市面上的少女，在男子的家中，可以随便地坐卧，当着他面前以脱毛蜡脱腋毛，只差没问他借个须刨来剃脚毛，也许不久有此演进也说不定。

塘西妓女是不易做的，她们在客人面前，连"喋、衰、病、鬼"这样的字眼也不可以出口呢。

得到如花照顾，为我做"冰敷"。得到如花的沉默，令我心境平静。渐渐地因为不痛了，回复精神记忆："如花，你昨晚到了哪儿去？为什么不来？你——"

我说不下去了。

她见我不提自己伤势，一开口便追问行踪，有没有些微的感动？

"我做过很多事。"她说。

"什么？"我忙问。

"我去过一些地方，"她追溯，"那儿有很多我们从前并没有过的证件，我一处一处去，去到哪儿翻查到哪儿：出世纸、死亡证、身份证、回港证……"

但是一切有号码记载的文件是那么浩瀚无边，她才不过花了一天一夜，如何见得尽三八七七这数字的线索？

还有太多了，你看：护照、回乡证、税单、借书证、信用咭、提款咭、选民登记、电费单、水费单、电话费单、收据、借据、良民证、未婚证明书、犯罪记录档案编号……

我一边数，一边气馁。一个小市民可以拥有这许许多多的数字，简直会在其中遇溺。到了后来，人便成为一个个数字，没有感觉，不懂得感动，活得四面楚歌三面受敌七上八落九死一生。是的，什么时候才可以一丝不挂？

"如花，你可找到蛛丝马迹？"

她摇头。单薄的身子，丰富的眼睛。单薄的今生，丰富的前尘。

啊于我这是一个单薄的夜，丰富的感情。我不敢再误会下去。

我想痛骂她，叫她放手算了。也不过是一个男人，何苦众里寻他千百度？"如花，今天是第四天，如果找不到十二少，你有什么打算？"

"一定会找到的。"

我苦笑。"是不是很多像你这样的鬼，申请上来寻找她的爱人？"

"不，"如花说，"在阳间恋爱不能结局，因而寻短见的人，死后被囚禁枉死城，受尽折磨，状至憔悴。黄泉路上，经多重审判，方有转生之机……"

"那么一齐寻短见的人，岂不很容易便失散了？"

"是的，尤其到了'授生司'，人群拥挤赶逼，就像——车站候车的纷乱情形。"

"秩序那么差？"难怪我听见骂人说赶着去投胎，真是争先恐后。

"轮回道中无情，各人目的地不同，各就因缘，挥手下车，只能凭着一点记忆，互相追认。我不知道十二少现栖身何处。"

"记忆？今世有前生的记忆？何以我一点都记不起前生种种？"

"那是因为投生之前，喝了三口孟婆茶。"

原来在转轮台下有孟婆亭，由孟婆主掌，负责供应"醽忘"茶，喝下三口，前事尽忘，这茶有甘辛苦酸咸五味混合，喝后不辨南北西东，迷糊乱闯，自堕于六道轮回，一旦投生，醒来已是隔世。

"那多好，前事浑忘，后事不记，便重新做人。"

"永定！"如花望定我，"你从没试过深切怀念一个人吗？"

"没有。"我快口快舌地答了。没有？我在疑惑。

"我不可以。前生过得不好，我不相信今生也过得不好。我们只盼望一个比较快乐的结局，难道这是错吗？"

一个痴心的人强悍如军队。我不忍心泼冷水。凭一个信念，二人重组幸福的家庭，真的，只盼二人有个快乐的结局，难道这是错吗？是天地间有嫉妒者，故意捉弄，叫分合无常，叫缘分缥缈，半点不由人？

如花告诉我：

"我不肯喝那孟婆茶。就在那必经之路苦等。久候不至，哀请让我上来寻人，付出了代价。"

上来七天的代价，便是来生减寿七年。

她宁愿寿命短一点，也要找到他。

我真妒忌。这人凭什么？

"如花——"我拍拍她的肩膀，什么话也没有说。回房去了。

如花坐在沙发上，遥望星空，梦为远别啼难唤，书被催成墨未浓。

书被催成墨未浓。

我的心情不知像古人那封信，抑或那砚墨。两者皆不是。一切与我无涉。

如花像电影中的定格。她心里想的是什么？如果那一天，她没有应毛巾七少的花笺。如果那一天，十二少没空在席间出现。如果那一天，她不曾多看他一眼。如果那一天，他公事在身早早引退。如果那一天，她没暗示他日后倚红楼相见。如果那一天，他无心再访艳……

都是那一天。

我在床上，也像电影中的定格，我心里想的是：如果那一天，我早五分钟收工。如果那一天，我偷空上了采访部看电视。如果那一天，我在家等阿楚宵夜。如果那一天，接洽寻人广告的是小何不是我……都是那一天。

我半睡不醒。如花抚摸过的伤处，早已痊愈，我忍不住，就在原位轻轻地像她一般来回摩挲，我不相信！她曾与我肌肤相接？其实，她只不过是个至为简单的女子，她的身世复杂，感情简单。无端地，闻到花露水的香味，漫天漫地的温馨，今生今世的眷顾。我载浮载沉……

清晨乍醒，我有无限歉疚。那是一个过分荒唐的绮梦！我的床单，淋漓一片。

我不是不自疚，但我无力干涉我的性幻想，这并非罪恶，这只是荒唐。

我在如花的世界岂有立足之地？

胡里胡涂地整理好床铺被褥，胡里胡涂地上班去。普天之下，没人发觉我昨天曾经受伤。报上也没有登。小市民的灾难，全是打落门牙和血吞。幸好我的伤也好了。

但小何告诉我：

"阿楚来过电话。"

"什么事？"

"她不是找你——她找我。她叫我下午到她家取一篇稿交到娱乐版。"

"为什么？"

"她病了，感冒。"

"感冒也可以交稿，她又不是歌星，感冒时不能谋生。"

我虽轻描淡写，但何以她叫小何去取稿？她来个电话，我会替她办妥——要不，她也可以委托那个安迪代劳，惟安迪得知她病了，少不免送束花，安慰探问一番……

小何实在气不过，见我木讷，便道："我下午没空，你代我去。"

"她又没叫我做。"

"你不去，是不是？其实她心底里并不是想我去，故意要我传话，好，如果我去，我会设法撬你墙脚。撬了来扔也好！反正你俩意见不合，无法团圆……"

"我那么多工夫要赶，谁知下午是否走得开？到时再说。"嘴说得倔，心中恨不得掌掴小何两记，然后飞身至沙田。终于我按阿楚家门铃。

家人不在，她来开门。一见，原来为了发泄，剪了一个极短的发型，短得几乎可以当尼姑。

她见是我，竟然成竹在胸，一点也不愕然。

我进去，她也不招呼，拎起电话继续对话："——试就试吧，落选不等于一切没希望呀——我知道，不过——你听我说，钟楚红不也是落选港姐吗？她现今一部戏收四五十万，还说一口气推了六部——泳衣？怎么这些导演一个二个都要泳衣试镜？——看着办吧，签四年，长是长了点，不过可以要求外借——主要看你自己，你要红，就搏尽豁出去，别不汤不水，畏首畏尾……"

她跟对方蘑菇了二十分钟，看来不过是某落选佳丽，作推心置腹状向她问意见。谁知是不是问意见？反正她们自己心里有数。不过找了一些记者展示谦虚彷徨无知，人总是爱怜弱小的，自是乐于赠言——说到底，还不是搏宣传？签不签约好呢？其实心中已经狂签了七千次："我愿意！"

阿楚重感冒，声音深沉如一只低音喇叭，令在旁听到的人也喉头不适，她还要讲那么多废话，真是辛苦。我示意她快点收线，她见到我手势，又装作淡漠。真狡猾。一瞥她书桌上，放着一盒糖——正是那种奸人才吃的草药糖。

终于她收线了。然后开始把刚才的无聊对话化成一篇特稿："三大机构争相邀约，落选佳丽无所适从"之类。文中不免涉及些从前的例子，钟楚红、赵雅芝、缪骞人……选美经典作。

"你等一会。"阿楚淡淡地说，"写好后给你带回去，告诉老编是独家的。"

"也许她转头又向另一记者讨意见了，你还带病赶稿，独家不独家又如何？还不快去休息？"见她不理，气了，"你吃过什么东西，竟一病不起？你们那天到何处晚饭去？"她不回答。

"真是时运低，遇鬼之后，你病了，我又受伤——"

"你受了什么伤呀？"她边写边问。

我便把那灾祸重述一次——当然，如花为我冰敷的一节绝口不提，其他的……也绝口不提。我学得油滑了，把伤势和痛苦形容得十分详尽，活灵活现。末了还说：

"现已不痛了。我不是要你同情呀。"

"我也没要你同情。"阿楚沙哑着老牛一样的嗓子说，"有什么关系？"

"阿楚，"我实话实说，"我们和好吧。趁你生病，没气力吵架，我们就不必再吵下去。你这样的嗓子，再努力吵架，很快会哑掉，不如修心养性……"

"嘿——"阿楚啼笑皆非，"世上哪有男人这样认错的？"

"我这好算认错？"

"你惹我生气，还不算错？"

"你也惹我生气——"

"总之一切都是你错！"她激动了。

"不，"我道，"——但算了。对不起。"

病中的阿楚，比较软弱，眼圈一红。

"阿楚，"我的声音充满温柔，"难道你没有信心？你以为自己斗不过一只鬼？"

"你不可以爱上她。"

"我发誓不会！"

"她无处不在，"阿楚忽然孩子气地质问，"在你洗澡时突然出现，你怎办？"

我联想太多，十分腼腆。

阿楚下定决心。像样板戏"智取威虎山"的表情：

"永定，我决心尽力帮她找到十二少，早日找到，她心息了，便早日离去。真的。"

"当然，大丈夫一言既出，驷马难追。"

"哼，你算大丈夫？大丈夫不可一日无权，小丈夫不可一日无钱。你不是大丈夫，你连小丈夫也不是——"

"是，"我很悲哀地说，"我只可成为人间的一名丈夫，不论大小。但凡男子都可成为丈夫吧。"

"你以为？"

"不是有成语说'人尽可夫'吗？"

阿楚笑了。浓浊的感冒鼻音，令我也忍俊不禁。我递给她一颗奸人糖，乘势抓住她的手。她也不挣扎，只是狠狠地说：

"瘦田没人耕，耕开有人争！你得意啦。"

一发狠，阿楚咳了几下。我拥抱她，病猫永远比老虎可爱。这病猫的毛发又那么短，刺手的："你努力地病吧。"

"因你对我不好，我已把全部精力消耗于一场病中，再也不能了。"

然后，她静静地，哭起来。扁着那张曾得理不饶人的嘴，里头有唇枪舌剑，针言刺语，如今半招也使不出来。

"你以后不准激怒我！"她命令。

"遵命！若有再犯，请大人从重发落！"我十分认真地答，表示听话。

男人一生中，总是遇到不少要他听话的女人，稍为地听话，令男人更加男人。女人一生中，总是希望男人都听她的话，好像没这方面的成就，便枉为女人了。什么是"话"？什么叫"听"？归根究柢，没有爱，一切都是空言。没有爱，只成了鸣的锣响的钹。

我与阿楚的感情，忽地向前跨进一大步，实是始料不及。

三天之内，波谲云涌，跌宕有致。

阿楚的妈妈买菜回来，一点也不发觉我俩龃龉。只留吃饭。为了一顿团圆饭，我巴巴地自沙田把稿带回报馆，然后又巴巴地回去。饭后，见伯母在洗碗——是的，要有大量的爱，女人才肯乖乖地入厨洗刷那堆脏碗。

我在阿楚家待至很晚，也没有什么事做，一起看电视。只为娱乐（不是娱乐版）而看电视，相信这对阿楚是稀罕的。病一病多好，什么享受应有尽有。连堂堂男子汉也奔波向她赔罪。

回到家时已是十二时半。

于跋涉长途中，我已奋力锁起一头心猿，关禁一匹意马，以后对女友一心一德。如花只是幻影，我对她，口号是"日行一善"；原则乃"助人为快乐之本"——

我发誓不会。

我发誓不会。

训练自己的坚毅精神，相信再次面面相觑，不会不好意思。

打开门，欲亮灯，但灯掣没有着。两三下之后，始发觉是停电了。

我把姊姊家门敲了一阵，借来四支红烛，把它们一一燃亮，顷刻之间，小小的房子就荡漾着一片红光，幽幽摇摇，是是非非，迟迟疑疑。

窗外，是出奇地冷静窥照的寒月疏星，益显得人间晃荡。同样的星月，窥照不同的人，时间，又过去了。

"永定，为什么这样晚？"

烛影之中，只见如花在。睫毛闪动的投影，覆在脸上，像一双手，拂来拂去。

"你来了？"

"来了很久。你到何处去？找不找得到？"她轻轻地问。

但，我的时间用作破镜重圆之上。忘记了如花未圆之愿。

"还没找到。"声音中有几分歉意。

"永定，我很害怕——"

"不要这样。"

"我再也找不到他吗？"

"找得到的，"如今反过来，变成我的信念，"他在人间，你放心。"

"不，我不相信我俩可以重逢。变迁如此大，一望无际都是人，差不多的模样，差不多的表情。也许是我的奢望，这是一件艰难的事，几乎是没可能的，根本是没可能的。只怪我自己，拿得起，放不下，弄到如今无可救药。"如花后悔了吗？

悔不该，惹下冤孽债，怎料到赊得易时还得快。红烛的眼泪，盈盈堆积，好似永远都滴不完，但她的眼泪，一早消逝在衣襟，埋在地毡，渗入九泉。

我不知道该如何安慰伤心的鬼。

在空白的一刻，电话铃声响了。

如花愕然抬头。

"是停电，但不关电话的事。"我解释得不好，"电话，是另外的一些电。"

同样的电，却是两个世界。

同样的故事，却是两种结局。

是阿楚。

"阿楚，我们这里停电。你那边呢？"

"隔那么老远，怎会有相干？"

"是。"

"——电是不会，但人是会的。"

一下子，关系拉得极近，谢谢爱迪生。

"如花在不在？代我向她说句话：'是你的就是你的，若不是，始终都不是。'你会说吗？好好地劝她。我不应该给她脸色看。"阿楚收线后，我第一次发觉，她是一头好心肠的狐狸。但我担心她乖下去，她这种女孩，不可以乖，一乖，便令人失却乐趣。

我不要她觉悟。她做了好人，我做什么角色才对？

如花见我犹握住听筒怔怔地出神，也不追问，只静静望着我。

"我女友。总是令我担心，她有时对我好，有时对我不好。"

"她爱你，才故意对你不好。"如花安慰。

"但既爱我，为什么故意对我不好？"我不明白这么迂回的羊肠小径的道理。

"十二少也故意对你不好？"

"——"如花不理睬我，"爱是很复杂的，真不是一件容易的事。"

"是，阿楚与我交往，当成写稿一样。"

"写稿？"她不明所以。

"无中生有，小事化大。"

如花会心一笑。"那不是鳝稿吗？"

"你怎么知道这名词？你学习得真快！"

"永定，"如花娓娓地说，"这不是一个新名词，这是我们那年代的术语。"

如花如何得知？原来她有个客人，是《循环日报》的编辑，常与舞台红伶、开戏师爷等到塘西酒楼讲戏，不时发笺召来姿容姣丽的阿姑做陪，就是这样，如花认识了不少文化界。

且说二三十年代，中区威灵顿街的南园酒家，地方宽敞，颇负盛名，一日鱼塘送来一条五六十斤的大鳝，主人见鳝硕大，恐难一日沽清，那时没有雪柜，鱼会发臭，于是求问《循环日报》编辑，他代拟了一段新闻稿，说南园酒家明日劏大鳝，请顾客及早订座。这夸张的稿发表之后甚收效……日后但凡南园劏鳝，例必发"鳝稿"。

我听了，很佩服。

"如花，你知得真多！"

"这只是生计。"如花谦道，"我晓得以白牡丹或银毫香片款客。我百饮不醉。我对什么男人讲什么样的话。但不过是伎俩。"

"但是美貌——"

"美貌也是伎俩。"

我好奇地注视她。她上了妆，酡红的脸，好像一只夜色中的画舫。不过，她只在夜里方才流泻艳色吧？

"你在白天是怎么样的？"我从来未曾在白天见过她。我想。她的客人，许也未曾在白天见过她。多么奇怪，在做人的当儿，在做鬼的当儿，她只与黑夜结缘。

"苍白的，眼脸浮肿，疲倦如一般女人。"

"你会生气吗？"

"何以这样问？"

"不，我只猜想不到你生气的样子。"

"我生气没有'样子'，只有'心情'。我不晓得发泄。"

"为什么？"

"——这是因为我自小没有生气的权利，没有父母供我撒娇，或弟妹给我差唤。稍懂人性，已在倚红楼三家手底下成长，接受一切礼仪训练，也没有生气之经验。我的专长是卖弄风情，我的收获是身价日高。最大的快乐，只是遇上十二少——"

"我明白。"

"你不明白呀。我多么希望，可以在他身上发脾气，只有在心爱的男人身上发脾气，才是理直气壮的。"

"一次也没有吗？"

当然我记得，当十二少为她放弃了一切，却又终逃不过走投无路的困扰时，爱情越浓，龃龉越烈，都是因为：爱，并非一种容易的事。在那么艰涩的日子里，如花没有发过脾气吗？

"有的，就是那一天——"

那是刻骨铭心的一天：

十二少，向她，提出，分手。

如花平素卖的是笑，自懂事后，她的"事"便是令男人快乐，令男人喜欢她，并不知道，原来她也可以遇到一个令她快乐、令她喜欢的男人吧。那已足够——谁知一天男人说……

新春正月里，正是大戏锣鼓最热闹的时分，大中小戏班，都忙于演出。如果连这兴旺的佳节也乏人问津，仿效观音大士坐莲（年），那也真是华光师傅不赏饭吃了，不如及早回头是岸。

十二少在华叔的班子里，只是一个新扎小角色。有时甚至只在日班踏踏台毯而已。在太平大戏院，又似比外头铁皮架搭的棚子要好得多。这冬日里的一天，十二少台上参演"梁祝恨史"。不是梁，不是祝，甚至不是士九人心。后台除了大佬倌拥有自己的厢座外，一干人等使用公共的镜屏脂粉，公共的戏服。公共的反映，你反映我，我反映你，不过是苍生一角。梁祝的书友之一，没有名字，不是甲乙丙，便是丁戊己。

当梁山伯与祝英台在私塾中为女子地位而辩，当梁山伯发现祝英台耳上穿了孔时，他们的同窗书友，便在旁起个哄——这样，又是一出戏了。并没有"化蝶"的福分。

十二少的母亲来看了，堂堂阔少，自食其力？真是丢人现眼。

母亲气病了。父亲眼看不成气候，又闻得他深染烟霞癖……

托人辗转相劝："你才廿四岁……"多有力的罪证！

是的，一个大好青年，廿四岁。

戒了鸦片，与烟花女子分手了，回去还有一家子热诚的欢迎，既往不咎，脱胎重生。

廿四岁。才这么年青。往前瞧，一片锦绣。十二少对着这公共的镜屏，背后人声鼎沸，喧嚣纷纭，一切都淡出了。他一壁落妆，抹去脂粉，细看一张憔悴得不成人样的脸，自己都认不出来，那曾经一度的风华。

一个人要回头，总是晓得这样想：也不是错，美丽的日子总是短暂的，永远在心头上的——不过，也差不多过完了。

无从开口。

在十二少小小的居停，中环摆花街一幢唐楼的三楼，如花水葱似的手，正在搓着面粉团，她正学习一下，怎样弄一锅汤圆。捏出一小粒一小粒的粉团，然后一粒粉团包一粒片糖馅。圆是不怎么圆，怎么搓都不圆。有时，片糖的方角，竟会掺了出来，于是可以预料得到，不消一刻，糖在沸水中溶了，便缓缓地漏掉，混在水中。糖的芳踪，杳不可寻，那汤圆，成了一个空心的物体，在水中漂漾。

十二少刚刚开了口。

如花听了，好像并不真切。她只管搓她的汤圆，一个汤圆，来回往返地，恨不得碎尸万段，谁知它又那么黏腻，糖也半溶了，在手心，一切都混淆，渐渐地变成黯灰色的白粉团。良久良久。依旧是一颗汤圆。横看竖看，都可算是汤圆。但，却不可以吃了。煮都不用煮，已知吃都不必吃。

"振邦，你不要我啦？"

十二少霍地起来，自身后把如花紧紧搂住，那么紧，没命地吻她。

好好的一整盘干面粉被撞翻，撒了两个人半身。

如花蓦地转过来，狠狠地掴了他一记。狠的只是心，但因挣扎得不如意，打上去力道不足。十二少不加阻止。如花把他的衣衫撕了又扯，揉成残团。泪落如雨，脸上胭脂、水粉汇成红流。两个人，不知如何，化成一堆粉，化成不像样的汤圆——但，终于不能团圆。大家都十分明白。

如花后来说：

"来，我陪你抽最后一盅！"又补充："你回去，那是应该的。"

这盏烟灯今儿特别地暗，如花添了点油，眼看它变得闪烁饱满，才为十二少烧几个烟泡，烟签上的鸦片软软溶溶，险险流曳。好好通一通烟枪。如花吩咐：

"三天之后，你来倚红找我一趟。一切像我们初会的第一天。穿最好的衣服，带最好的笑容，我们重新温习一遍。即使分手了，都留一个好印象。"

当下两人都极力避免离情别绪，只储蓄到三天之后。

三月八日黄昏，如花收拾好她寨中房间的一张铜床，那是十二少的重礼，备了酒菜，专心一致等待男人。不过是分手，通常一男一女，无缘结合，便是分手，十分平常。也不是惊天动地冤情，没有排山倒海恨意。如花仔细思量一遍，不晓得败在什么手上——其实，也是晓得的。

她并非高手，料不到如此低能。

从此擦身而过，一切擦身而过。

她也穿上最好的衣服，浅粉红色宽身旗袍，小鸡翼袖，领口袖口襟上绲了紫跟桃红双绲条。整个人，像五瓣的桃花。

然后细细地用刨花胶把头发拢好，挑了几根刘海，漫不经心地洒下来，直刺到眼睛里。

让一切还原。

她布置酒、菜。挪动杯、筷。整理床、枕。

今朝离别后，何日君再来。

当夜第一个客人，十二少赴约。经过地下神厅，上得二楼：这样的一个女人，这样的一张床，这样的灯火。因是最后一次，心里有数，二人抵死缠绵，筋疲力尽。

后来十二少在如花的殷勤下，连尽了三杯酒。也是最后的三杯。

"我不想讲下去——"如花颤声对我说。

"好好好，你不必讲，我都知道了。"

我好像很明白，这种痛苦不该重现，连忙劝止：

"如花，生命并不重要。真的。我们随时在大小报章上看到七十人在徙置区公园大械斗，挥刀乱斩。还有车祸、高空掷物、病翁自缢、赌男厌世、失恋人跳楼……难得有一个男人肯与你一齐死——"

"我不想讲下去——"

见如花忽地变了声调。我叹了一口气。

"永定，找不到他，会不会……是他不肯见我？我很害怕，我——不要找下去了。"

"怎么会？只不过机缘未至。"

"但已经过了五天。"

"还没到限期，对不对？皇天不负有心人，你可是有心鬼。来，再想想——"

我无意中，瞥到她胸前悬挂着一样物事，在红烛影中幽幽一闪。

"那是什么？"我朝她胸前一指。

她拎起那东西，是一个小匣子。

一个景泰蓝的小匣子，鸡心型，以一细如发丝的金链系着。

她把匣子递给我。

审视之下，见上面镂了一朵牡丹，微微地绯红着脸，旁边有只蝴蝶。蓝黑的底色，绲了金边。那么小巧，真像一颗少女的心。按一按，匣子的盖弹开了，有一面小镜，因为周遭黝黯，照不出我的样子，也因为周遭黝黯，我不知道那是什么。

如花用她的小指头，在那团东西上点了一下，然后轻轻地在掌心化开，再轻轻地在她脸上化开。

这是一个胭脂匣子。

"我一生中，他给我最好的礼物！"如花珍惜地把它关上，细碎的一声。就像一座冷宫的大门。

"即使死了，也不离不弃。"

但自她给我看过那信物后，也失踪了一天。也许她便自这方向搜寻下去。我一天一夜没见她，工作时更心不在焉。

奇怪，日来总是有蝴蝶、花、景泰蓝、镜、胭脂，七彩纷陈，于我心中晃荡不去。奇怪。

"缥缈间往事如梦情难认——

百劫重逢缘何埋旧姓？

夫妻……断了情……"

这种粤曲，连龙剑笙都唱不上任剑辉，何况只是区区一个五音不全的小何。肉麻得很。

"你唱什么？真恐怖！"

小何自顾自哼下去。

我被他哼得心乱：

"通常在月圆之夜，人狼都是那样嚎叫的。无端地表演什么噪音？"

"我在作课前练习，"小何说，"今晚陪人去看雏凤。"

"雏凤？你？"

"唉，是呀，陪我女友，她妈妈，她姨妈……一张票一百元。还要多方请托才买得到。"

"你不高兴，可以不去。"

"不可以半途而废，追了一半，非继续牺牲下去。否则两头不到岸。"

"麻烦你三思，才好用'牺牲'这种字眼。你还哼？强逼收听恐怖歌声，本人誓割席绝交！"

这好算牺牲？比起生命，光是挨一晚粤剧，已经是最微不足道了。

"喂，"他不唱，便管起闲事来，"你与那凶恶女人冰释前嫌啦？"

"当然。"我作得意状。在这关头千万不可稍懈："天下惟一真理是：'瘦田没人耕，耕开有人争'。"

"永定，你岂是瘦田？是肥田；你那么有料，简直是肥田料！"

与阿楚午饭后——此生不再光顾那间上海馆子了，只跑到上环吃潮州小菜。我们信步返向报馆，经过必经的嚤啰街。

忽然间我想浪漫一下，这是我从来没有过的念头：不如我送女友一件礼物，好让她不离不弃。但送什么好呢？反正她不知道我东施效颦，我也想拣一个坠子，以细如发丝的金链系着，予她牵挂。

整街漫着酸枝的气味，也夹杂樟脑、铁锈，和说不上来的纳闷。

不知为了什么，我的心跳加速了。也许是因为听我们的老总说过，他曾以三十元的代价，竟购得傅抱石的真迹。我以为我会寻到宝物吗？血气上涌，神魂颠倒。忽然被一件故衣，是否碰撞到。它悬在高处，是一件月白色旗袍，钉上苹果绿色珠片，领口有数摊水痕，一层层的，泛着似水流年之光影。

这件故衣，也不知曾穿过在谁身上了，那么苗条。虽然不再月白，变成暗黄，但手工极精细，珠片也不曾剥落。

"永定，你带我来看这些死人东西干么？"阿楚受不了那直冲脑门的樟脑味。

　　"我到那边看看。"她巴不得远离这些"年老"的遗物，只跑去看"年青"的：那是大大小小的毛章、毛像，一整盘流落于此，才不过十多年的光景，当成"古物"，卖五元至十元不等。

　　旁边还有不少有趣的物件：珠钗、鼻烟壶：有玻璃质内画山水，也有珐琅彩釉、军票、钱币、风扇叶、玛瑙雕刻、公仔纸。

　　忽然，我吓了一跳。

　　我见到那个胭脂匣子。一式一样。

　　我前夜见的是灵魂，今午见的，是尸体！

　　虽在人间，我遍体生寒。

　　是它？

　　我如着雷殛，如遭魅惑。胡里胡涂，信步入内。一个横匾，书了"八宝殿"。

　　老人在午睡。

　　我叫他：

　　"阿伯，阿伯。"

　　他半舒睡眼，没好气地招呼我：

　　"看中什么？"

　　语气略为骄傲。

　　"看中了才与我议价。我的都是正货。"

　　"我要那个胭脂匣子！"

　　"匣子？"

　　他喃喃地走去取货。

　　"阿楚！"我把她唤过来，她买了一个红色的天安门纪念章，随手扔进她工作袋中。

"先生，什么匣子？没有。"

我指给他看，那个景泰蓝……

没有！

那不是景泰蓝，那是一个俗不可耐的银十字架，它的四周，毫无迹象显示，会有什么胭脂匣子。它不是尸体，它仍是灵魂。

"我亲眼见到——"

"我年纪老大，还没有眼花，你倒比我差劲？真是！我都七十多岁……"

"阿伯，"阿楚卖弄乖巧，"你七十几岁？"

"七十六。算是七十七啰。"

我倒退一步。我明明亲眼见到。我不相信在顷刻之间，物换星移。但是，为什么呢？好像有一种冥冥的大能，逼我勾留，我满腹疑团。

"不，我要找一找。"从未试过这样地坚持，死不认错。

"走吧，老花眼——"阿楚推我一把。

一推之下，我碰倒一大堆旧报，几乎也绊倒了。我俩忙替他执拾，在旧报中，露出了一角端倪——我见到一个"花"字。

这分明是一个"花"字。

我气急败坏地把它抽出来，一共有三份，残破泛黄。这"花"，是"花丛特约通讯员"，这报，叫作《天游报》。

一看日期，一九三二年三月……

我以抖颤的手，翻阅这旧报，因过度的惊恐忙乱，生生撕裂了一角。

"喂喂，小心看！"阿伯在叱喝。

他过来一瞧，见这旧报，便道：

"哦，《天游报》。你怎会得知什么是《天游报》？告诉你，这是广州出版，专门评议陈塘、东堤，以及香港石塘咀、油麻地阿姑的报纸，等于今日的'征友报'，不过，文笔要好得多，你瞧，都是四六文。唉，你又不知道什么是四六文。想当年，我在……"

我勉定心神一目十行,这些"特约通讯员"都写下不少花国艳闻,以供饮客征花选色。对妓女的评语,若道:"有大家风,无青楼习",便已是最大的恭维了。

它还暗写：某某阿姑喜温戏子，乃是"席唛"。某某阿姑，最擅讲咸湿古仔，遇上嗜客，每获奖金高达一百元。又某某阿姑，功夫熨帖，能歌擅舞……间中报导：广州花国王后因避赌债过江，而在港花运日淡。某某红牌阿姑，遇人不淑，一段姻缘，付诸流水，终重出江湖……

一路翻阅，一路心惊。

终于，我见到一段小小的文字，在一个不起眼的角落，叫我神为之夺：

"青楼情种，如花魂断倚红。"

一看，字字映入眼帘：

"名妓痴缠，一顿烟霞永诀；

阔少梦醒，安眠药散偷生。"

安眠药？

安眠药？

我听来的故事中，提都没提过"安眠药"这三个字。

此中有什么跷蹊？

我听来的故事，是真是假？是怎的一回事？十二少没死，他"悠悠复苏"……

我的疑惑到了不可收拾的地步，取过旧报，竟急急离去。

阿伯一把揪住我。看不出此等衰翁力气那么大。阿楚责道：

"永定，看你失魂落魄的样子，一边看报，脸色一阵青一阵白。

付钱呀。"

"你是想买下这三份《天游报》吧？"

"是是是。"我拥之入怀，惟恐他来抢夺。

"这报早已绝版，你知啦，有历史价值的旧东西，可能是无价宝。"

哼，都已七十七岁了，还锱铢计较，难道可抱入棺材留待来生？

"要多少钱？"我只好恭敬地问。

"我这八宝殿——"

我烦躁了："多少钱？"

"一千块！"

他不动声色地漫天开价。一定是瞧我那急色模样。志在必斩。

"一千块？"

买，不买？

"哎吒，永定，把报拿来。"阿楚夺去，放回旧报堆。

"你又不一定有用。一千块买这种旧报纸干么？不要买！"她狡猾地朝我一睖。

"阿伯，你看，那么贵，真不值，我们又不是考古学家，不过找参考资料吧，半真半假也过关了，天下文章一大抄——这样吧，一百块？"

"不卖。"

我寸步不移，心剧跳，如鹿撞，如擂鼓。

我一定一定，要买那一九三二年的旧报，上面有为如花揭露的真相，一切的关键都在里头，现今他不肯卖了？——

"不卖算啦，"阿楚推我，"两百块吧？最多两百。否则你留下来自己有空时看呀。阿伯，说不定你那时也是一个风流的寻芳客。"

阿伯面有得色。

阿楚乘机投其所好："一看便知你见闻广博了，这旧报都是你当年存下来的吧？有没有你大名？"

"没有，我又不是名门阔少，不过是陪同朋友，见见世面而已。"

"阿伯，两百块钱卖给我。你存来又没用。"

"——三百？"

阿楚说："不！"

我说："好！"

一早掏定银两，以免节外生枝，功败垂成。阿楚气恼，眼看两百块即可成交！却让我一语作结，且又诚实：

"我只要这一份。"

还把其他两份还给他。

那老人，见废物可以换钱，还换得三百块，怎不眉开眼笑。这年头，哪有如此愚钝的买客？真是十年不逢一闰，打响了铜锣满街地找，都找不到半个。要不是我神推鬼拥……是了，一定是——

我把那报折起，珍重地放于后袋中，想想又不安全，若有扒手窃去，怎么办？把它放于前袋内……终于紧紧捏在手中，好像是我的生命。

踏破铁鞋无觅处。

直至完全定下心来，我才回顾这小店，它就在嚤啰街中心，右边数过去，第三间。

三、八、七七！

我把整件事与阿楚商商量量，忖忖度度，只觉越来越迷失。我俩都是正常的人类，何以被放置到一个荒唐的、明昧不定的世界里？一切疑幻疑真，不尽不实。这是一场不愉快的冒险，也许结果是令人惊骇莫名。抽起了一个诡异的丝头，如何剥茧？

还不是像小何的恋爱心态：追了一半，中途退出？两头不到岸。

越猜越累。

我跟女友说：

"阿楚，我真怀疑这件事，与我前生有关系。"

"哼！"她白我一眼，"你肯定不是主角。也许你只是一名'豆粉水'，专门替红牌阿姑传递花笺，四方奔走，任劳任怨。"

也许吧。也许我还负责替她们买胭脂水粉、倒洗脸水和密约情人。

当晚，我们三人对簿公堂。

"如花，请你冷静地听我告知真相：一，十二少没有死，他尚在人间；二，他没有吞鸦片，他是服安眠药的；三，我怀疑你……"忽闻黑夜里啁啾的哭。

还未曾作供完毕，如花痛哭失声：

"他没有死？他不肯死？他……"

"如花，你不要哭——"我道。手足无措。

阿楚抚慰她：

"有话慢慢说。"

她昏昏然站起来："我永远都不要再见他！"一起来又跌坐下，漂泊的影崩溃了。

我与阿楚急急挽留。她这一走，陷我俩于疑窦中度过一生？哪有这么便宜的事。我也气上心头，把《天游报》抛出来：

"你怎么可以一走了之？我为你四方奔走，任劳任怨，"把阿楚的评语都使用出来，"而你，隐瞒了事实，利用了我的同情，看不出你那么阴险！"

骂得兴起，索性不留情面：

"如果你撒手不管，逃避现实，跑掉了，我们永远都不原谅你。讲故事动听，何以你不去做编剧？做鸡和做编剧都没有分别，一样是作假……"

两个女人从未见过我大发脾气，一起呆住。我也不明白，什么力量叫我非以"夸父逐日"之坚毅精神，追查到底不可。

"你把一切真相，诚实说出来！"

如花满身泪痕，一脸歉疚，朝我一揖。我忙息怒扶住。怎么还有这种重礼，唬得我！

"永定！我把一切说了，你还会原谅我吗？"她怯怯地说，不看我，只捡起旧报细阅。手都抖了。

"会会会，一定会！"我强调。原谅而已，不要紧，可以原谅她七十个七次，又不需动用本钱。

于是她清清喉咙，在这艰辛的时刻，为我缕述她故意隐去的一个环扣——

如花思潮起伏，心中萦绕一念：十二少与自己分手，是因为自己不配。他这样回家去，生命中一段荒谬的日子抹煞了，重新做人，今后，便是道左相逢，二人也各不相干。一个越升越高，一个越陷越深，也是天渊之别。十二少，如此心爱的男人，自是与程家淑贤小姐成婚了，淑贤不计前嫌，幸福唾手可得；自己艰苦经营，竟成过眼烟云，真是不忿。想那程家小姐，在与陈家少爷跨凤乘龙之日，鼓乐喧天，金碧辉煌，披着龙裙凤裰，戴了珠钻金饰，交杯合卺，粉脸飞红，轻轻偎在十二少怀中……日后……

如花还不及想到日后。

她只想到今晚。无端地邪恶：

这个男人，她要据为己有！

自己得不到，谁也不可以得到！对于赌，她耳濡目染，甚是精通，这一铺，就是同归于尽，连本带利豁出去！

"在分手的那晚，我在酒中落了四十粒安眠药，细细拌匀……"

啊，我一听之下，甚为恐惧:这是一宗杀人阴谋！阿楚比我更甚，也许她念及自己一向对如花不怎么友善，怕她把她一并干掉，她来紧握我手，我俩的手一般冷，相比无分轩轾，荣膺双冠军……这可怕的女人！

在与十二少半夕欢娱之后，如花殷勤劝饮，连尽三杯，是的，最后三杯。

然后，如花当着十二少面前吞下鸦片。她且分了一份给他，不等任何回话，以肃穆的神情来交代后事：

"如果，你也有一点真心——"

十二少当下心潮汹涌，一个痴情女子以死相许，大丈夫何以为报？他呆在原地，如石雕木刻，脑中百音鸣放，唇干舌燥。死，不死？人生最大的趑趄。

如花一瞥壁上大钟，钟摆来回走动，催促岁月消亡，她在毒发之前，不忘嘱咐：

"今天，三月八日，现在，七时七分，来生再见，为怕你我变了样子，或前事模糊，你记住：三八七七，你就知道，那是我来找你！"她把那信物胭脂匣子往颈间一挂。

——如花脸上，闪过一丝阴险，是的，如果你也有一点真心，便死于殉情；如果掉头他去，也死于被杀。这是一场心理上的豪赌。十二少并不知道他无论如何逃不过。只要他是真心的，即便死了，也是伟大的吧。

十二少拿起生鸦片烟，如花才抒了一口气，才放下心，才觉大局已定，才知终身有托。她痛苦不堪地呕吐、呻吟，但脸上一笑牵连，她以为，她终于赢了。这心爱的男人，据为己有。她吞得很多，毒发得很快。

如果，你也有一点真心……

如果，你也有……

如果，你……

但是——

据医学家解释：服安眠药和吞鸦片的状况差不多，同是剧烈的麻醉剂，毒发时陷入昏迷状态。古老方式拯救吞鸦片的垂危者，是把他放在土坑，希望吸收地气，可以回复知觉。

如花寻死志坚，力挽无从。玉殒香消。

以后的情节，可以想象：十二少，他并没有为如花而死，他颤抖着，倒退，至门前，门已上锁，花布帘还没有掀起，整个人也倒地昏迷。

陈家倾囊施救，竭尽所能……过了两个星期，十二少振邦悠悠复苏，但全身浑黑，医生诊断，中安眠药的毒，虽经洗胃，但这黑皮，要待褪去，重新生过肌肤，才算完全复元。虽脱离危险，但非一两个月，不能痊愈出院。十二少捡回一命，哪在乎休养生息。静中思量一场断梦，整个人失魂落魄。他甚至不敢猜测，孰令致此？

如花拼了一条命，什么都换不到。真不知是可怕，抑或可怜——她势难预料如斯结局，还满腔热切来寻他！

生命原是不断地受伤，和复元；既不能复元，不如忘情。

她咬牙："我错了！"声音低至听不见。

"如花，一切都有安排，不是人力能够控制。不如意事，岂止八九？希望你不要深究。"我劝。

一向伶牙俐齿的阿楚，她的心底一定在恨恨："男人都不是好东西。看来永定也不是好东西！"无话可说。

三人静默，与第一次会面，听到前半截故事时的静默，迥然不同。因为，这一回，大家都知大势已去。支撑她的，都塌了。

大势已去，是的。到了一九三五年，香港政府严令禁娼，石塘咀的风月也就完了。在如花死后两三年之间，整个的石塘咀成为一阵烟云。谁分清因果？也好像她这一死，全盘落索，四大皆空。

烟花女子，想也有过很多情种，海枯石烂，矢志不渝，任是闺秀淑媛，未遑多让。但也许在如花之后，便没有了。也许如花是所有之中，最痴的一个。因此整个的石塘咀忧谗畏讥，再也活不下去。她完了，石塘咀完了，但他仍没有完呢，他的日子长得很，算算如今尚在，已是七十多岁。测字老人说："这个'暗'字，是吉兆呢。这是一个日，那又是一个日，日加日，阳火盛，在人间。"十二少的日子，竟那么地长！

真是一个笑话。她什么都没有——连姓都没有。他却有大把的"阳火"，构木为巢，安居稳妥，命比拉面还长，越拉越长。

这便是人生：即便使出浑身解数，结果也由天定。有些人还未下台，已经累垮了；有些人巴望闭幕，无端拥有过分的余地。

这便是爱情：大概一千万人之中，才有一双梁祝，才可以化蝶。其他的只化为蛾、蟑螂、蚊蚋、苍蝇、金龟子……就是化不成蝶。并无想象中之美丽。

如花抹干了眼泪，听我教训。我变得彻悟、了解，完全是"局外人"的清明：

"没有故事可以从头再来一次。你想想，即使真有轮回，你俩侥幸重新做人，但不一定碰得上。人挤人，车挤车，你再生于石塘咀，他呢？如果他再生在哈尔滨、乌鲁木齐，或者台北市南京东路四段一三三巷六弄二号六楼其中一户人家，又怎会遇得上？"

我还没讲出来的是：即使二人果真有情，但来生，是否还记得这些愿望和诺言，重来践约？有情与无情，都不过如是。

"电影可以 NG，"阿楚以她的职业本能来帮我注释，"生命怎可以 NG 再来？不好便由它不好到底了。"

如果生命可以 NG，哪来如此大量的菲林？故只得忍辱偷生。

"你那很难读的什么——NG？意思是？——"如花又不明白了。

"反正是'不好'。"

"那我的 NG 比人人都多。比所有女人都多。全身都挂满 NG。"她卑微地说。

"怎么会？"阿楚被挑动了饶舌筋，开始数算她任内的访问心得，搬弄女性是非，"如花你听着了——"

刘晓庆这样说："做人难；做女人难；做名女人更难；做单身的名女人，难乎其难。"

陆小芬这样说："男人，不过是点心。"

缪骞人这样说："世上哪有伟大的爱情？可歌可泣的恋爱故事全是编出来的，人最现实，适者生存。"

丁佩这样说："自从信奉佛教之后，我的心境才平静多了。"

林青霞这样说："我过得'省'，是希望有一天退出影坛时，有能力自给自足。我不愿意依赖婚姻，因为碰到可靠的人，是自己造化好，否则我又能怎么样呢？我是以一种悲观的心境来面对快乐，刻骨铭心的感觉，难以永恒。"

……

"阿楚，你所提及的女人，我一个都不认得。她们都是美丽而出名吧？她们同我怎会一样？我只是——"

"不，世间女子所追求的，都是一样滑稽。"

我不希望阿楚再嚼舌下去。

"恋爱问题很严肃，不是娱乐新闻，说什么滑稽？"

"走走走，我跟如花谈女人之间的烦恼，与你何干？女明星的恋爱不是娱乐新闻？——都是大众的娱乐！人人都沉迷，就你一个假撇清，你不看八卦周刊？你不知道谁跟谁的分合？没有分合的点缀，没有滑稽感，那么多人爱看？"

我顿然地感到悲哀。

我们竟不能给予女人一些安定的感觉，真为天下男人汗颜。

经阿楚这般地灌输，只怕如花一定对男人灰心。她本来就已灰心，现在连灰也不存在了。其实我们应该鼓励她，俾积极开朗一点，好好上路，谁知一沉到底。

我非把她俩都提起来不可。

"如花，明天你便要离开这里了吧？"我尽量放轻松一点，"你可要逛逛这进步一日千里的大都会呢？"

她犹在梦中，怎思得寻乐？

"这样来一趟，不尽情跑马看花，岂不冤枉？那些来自内地的双程访港团，巴不得七天之内一六八小时就把整个香港吸纳至深心中。我明天带你坐地铁、吃比萨饼、山顶漫步、看电影……"

"哈哈！"阿楚笑，"她又不是游客！"

我有点不好意思。自恨老土。

气氛好了一点。

"我什么地方都不要去，我要把这一切过滤一下，只保留好的，忘记坏的，明天之后，我便完全抛弃一层回忆，喝三口孟婆茶，收拾心情上转轮车，也许不久我便是一个婴儿。让我好好地想念……"

"明晚你再来吗？"我与阿楚都不约而同地依依不舍。

"来的，我来道别。"

"你一定要来，不要骗我们！"

"明晚是香港小姐总决赛，我势将疲于奔命，但一选完了，马上赶来会面。如花……"

阿楚摇撼她的双手。

"你赶不了，驳料算了。"我说。

"是，驳不到料，便嫁人算了。"她笑。

"今晚我想静静度过。"

如花绝望地消失。

"永定，怎么你不留她一下？"一反常态。

"让她安静。"难道要她在那么万念俱灰底下强振精神来与人类交谈？够了，不必取悦任何人。她连自己都不可取悦。让她去舐伤口，痛是一定痛，谁都无能为力。

看来，阿楚对我完全地放心了，她看透了我：不敢造次。我看透了女人：最强的女人会最弱；最弱的女人会最强。女人就像一颗眼珠：从来不痛，却禁不起一阵风。一点灰尘叫它流泪，遇上酷热严寒竟不畏惧——其实我根本无法看得透。

送阿楚下楼坐车，她要养精蓄锐，明晨开始，直至午夜，为一年一度的香港小姐选美尽"跑腿"义务。把闪光灯上足了电，把摄影机上足了菲林，把身体填满精力。明晨，一头小老虎得上路搏杀，争取佳绩。看谁一夜成名？

一夜的风光。明年轮到下一位。

被踢出局的，马上背负"落选港姐"之名；入了围的，一年后便被称作"过气港姐"。落选或者过气，绝不是好字眼。无论赢或输，却都在内了。有什么比这更不划算？但如阿楚所言："世间女子所追求的，都是一样滑稽。"

到了最后，便落叶归根，嫁予一个比她当初所订之标准为低之男子，得以下台。

间中提心吊胆，成为习惯之后，勉为其难地大方。

"喂，"阿楚忽然想起什么似的，"你刚才提到那台北市南京东路四段？五段？那是谁的地址？"

她的记性真好，呜呼！

"那并非'谁'的地址，那是我胡乱捏造，台北不是巷呀里呀的一大堆吗？"

"是吗？捏造得那么快？"

"你不信？我再捏一个给你听，"我随口道，"中山北路七段一九〇巷十八弄九号四楼。是不是这样？"

阿楚被我逗笑了。

我正色说："你上当了。我有多位台湾女朋友可供选择。你知道啦，台湾的女子，温柔、体贴、小鸟依人。对婚姻的要求，只是嫁到香港来，然后转飞美国去。"

不是对手，阿楚才不动真气。

送她坐小巴，然后回家。

在楼梯，便遇到我姊姊一家。因明天星期六短周，不用上学——"一家"均不用上学，遂带同儿子共享天伦。

"舅舅，我们节目真丰富！"

"去过哪儿？"我问小甥子。

"吃自助餐。有气球送。"

"然后呢？"

"看电影。"

"然后呢？"

"爸爸买了一本《大醉侠》给我。"

真快乐！

这般温馨的天伦之乐。到湾仔某餐厅吃一顿自助餐，大人四十八元，小童三十八元，另加一小账。至名贵的菜肴许是烧猪肚。大伙一见有生果捧出来，只是西瓜吧，便兵荒马乱地去抢，抢了回来又吃不完……那种。

餐后一家去看电影，通常是新艺城出品之闹剧，胡乱笑一场。

他们回家了，十分满足。

孩子鲜蹦活跳，大人心安理得。他们都把精神心血花去打扮孩子，因而忽略自己之仪容气质，不必再致力于吸引、猜疑。完全脚踏实地。渐渐各自拥有一个肚腩。

——爱情有好多种。这不是最好的一种，但，这是毫无疑问的一种。

我肯定他们白头偕老，但不保证永结同心——人人都是如此啦。由绚烂归于平淡，或由平淡走向更平淡，都是如此，不见得有什么不好。中间更不牵涉到谋杀。

他是她永久的夫。

她是他永久的妻。

妻？啊——我想起来了：旧报微型菲林，一九三八年七月七日，第一眼见到的一幅广告，当年的卖座电影是"陈世美不认妻"。我想起来了，桩桩件件，都泄露了一点天机。

所不同的，是陈世美被包公斩了，秦香莲只好活着。而如花殉情，十二少临阵退缩，也只好活着。

呀，忽然我很不甘心。这一件任务还没完成呢。我真想见他一面。我真想见他一面。见不着，就像踢球，临门欠一脚，下棋，走不了最后一着，多遗憾。真是个烂摊子。

但算了，都知道真相，心底虽不甘，不过当事人既然放弃……这样反反复复。今天下班后，专心致志候如花作最后一聚。我想，男人之中，我算是挺不错的。为人为到底，送佛送到西。即使离了婚也有朋友做的那种人。反目亦不成仇，重言诺，办事妥当。还给如花安排好节目，一俟阿楚采访完毕，我们三人去看午夜场。遂打开报章挑拣一下。

阿楚一早把行程相告：选美在利舞台举行，然后她会随同大队至利园的酒会拍些当选后花絮。如果看午夜场，必得在铜锣湾区，所以我集中在此区挑拣，最近的，是翡翠戏院了。就是这电影吧。

怂恿如花散散心，体验一下现代香港人夜生活。浮生若梦，一入夜，人都罪恶美丽起来。铜锣湾不比石塘咀逊色，因为有选美，"六宫粉黛"的感觉更形立体。

如果不是门限森严，也许该带她去看选美，让她们惺惺相惜。

"我们坐电车去。"

"好吧。"如花说，"我最熟悉的也只是电车。"

上了车，一切恍如隔世。六天之前，我俩在电车上"邂逅"。

自一九○五年七月五日起，电车就通车了，谁知在这物体上，有多少宗"邂逅"？

"如花，电车快被淘汰了。"我悲哀地说，"它也有七十多八十岁了。"

"——"如花怔怔地，"像人一样。"

我知她心底还缠绕着那男人的影子。不，非驱去她心魔不可。话题回到电车：

"以前电车的票价是多少？"

"唔？"她略定神，"头等一毛，三等五仙。"

"那么便宜？"

"但那时普通工人一个月的薪水是七八元。五仙可以饮一餐茶，或吃碗烧鹅濑粉。"

"如此说，今天的票价才最便宜。你看，六毛钱，连面包都买不到。"

"不知道我再来的时候，还有没有电车？"她也无限依依。

"也许还有。到你稍懂人性的时候，便没有了。"

"那有什么分别？结果即是没有。"

在这澄明的夏夜里，电车自石塘咀，悠闲地驶往铜锣湾，清风满怀，心事满怀。虽没说出来，二人也心有不甘：是缘悭一面。

真是凡俗人劣根性：勘不破世情，放不下心事，把自己折磨至生命最后一秒。

有两个女孩登车，坐到车尾，那座位，正正面对楼梯。其中一个嚷嚷："我不要坐这儿，看！多不安全，好像车一动就会滚下去。"二人越过我们，坐到前面。

"又有什么位置是安全呢？"如花对自己说。

翡翠戏院今晚的午夜场放映"唐朝豪放女"。我去买票的时候，如花浏览四下的剧照，看不了几张，有十分诧异的反应。她大概做梦也想不到，香港的戏院会放映类似生春宫的影画。

但吾等习以为常，不觉有何不妥。这是因为道德观念、暴露标准，把三十年代的妓女也远远抛离。如今连一个淑女也要比她开放。她甚至是稀有野生小动物，濒临绝种，必得好好保护。

等到差不多开画了，阿楚气咻咻赶来，看来已把一切工夫交代妥当。我也禁不住好奇：

"谁当了香港小姐？"

"还有谁？那混血儿啦。"

"哦，"我说。"大热门。一点也不刺激。"

于是此缤纷盛事又告一段落。——如果在这几天没有虚报年龄、隐瞒身世、争风呷醋、公开情书、或大爆内幕大打出手之类花边的话，才算圆满结束。可怜阿楚与一干人等奔走了个半月，至今还未松一口气。大家都在等待一些新鲜的秘密，可供发掘盘查。

"你那么迟？"

"是呀，有行家自某模特儿口中，得知新港姐男友之隐私……"

"先看电影吧，都要开场了。"

我把票掏出来，招呼如花入座。

阿楚一看，便埋怨：

"哎吔！怎么你买三张票？"

"有什么不对？"

"真傻，如花是鬼，不必买票。你拣多空位的角落，买两张票就够。"

是，我真太老实了。连这一点普通常识也想不起，不及女友机灵。

——乍喜还悲的是，阿楚，她开始在"经济"上管束我了！

还有令我沮丧的地方，谁料到这电影也是讲妓女的故事？难保不勾起如花连绵串累的感慨。唉。

当电影把长安平康里妓院风貌呈现时，我瞥瞥坐我右边的如花，她盯着银幕，聚精会神，她从来未见过那么宽的银幕，那么浓烈的色彩。还播着小调：

"长安平康里，

风流薮泽地。

小楼绮窗三千户，

大道青楼十二重……"

她浅浅地笑了。联念到塘西四大天王风月无边，一种原始的骄傲：到底也是花魁。

她肯笑起来，也就好了。我放心。

这戏由一位没什么身材的女明星演出，她叫夏文汐。我从来没看过她的电影，也从来没看过这么幽艳性感的表演。像男人的身体却加上极女人的风流。豪放得人咋舌。还有同性恋镜头。

如花低下头，我敢打赌她脸红。

但现场的观众犹不满足，他们都是午夜场常客，不懂欣赏盎然古意，只怨主角未曾彻底把器官展览，有些在鼓噪：

"脱啦！脱啦！"

"上吧！上吧！"

来自四方八面的叫床配音，与银幕呼应，就像一群兽在杂交。

如花吓得半死。连鬼都受不起的惊吓，人却若无其事？还有断续的传呼机声作伴。

"别怕！这是午夜场的特色。"

一场床上戏完事，有人呼啸抗议不过瘾，还在痛骂电检处。

到了最后，戏中的鱼玄机被杀头了，在心爱的男人耳畔哼着自己的诗：

"羞日遮罗袖，愁春懒起妆。易求无价宝，难得有情郎。"

这样的诗句，令天下女性不忍卒听。

天下男性也不耐烦听，早已有粗暴的男人起座，啪啪的声音如蝙蝠在拍翼远扬。

戏其实没有完，还有段尾声，是铸剑师赶来，亲自行刑，使得玄机死在自己人手中。

大概是这样吧，因受骚扰，也不了了之。又听得传呼机在 BB 地响。BB，BB……

"这讨厌的声音是什么？"如花悄问，"是有人在吹银鸡吗？戏院中谁会吹银鸡？"

"这叫传呼机，如果想找哪个人，不知他在哪里，就可以通过传呼机台——"

阿楚蓦地住嘴。

"传呼机？"我叫出来。

她抓住我肩膀。

"永定！传呼机！"

"是呀是呀，call 三八七七——"

"永定！你真聪明！"阿楚尖叫，无边地喜悦，对我奉若神明。

她几乎跳起舞来。

她把整个身体攀过来如花那边，我夹在中间，被逼聆听她向如花絮絮解释这物体：

"如花，这传呼机，即是 Call 机，每具约一千元，是近十年来才流行的先进科技。如果你身在外边，电话联络不方便，众人便可以通过一个通讯台，讲出你的号码，他们操作，你身上佩着的机就会响，然后你打电话回台，讲出自己的密码，查问谁找过你，便可以联络上了。"

如花听得用心，但我知道她一点都不明白。这多繁琐，是她狭小天地之外的离奇诡异恍惚迷茫。戏院四周观众不知就里，见阿楚向空气喃喃自语，重复累赘，只觉她幼稚得可耻。

"阿楚，你可以用最简单的话说明吗？"我脸皮薄。

"好，我不说，"她努起了嘴，"你试用最简单的话说明。"

我才不跟她斗，我只想飞车回家，call 三八七七去。

我的灵魂已在那儿拨电话了，不过……

是哪一个台？

面对电话，一样束手无策。

哪一个台？

何处着手？

还是阿楚心水清，她找到一个跑突发的同事，这类记者身上必备传呼机，三两下子，阿楚弄来港九传呼机台的电话了。

"如何弄到手？"

"他们联名加价嘛，自那份联名的通告一一查出。"

大概有十几间传呼公司，每间公司，又有若干传呼台，廿四小时服务。

但市面上使用传呼机的人那么多，经纪、记者、明星艺员、外勤人员、甚至职业女性……人手一机,水银泻地。惟有逐台逐台地试。今晚,我们特别紧张,内心有滚烫如熔岩之兴奋:最后一夜,孤注一掷。

如花莫名其妙地看住我们,作一些间谍才作的行为。

拨个电话去,像面对机器:

"喂,call 三八七七,我姓袁,电话是……"

完全冰来雪往。

已经是凌晨一二时了,隔一阵,也有电话回过来。每一次铃声响了,我与阿楚都神经兮兮地交换一个眼色。我俩分工合作,互相扶持,共效于飞。聆听带睡意的声音骂道:"什么时候了?黐线! "

有些复得很快,但他姓林、姓余,或不讲姓氏。我们道歉 call 错了。

有捞女的回话:"一千元。什么地方?十分钟后到。"其中一个声音,还像煞无线电视台那新扎的小师妹。

到了二时十五分,我接到一个电话:

"袁先生?哪位袁先生? "

"你是陈先生吗? "

"是。"

我忙问:

"陈振邦先生? "

"不。"那中年汉回话。

一阵失望。

"对不起。"

"喂——"对方有点迟疑,"你找陈振邦干么? "

"陈振邦是你? ——"

"唔,他是——我父亲。"

啊！我，

终于，

找到了！

"陈先生，陈先生，真好了，太好了！请听我说。"我的脑筋虬结，坚实如铁壁，怎么细说从头？只好把以前的谎言，覆述一遍："——这样的，我祖父专营花旗参，以前在南北行有店铺，后来举家移民到英国去。今次我回来，代他探访故旧，这陈振邦老先生，现在哪儿呢？请通知你父亲……"

"我不知道他现在哪儿。"

"不，千万别不知道！"我不许他收线，"请求你，我非见他不可，有重要的话要同他说。"

"他还有什么好重要的？"声音中透着不屑，"都闻得棺材香了。"

"陈先生，我——后天要上机了。千辛万苦才找到你电话，我要尽一切能力找到他。明天星期日，整天都有空，我不用上班——"我锲而不舍。

"上班？你不是刚自英国回来吗？又说后天上机？"

"是是是，我是说，我的朋友不用上班，他代我寻找陈先生，虽非他切身之事，也不遗余力。我们明天来见你？"

"不用了。"他说。

冷淡得很。

"请你告诉我他住哪儿，我好自己去吧？"上帝，拜托你老人家好好感应他，叫他吐露消息。否则功亏一篑，我抱憾终生。

"袁先生，老实说，我那父亲，我不知道怎样说才好，他在我很小时已离弃我们母子。战事发生，生意凋零，家道中落，我还是靠母亲辛苦培育长大，才有今天，所以……"

"你母亲可是程淑贤？"

"是呀。你都晓得了？"

"陈先生，我对你们一家很熟悉呢。"比他还熟悉！起码他并不知道在他母亲之前，还有如花。"所以祖父托我一定要与他面谈一切。"

"我不管你们面谈什么，我也没兴趣知道。不过一年数次，我聊派人送点钱给他，他总在清水湾一间制片厂外的油站收取。他在那片厂当茄喱啡，已十几二十年。喏，银幕上那些老道友就是。根本不必化妆。"

"我是否应往片厂找他？"

"是啦，问问吧。"

"我明天马上去。陈先生，请留下联络电话好吗？"

"咦？你刚才不是 call 过我吗？"

但他妈的！我真要讲句粗口了，我打了二十几个传呼机台的电话，怎记得哪一个是他的？再找他，岂非要从头做起？但这一解释，自是露馅了，他也不相信我了，只得唯唯诺诺。

"对，我日后再同你通电话。"

"也不必吧。从前的事都过去。我母亲去世前，他也不相往来。袁先生，说来我与他没感情，一直恨他对我母亲不好，对我也不疼惜，扔过一旁，自顾自抽鸦片去，戒了再抽。听说，他在娶我母亲之前，还迷恋过妓女。袁先生，你有工夫，自己去会他，我不想插手。夜了，再见。"

对方的电话早已挂断，我犹握住不放，好像这便是大海浮沉的一个救生圈。我知道了，但还没有找到。

两个女人略自对话中领悟到线索，一齐盯着我。嘿，此时不抖起来，更待何时？

"十二少在清水湾一间片厂中当茄喱啡。清水湾？那是——"

"邵氏！"如花叫出来。

这答话并非出自阿楚口中，我十分震惊。她知道邵氏？她知道？

"如花，其实你一切都知道了？"

"啊不，我只是知道邵氏而已。"

"为什么？"阿楚忙问。

"你一定不相信，我在苦候十二少的路上，碰到不少赶去投胎的女人，她们都是自杀的。我见她们虽有先来后到之分，但总是互相嘲笑。说起身世，差不多全是邵氏的女明星。"

"唔，让我考考你——"阿楚顽皮。

"不用考啦，"如花道，"最出名的一个，有一双大眼睛，据说还是四届的影后呢。我从没看过她的电影，不过她风华绝代，死时方三十岁。大家都劝她：人生总是盛极而衰，穷则思变，退一步想，就不那么空虚矛盾。"

"她如何回答？"

"她只喃喃：何以我得不到家庭的快乐？"

"那是林黛。"我说。

"还有呢？"

"——"如花再想一下，"有一个很忧郁，像林黛玉。她穿一件桃红色丝绒钉胶片晚礼服，这旗袍且缀以红玫瑰。她生前拍过几十部卖座电影，死后银行保管箱中空无一物。听说也是婚姻、事业上双重的不如意。"

"我知啦，她是乐蒂！"阿楚像猜谜语一般。这猜谜游戏正中她上中下怀。

"还有很多，我都不大认得了。"

当然，一个人自身的难题尚未得以解决，哪有工夫关心旁人的哀愁。总之各有前因。

"我记得，我数给你听——"阿楚与如花二人，一人数一个，化敌为友，化干戈为玉帛，化是非为常识问答讲座，"有李婷啦、杜鹃啦……"

"又有莫愁、什么白小曼。好像还有个男的，他是导演——"

"叫作秦剑。"阿楚即接。

我见这一人一鬼，再数算下去，怕已天亮了。如花本来是要回去报到的，她的"访港"期限已满。

"如花，你不要与她一起发神经了。你可肯多留一天，好设法见十二少一面？"

她静下来。

"我们差一点就找到他了。明天上邵氏影城去可好？"

她更静了。

这与数算别人的苦难有所不同，面临的是切肤之痛。

"永定、阿楚，"如花十分严肃而决断地说:"我决定多留一天！"

"咦？你怎么用那表情来说话？不过是延迟一天才走吧，用不着如此可怕。"

"是可怕的。"

阿楚莫名所以。

"生死有命，我这样一上来，来生便要减寿。现在还过了回去的期限，一切都超越了本分，因此，在转生之时，我……可能投不到好人家——也许，来生我只好过着差不多的生涯。"

差不多的生涯？"那是说，你将仍然是一个妓女？"我目瞪口呆，"不，你赶快走吧。"

"已经迟了。"

如花说:"当我在戏院，听到你们最后的线索时，我已知冥冥中总有安排。我要见他，见不到。想走了，却又可能会面，一切都不在预料之中。我已下定决心，多留一天。"

我无话可说："好！如花，我们明天出发！"——虽然迟了。

第二天是星期日。又是星期日。这七天，不，八天，真是历尽人间鬼域的沧桑聚散。时无止，分无常，终始无故。

下午我们坐地铁去。我终于也带如花坐一次地铁——那最接近黄泉的地方。也许那就是黄泉。先自中环坐到太子，再跑到对面转车，由一个箱子，进入另一个箱子中。

这是一个交叉站，车刚开不久，迎面也驶来另一列地铁，在这幽晦的黑忽忽的黄泉路上相遇上，彼此不认得，隔着两重玻璃，望过去，一一是面目模糊如纸扎公仔的个体。大家都无法看清。对面有否相识的朋友爱人，又擦身而过。我们，会在人生哪一站中再遇？

我在想：那列车中，莫非全是赶着投胎的鬼？也不奇怪，又没有人证明不是。

地铁开得极快，给我一种不留情面的感觉。冰冷的座椅冰冷的乘客，连灯光都是冰冷的呀。有两个妇人便在那儿把自己的子女明贬暗褒，咬牙切齿，舞手蹈足：

"我那个女真蠢，毕业礼老师挑了她致词，她竟然不知道，回来念一遍给我听，第二天便要上台了，哪有这样大头虾的？"

"我的儿子呀，真想打他一顿。他要表演弹钢琴，还忘了带琴书，全班只得他一个人学琴，往哪儿借？结果逼着弹了，幸好效果不错，否则真气死我！"

如花便木然立在她们身旁。她们一点也不发觉，于冰冷的氛围，尚有一只鬼，听着她今生来世都碰不上的烦恼。

到了彩虹站，我们步上地面，在一间安老院的门外截的士。不久，"邵氏影城"那 SB 的标志在望了。

守卫问我们来干什么，阿楚把她证件出示。因为她的身份，我们通行无阻。如果不是阿楚，在这最后的一个环扣中发挥了作用，事情也就不那么顺利。可想而知，都是缘分。

"喂，阿楚，星期天水静河飞，也跑来这儿？没有料到呀。"

有个行家唤住阿楚。我看过去，见她们都随同一个蛮有威严，但又笑容可掬的中年女子到处逛。

"那女子是谁？"我问阿楚，"好像一个'教母'。"

"冰姐，"阿楚给我俩介绍，"她正是邵氏的'教母'，掌宣传部，是一块巴辣的姜。这是永定，我同事、男友。"

"阿楚你别带他乱逛，万一被导演看中，拉了去当小生，你就失去了他。"

经这冰姐如此一说，我十分地无措，却又飘飘然。阿楚见我经不起"宣传"，偷偷地取笑——在邵氏里当明星的，一天到晚被这般甜言蜜语烘托着，怕不早已飘上了神台，无法下来？但此中的快乐……难怪那么多人投奔银海，投奔欲海。

"不会啦，"阿楚道别，"他太定，不够放，当不成小生，我很放心。"

如花在一旁，静待我们寒暄，然后步入影城的心脏地带。一路上，都是片厂、布景。在某些角落，突然置了神位，燃点香火。黝暗的转角处，又见几张溪钱。不知是实料，抑或是道具。

我和如花都是初来埗到，但觉山阴道上，目不暇给，恨不得一下子把这怪异而复杂的地方，尽收眼底。

未几，又见高栋连云，雕栏玉砌，画壁飞檐。另一厂，却是现代化的练舞室，座地大镜，健美器械，一应俱全。

不过四周冷清清的，还没到开工时刻。而走着走着，虽在下午时分，"冷"的感觉袭人而来。不关乎天气，而是，片厂乃重翻旧事重算旧账之处呀。搅戏剧的人，不断地重复一些前人故事，把恩怨爱恨搅成混沌一片；很多桥段，以为是创作，但世上曾经发生过一亿个故事，怎么可以得知，他们想象的，以前不存在？也许一下子脑电波感应，无意地偷了过来重现。真邪门！

我们到那简陋的餐厅坐一下，不久，天便昏了。

开始有一阵金黄的光影镀于这影城上，每个人的脸，都发出异样的神采。演员们也陆续化了妆，换了另一些姿态出现。今天开中班，惟一的片在此续拍，那是一部清装戏，好像有狄龙。但我们又不是找狄龙，所以尽往茄喱啡堆中寻觅。

阿楚上前问一个男人：

"请问，陈振邦先生回来了没有？"

"谁？"

"陈振邦。"

"不知道，这里大家都没有名字。"

不远处有老人吐了一口痰，用脚于地面踩开。黄绿白的颜色，本来浓厚，一下子扁薄了。然后他随一群人在垃圾堆似的地方搜寻东西。原来是找黑布靴。每人找一双比较干净的、合大小的，然后努力发狂地拍打灰尘，跌出三数只昆虫，落荒而逃。有声音在骂：

"妈的，找了半天，两只都是左脚！"

周遭有笑声，好像不怎么费心。

天渐黑了，更多的茄喱啡聚拢。大概要拍一场戏，悍匪血洗荒村，烟火处处，村民扶老携幼逃命，但惨遭屠杀，之类。

阿楚见这么多的"村民"，各式人等都有，光是老人，便有十多个。

她跟我耳语：

"猜猜哪一个是？猜中有奖。"

"奖什么？"

"奖你——吻如花一下。"

当女人妒意全消的时候，不可理喻地宽大起来，放下屠刀，立地成佛。

　　"好呀，如果你猜中，奖你吻十二少一下。"我说，瞥了那边如花一眼。

　　"那不公平！你看那些老而不——咻！"她怕如花听到，"满脸的褐斑，牙齿带泥土的颜色，口气又臭。那双手，嶙峋崎岖，就像秃鹰的爪，抓住你便会透骨入肉……"

　　"人人都会老啦。你将来都一样。"

　　"我宁愿不那么长命。我宁愿做一只青春的鬼，好过苍老的人。"

　　"但这由不得你挑拣。"

　　"由得，自杀就可以。"

　　"阿楚，你别中如花的毒。"

　　我不愿女友心存歪念。

　　"你说，如花如何认得他？"她又问。

　　"他们是情侣，自然认得出。那么了解。譬如：屁股上有块青印、耳背上有一颗痣、手臂上有朱砂胎记……"

　　"啧！那是粤语长片的桥段。"

　　"我还没有说完呢：也许他俩各自掏出一个玉佩。也许是一个环扣，一人持一边。也许两手相并，并出一幅刺青。"

　　"永定，希望你到了八十岁，还那么戆居。"

　　"好的。"如无意外，她嫁定我了。

　　"听说到了你八十岁时，社会上是七个女子配对一个男子。幸好还有五十多年。"

　　嘿，五十多年？若有变，早早就变。若不变，多少年也不会变。

　　瞧这一大堆没有名字没有身份的茄喱啡，坐在一起枯坐等埋位。拍一天戏，三几十元，还要给头头抽佣。他们在等，木然地谋杀时间，永不超生。他们就不会怎么变。

"如花，"我小声向她说，"你自己认一认，谁是十二少？"

她没有作声，眼睛拼命在人堆中穿梭，根本不想回答。

一忽儿便不见了她。也好，她一定有办法在众人里把他寻出。也许蓦然回首，那人正在灯火阑珊处。

我和阿楚把她带来，是一个最大的帮忙，以后的事……

茫无头绪。听得一个老人问另一个老人：

"罚了多少？"

"公价。"

"次次都罚那么少？"

"把我榨干了都是那么少啦。"

他干咳一声，起来向厕所走去。不忘吐痰。这人有那么多痰要吐？还在哼：

"当年屙尿射过界，今日屙尿滴湿鞋！"

阿楚听了，很厌恶：

"真核突！"

到他回来时，有人来叫埋位，众又跑到片厂中。未拍戏之前，化妆的先为各人脸上添了污垢，看来更加不堪。如此一来，谁也看不清谁了。

五分钟之前，这儿还是一片扰攘，尘埃扑扑，汗臭薰薰。五分钟之后，已经无影无踪，在另一个世界中，饰演另一些角色去了。他们坐的地方，是小桥石阶，此情此景，不免想到"二十四桥仍在，波心荡，冷月无声"的境界——虽然是人工的。

"如花！如花！"我轻轻向四周叫她名字，"你到哪儿去了？找到没有？"

没有回响。

"哗，已是十时了。"阿楚看表，方才惊觉时间无声地流泄，再也回不来了。

"如花？"我只好到处找她去。

阿楚分头叫："如花！"

她怎么了？究竟是找到，抑或找不到？我渐渐地担忧，是不是迷了路？是不是发生了意外？何以销声匿迹？

这样地唤了半晚，携手行遍了片厂的南北西东，都是枉然。

里面有叱喝、呼喊、求饶、送命的各式声音，不时夹杂了 NG、咳和导演的骂人粗话。不久机器又轧轧开动。只有我和阿楚二人，于凄寂无边的厂外，焦灼地找一只鬼。

终于我们找不到她。她一直没有再出现了。永远也不再出现。自此，她下落不明。

竟然是这样的。

竟然是这样的。

竟然是这样的。

我们于黑雾虫鸣中下斜坡，丛林中有伤心野烟，凄酸弦管。偶然闪过一片影，也许是寿衣的影，一忽儿就不见了。

我总误会着，如花正尾随我们下山，就像第一晚，她蹑手蹑足在身后。但，这只不过是我感觉上的回忆。无论我怎样回忆，她都不再出现了。是的，她一定见到自己痴等五十多年的男人，她一定认得他。也许她原是明白一切，不过欺哄自己一场，到了图穷匕现，才终于绝望。一个女人要到了如斯田地方才死心？就像一条鱼，对水死了心。

她也欺哄了我一场。我上当了。

二人步出影城，过马路，预备到对面截的士出市区。在等过马路的当儿，我心头忽然一阵恐惧，一切都是假的吗？

一切都是骗局？

我怕猛回头，整座的影城也不见了！

直至安全抵达彼岸，才放下心头大石。

它还在！

我才晓得惆怅。

的士来了，我和阿楚上车。那车头插了束白色的姜花。姜花是殡仪馆中常见的花，那冷香，不知为了什么，太像花露水的味道了。

收音机正广播夜间点唱节目，主持人介绍一首歌，他说，这歌叫作"卡门"，唱得很骄傲：

"爱情不过是一件普通的玩意，

一点也不稀奇。

男人不过是一件消遣的东西，

有什么了不起？"

阿楚问我：

"什么人唱的？"

"我不知道。"

"什么年代的歌？"

"我不知道。"

"卡门是谁？"

"你别问来问去好不好？我怎么知道？总之那是一个女人。"我不耐烦地发脾气。我从未因为这种小事发过脾气。

阿楚略为意外地转过头来。没有再问下去。她无事可做，又想下台，只好依偎着我。她也从未因为这种小事而肯不发脾气。

洒脱的歌犹在延续：

"什么叫情，什么叫意？

还不是大家自己骗自己。

什么叫痴，什么叫迷？

简直是男的女的在做戏。

……

你要是爱上了我，

你就自己找晦气。

我要是爱上了你，

你就死在我手里！"

听着听着，不寒而栗。不知谁死在谁手里。

摸摸口袋，有件硬物，赫然是那胭脂匣子，她不要了！我想一想，也把它扔在夜路上。

车子绝尘而去，永不回头。

当我打开今天的报章时，才发觉自己多胡涂，那寻人启事还没有取消。在那儿一字一字地蹿入我眼帘，辗转反侧：

"十二少：老地方等你。如花"

很可笑，明天一定取消了。

一路看过去，是一些车祸、械斗、小贩走鬼滚油烫伤小童的新闻。大宗的图文并茂，小件的堆积在一个框框中，写着"法庭简讯"。

什么弱智而性欲强之洗衣工人邱国强，在葵涌区狎弄一名八岁女童及掠走其身上三元。为警拘捕，被告认罪，入狱半年。

什么休班警员王志明涉嫌于尖沙咀好时中心写字楼女厕做瞥伯，当场被捕，控以游荡罪，罪名成立，入狱三月。

突然地，毫无心理准备，我竟见到一个熟悉之极的名字："陈振邦"。

它这样登着：

"陈振邦，七十六岁，被控于元朗马田村一石屋内吸食鸦片烟，被告认罪，法官念其年迈贫困，判罚款五十元。"

是他？

我竭力地追忆，是他？但，他是谁？

他太老了，混在人丛，毫无特征，一眨眼便过去。世上一切的老人和婴儿，都是面目模糊的——因太接近死亡的缘故。

看，他快死了。她回去稍候一下，他也就报到。算算时日，也许刚好在黄泉相遇。前生的纠葛，顺理成章地带到下一生去，两个婴儿，长大了，年纪相若的男女……

今生的爱恋，莫不是前生的盘点清算？不然也碰不上。也许我与阿楚，正是此番局面。

阿楚下来找我了。"楚娟"，哈，简直是妓女的名字！我怀疑我的前生是"豆粉水"，难道她不会是如花的"同事"？我失笑起来。

"你笑什么？邪里邪气的！说！"她缠住我，不断追问。

潘金莲之前世今生

血，滴答、滴答而下。在黄泉上，凝成一条血路。

此处是永恒的黑夜，有山，有树，有人，深深浅浅、影影绰绰的黑色，像几千年前一幅丹青，丹青的一角，明明地有一列朱文的压边章，企图把女人不堪的故事，私下了结，任由辗转流传。

很多很多大小不同的脚，匆促赶着路。一直向前，一直向前。

赶着投胎去的脚群中，有一双小脚。

细看这双弓鞋，大红四季花，嵌入宝缎子，白绫平底绣花，绿提根儿，蓝口金儿。正是曲似天边新月，红如退瓣莲花。恰可便是三寸。

小脚一步一趑趄，好似不想成行。

这条血路，便在小脚之旁，蜿蜒划出她的心事。

只见血自一颗头颅滴溅。

鬓髻都已滚落，空余乱发纷披。乱发中，犹藏一朵细细红花，喜气骤成噩梦，红花不得不觅地容身。

这头遭齐颈割断，朝后怒视，满目冤屈不忿，银牙半咬，吓得纸钱灰也不敢飘近。

女人一手提住自己的头，一手捂住自己胸口。

分明是新娘子装扮，一身红衣艳服。心下曾经暗思，他既不责我毒害了亲夫，也不嫌我沦为官人五妾，可见还是有心。

然而捂住的胸口，有个血窟窿，早已中空，心肝五脏被生扯出来，四下无觅。一念及此，女人浑身都是疼痛。

身前身后，尽是杂沓的影儿，女人不知何去何从。

小脚伶仃。

前面有座凉亭。人群涌至，均在喝茶解渴。便见"孟婆亭"三字。

阴魂经各殿审判，至此已是饥渴交织，渐近阳间，苦热侵逼，纷纷自投罗网。

面貌阴森、木无表情的老妇孟婆，主掌此亭。各人自她手中接过"醧忘"茶汤三杯，一口喝尽，慌忙投胎去也。

无主孤魂漂漾而至。孟婆把她唤住了。

"潘金莲！"

女人被她一招，不由自主，便上前去。

孟婆拎起她在阳间被快刀斩下的头颅，血本枯，人带根。才一按一接，便已合上，安于原位。

女人泪盈于睫，依旧回头望向过去，仇怨难解。

孟婆劝道：

"过来喝过三杯茶汤，前生恩怨爱恨，也就全盘忘却了。"

她强递一杯，女人只得接过。方喝一口，皱眉：

"咦？这茶，又酸又咸——"

"人情世事，不外又酸又咸。"孟婆道，"快快喝过，不辨南北西东，迷糊乱闯，不知不觉好堕入轮回。当你醒来，自是恍然隔世了。"

女人陡地放下杯子：

"不！我要报仇！"

孟婆望定女人，兀自念偈语：

劝尔莫结冤，冤深难解结。

一日结成冤，千日解不彻。

我见结冤人，尽被冤磨折。

人生一场梦，梦醒莫寻觅。

改头兼换面，冤孽不可说。

女人不答。

孟婆苦口婆心：

"淫妇何以携仇带恨？也不过是男人吧。"

女人一听"男人"二字，一怔，刚好拍首瞥见一面大镜。"孽镜"乃天地阴阳二气所结而成，万法由心所生。心中的男人……

曾经有过四个男人。

啊前尘如梦如幻。茫茫荒野一下子黑尽了，如一张白纸浸透于浓墨中，只剩一条缝隙，透出半丝神秘。

悲怆的往昔——

"孽镜"中，见到她第一个男人。

自幼生得有些颜色，缠得一双好小脚儿，描眉画眼，敷粉施朱，做张做势，乔模乔样。既会描鸾刺绣，又晓品竹弹丝，一手好琵琶。自父亲死后，她又自王招宣府里，以三十两银子转卖予张大户。

十八岁，已出落得脸衬桃花，眉弯新月。那一年，张大户趁主家婆往邻家赴席不在，把她唤至房中，强横地收用。白璧蒙了污。势孤力弱，有冤无路可诉，又被主家婆不要一文钱，白白地嫁予紫石街卖炊饼的武大。

武大是如何的长相？只在洞房之夜，盖头被秤杆挑起，双目左右一瞥，遍寻不获。方低首，赫见眼下有个三寸丁、谷树皮，形容猥衰的老实人物。初见甚是憎厌，夜里还要共睡一床，难道普天世界断生了男子，不得不嫁予此等酒臭货色？每日牵着不走，打着倒退。着紧处，锥扎也不动，根本不是男儿汉。他是啥？怎有福分抱着一个羊脂玉体好睡去？

幸见另一张脸，冉冉把这蠢货遮盖。咦？镜中是那西门大官人，二十五六年纪，生得十分博浪。张生般庞儿，潘安似貌儿。于清河县门前开着个生药铺。好拳棒，会赌博，双陆象棋，拆牌道字，无不通晓。西门庆发迹后，有财有势，又可意风流。

他脱下她一只绣花弓鞋儿，擎在手内，放一小杯酒，便吃鞋杯耍子。女人酒浓意软，只有他，方才捣入深深处，如鱼得水，紧缠不休，谁肯大意放走？

情愿在他手上，惊涛骇浪中死去。

——只是，心底当有一个人。

爱煞这个人。

恨煞这个人。

经历一番风雨，死的死，走的走。他本发孟州牢城充军，听见太子立东宫，故郊天下大赦，便遇赦回来。寂寞的女人，忽然有一日重逢上了，他是她最初最初的一块心头肉，此刻，原本他仍是要娶自己的。日子相隔得久，他在外，出落得更威武长大，旧心真不改？

武松托了王婆来说项，女人心下暗思：

"这段因缘，到底还是落在他手里！"

就在那天晚上，王婆领了，戴着新鬏髻，身穿嫁衣裳，搭着盖头进门。

只见明亮亮点着灯烛，他哥哥武大的灵牌供奉在上面，先自有些疑忌……

其他的，都记不得了。谁料男人一变脸，一声"淫妇"，便揪着她，自香炉内抓了一把香灰，塞在她口中，叫将不出。女人待要挣扎，他用油靴踢她肋肢条，用两只脚踏住胳膊，一面摊开胸脯，说时迟，那时快，刀子一剜白馥馥心窝，成了个血窟窿，鲜血直冒，女人星眸半闪，双脚只顾蹬踏。

武松口噙刀子，双手斡开那洞洞，"扑挖"一声，把心肝五脏生扯下来，血沥沥供养在灵前。

这还不止，快刀一下，便割下头来，血流满地。

汉子端地好狠！

手起刀落，红粉身亡。竟见铁石心肠，不只踢头过一旁，还把心肝五脏，用刀插在楼后屋檐下。

初更时分，他就掉头走了。

女人七魄悠悠，三魂渺渺，望着自己的身子。亡年才三十二。好似初春大雪压折金线柳，腊月狂风吹毁玉梅花。娇媚归何处？芳魂落谁家？

金风凄凄，斜月蒙蒙的夜里，她便也孤身上了路。

黄泉路。

四张男人的脸，一一出了场。如果不是因着这些男人，自己最终，也不过成了个寻常妻小，清茶淡饭，无风无浪地颐养天年。

怎堪身为众用，末了死于非命？一腔都是火。被害被坑被杀，也不过是男人吧。

到底惨死，尚要背负一个"千古第一淫妇"之恶名，生生世世，无力平息。

恨意把她的眼睛烧红。

是有一句话得罪了她，"千古第一淫妇"。女人细白的牙齿狠咬住薄唇，唇上一根失血的青。不要绝望，不要含冤。要靠自己的力量，把坑害过自己的男人，一个一个揪出来算账！

她不肯忘却前尘："我要报仇！"

这"醍忘"茶汤，不喝了！

她把孟婆递上来的另两杯，挥手一拨，杯子翻了，茶汤泻了，女人奋力推开赶路的人群，不管身后急唤，拼尽一身力气，奔往红水滚滚的转轮台。

孟婆犹在惊叫：

"潘金莲！潘金莲！别要如此！你一定生悔！"

一个报仇心切的女人，义无反顾地奔逃，半个字儿也听不见。

快！

前面便是转轮台。

台上呈八卦形状，内有一圈为太极，中有六个孔道，供"六道轮回"。

女人走呀走，随着难喻的因缘，一纵身，投入其中一道。

六道中，有公候将相、士农工商，亦有胎、卵、湿、化。多按功过分别成形。

水车滚动，赤河汹涌。赶忙乱窜的人，各自寻找有利位置，来世投个好胎，别要重过今生浑噩。每个亡魂，都带着希望轮回去了。

精血灵性，附于一点，十月怀胎，时辰到了，便由转轮台，冲出紫河车。血水直流，茫然堕地，惊醒一看，又到阳间了，忍不住哇哇一喊，重获新生。

潘金莲受伤的心，又开始隐隐作痛。

此去只知要遂了心愿，然而前途吉凶未卜，不免有点忐忑。

这个小脚的女人，到底投入谁家户？

一九六八年十月十八日，那是单玉莲的大日子。

她如同其他八至十岁的小女孩一般，兴致勃勃地试新鞋。

那双鞋，粉红色软缎，紧裹脚儿如一个细细的茧。脚儿伸将进去了，便也动弹不得，因为在鞋子顶端，有块方正的木。前无去路，后有追兵。

末了还得用根长长的带子，缠呀缠，缠上了足踝，打个蝴蝶结，拉索一下两下，方算大功告成。

单玉莲方专心致志干好这生平头一遭的大事，眯着眼抿着嘴。忽地，眼前的一双脚赫然拗曲叠小，缎带变了白布条，小女孩吃了一惊。缠紧一些，再紧一些……不，揉揉眼睛，那还是她心爱的芭蕾舞鞋。

　　她坐在上海芭蕾舞蹈学院排练室的松木地板上，目光很柔和，近乎黯白。四壁都髹上深棕颜色，连扶把也是。扶把上，已有穿黑色紧身小舞衣的女孩，急不及待地把腿搁上去控着。脚尖绷得很直，直指上青天。

　　每个人都不习惯她们底新鞋子。

　　单玉莲左端详，右端详，她的手，不知如何，便妙曼多姿起来了。小指头不觉翘起，如同兰花。摩挲着鞋，童稚的声音，哼起一首她从来没听过没学过没唱过的山东小调——

　　"三寸金莲，

　　　俏生生罗袜下，

　　　红云染就相思卦。

　　　因缘错配，

　　　鸾凤怎对乌鸦？

　　　奴爱风流潇洒，

　　　雨态云踪意不差，

　　　背夫与你偷情，

　　　帘儿私下。

　　　你恋烟花，

　　　不来我家，

　　　奴眉儿淡淡教谁画？"

　　八岁的小女孩，眼神竟梦幻惘然，是当局者迷，简直无法自控。哼哼卿卿当儿，她的小朋友好生奇怪，一拍她的肩头：

"单玉莲，你哼的什么反动歌曲？"

"没有呀。"

望望自己穿好了的舞鞋，一跃而起，小脚咚咚咚地学步。她感觉到，对了，人跟地面，是隔了一层呀。才几步，就不稳当了，非得马上踏实过来。咦，学了不少日子，一旦分配得一双鞋，便连路也不会走。

老师来了。

她穿一件白色高领的毛衣，外面是一套宝蓝的套装。每一个老师，都是这副模样，你从来分不出，她是教舞蹈，抑或上政治课。

老师着所有小女孩围成半圈儿，双腿自胯部分张，平放地板，脚底心互抵，轻轻地把腿下压，练习分胯动作。由轻至重，腰得挺直，整个人煞有介事。

老师说：

"糖甜不如蜜，棉暖不如皮。爹娘恩情重，比不上毛主席！"

老师又教她们欣赏芭蕾：

"芭蕾已有四百年的历史了，它的形式是多样的，而且可以继续发展，并没有止境。舞规是不可以任意修改的，比如说，那天就教过你们，'脚'的姿势有所谓'五种基本位置'，三四百年来，都没有人怀疑过。今天，我要让大家学习的，就是——芭蕾纵是不变的文艺，不过，文艺是要为革命服务的。'文化大革命'开始了，熊熊的烈火，也燃亮了我们舞蹈界的心，从今天起，反动的歌舞，都得打倒。在毛主席的坚决支持下，在江青同志的认真倡导下，我们开始排练革命样板舞剧……"

钢琴在一旁伴奏，叮叮咚咚地流泻出激情的乐韵。小女孩们，似懂非懂，不知就里。抬眼一看窗外，忽贲起冲天烈焰。

红卫兵又来了。

这已经是第二十七天。

"我们要'破四旧，立四新'！"

"凡是敌人拥护的我们都要反对！"

"革命烈火熊熊燃烧！"

"打倒牛鬼蛇神！"

"文化大革命万岁！"

小女孩天真无邪的眼睛，也见惯此等场面了。只是不明白，为什么大人们的斗争会如此惨烈？为什么这群哥哥姐姐一来，总是大肆破坏，见啥砸啥？

红卫兵们把舞蹈学院办公室中抄来的大批书籍、相片、曲谱、舞衣，甚至不知写上什么的纸条、文件，但凡可烧的，都捧将出来，一一扔到空地上给烧了。

一片火海中，一个年约十二三岁的男孩，用力扔进一套线装书，隐隐约约，见到三个字。

"金瓶梅"。

单玉莲一见这三个字，不求甚解，心下一颤动，理不出半点头绪来。这三个字如一只纤纤兰花手，把她一招，她对它怀有最后的依恋。迷茫地，谁在背后一推呢？她冲上去，冲上去，欲一手抢救，手还没近着火海，那书瞬即化为灰烬，从此下落不明。

红卫兵慷慨激昂地对着她的小脸喊：

"一切反动派都是纸老虎！"

"啪"的一下巨响，单玉莲身边，躺了个半死人。

是电光石火的一闪吧。他犹在三楼一壁大喊："我不是反动派！不要迫害我！"马上便跳下来了。他还没完全死掉呢。两条腿折断了，一左一右朝意想不到的方向屈曲，断骨撑穿了裤子，白惨惨地伸将出来。头颅伤裂，血把眼睛糊住，原来头上还戴了六七顶奇怪的铁制的大帽子，一身是皮鞭活活抽打的血痕，衣衫褴褛，无法蔽体。

他微弱地有节奏地动弹着，乍看有如一场慢舞。最难跳的那种。

红卫兵扑过来，用脚朝他前后左右乱踢，又用钢叉挑开外衣，刺破胸口，检验一下是死是活。最后，把他自满是玻璃碎片的地上拖走了。

单玉莲惊愕地目送她们院长是这般的下场。好可怜啊。

老师木然把她们喊到排练室，大家归队了：

"各位文艺界的接班人，各位红色小娘子军！我们一起来为革命奋斗吧！"

三天之后，院里来了一位新院长，接管此处一切革命事务。

章院长是个外行。

他中等身材，面无笑容，接近愁戚。双眉很浓，眼神深沉。像一头牛，多过像一个人。最喜欢挺起胸板走路，做人做事，都表现得积极。外行领导着内行。

他原来是啥人？

就因为那一月的武斗。他是敢死队员，秉承"文攻武卫"的理论根据，立了一点功。

指挥部先派大吊车撞开柴油机厂的铁门，他们二十人，用大木头和大型铲车撞破厂门左侧一段围墙，高喊着"怕死不是造反队！"的口号攻进、占领了食堂，切断了水粮，天黑之前，调来十辆消防车，用水压一百磅以上的水枪，从一千米外的河滨接力打水，向据守在楼里的群众喷射。当晚六时二十二分,武斗结束,敌人全遭俘虏、毒打、侮辱、批判、游街、关押声讯、受刑，厂里私设公堂、刑房达五十多处，刑具有七八十种。

所有在武斗中立功的人，都参与进一步的革命行动。

章志彬，摇身一变成为院长，单位领导人。

他爱巡视排练，和在学习班上训话。

小女孩蹦蹦跳跳地在操场上走着，一朵朵美丽的花。花儿经一声召令，又集中在课室里头，一个个坐得乖巧，听院长讲《红色娘子军》的故事——

"这儿是红色根据地。你看，红旗！红旗！吴清华看到英雄树上迎风招展的鲜艳的红旗，抑制不住内心的激动。这个倔强的贫农女儿，在地主的土牢里受尽折磨，她没流过泪；南霸天打得她死去活来，她没流过泪。而今她仰望着红旗，就像见到党，见到了劳动人民的大救星毛主席，好像有生以来第一次投进母亲温暖的怀抱……"

单玉莲从来没见过自己的母亲。投进母亲温暖的怀抱？那是怎么样的经历？

她也许就是"吴清华"。因为，是党栽培她的。

她苦苦地练习，譬如"旋转"，那个支持重心的脚，无论在十个二十个三十个旋转之后，也应该留在原地，位置没有丝毫变动，半分也不行——苦练的结果一，她趾甲受伤，发黑了，最严重的那回，是整片剥落，要待复元，方才可以继续。

苦练的结果二，她可以跳娘子军。那一场舞，党代表洪常青给娘子军连的战士们上政治课，他左手拿讲义，右手有力地指着远方，慷慨激昂地说："我们干革命决不是为个人报仇雪恨，要树立解放人类的革命理想！"

苦大仇深的妇女，穿了一身灰色军服，红腰带红领巾红臂章、绑腿和舞鞋，手擎银闪闪的钢刀，红色彩带纷飞，报仇去了！

舞蹈学院里头的小女孩，都是这般的长大了。

最初，是《红色娘子军》群舞中的一员，面目模糊。不分彼此。

后来，登样的、跳得好的，都被挑拣出来跳《白毛女》双人舞。

"文化大革命"进行得如火如荼，一时间，整个中国的文艺，只集中表现于八个样板戏中。《沙家浜》《红灯记》《智取威虎山》《海港》《龙江颂》《杜鹃山》《红色娘子军》《白毛女》。任何演出，统统只能是这几个。大字报揭露革命不力的情况，也赞扬了推动者的红心。

能够主跳喜儿，也是单玉莲的一个骄傲。

到她长到十五岁，亭亭玉立。一个托举动作，升在半空的，不再是双目圆滚滚、黑漆漆的活泼小娃娃。她的双颊红润，她的小嘴微张。长长的睫毛覆盖柔媚的眸子上，密黑的双辫暂且隐藏在白毛女的假发套内。一身的白，一头的白。因排练了四小时，汗珠偷偷地渗出来。她好像偷偷地成熟了。

章院长在排练室外，乍见，一不小心，眼神落在她鼓胀的胸脯上。女儿家发育，一定有点疼痛。微微地疼。

单玉莲在洗澡的时候，总发觉那儿是触碰不得的地方，无端地一天比一天贲起，突然之间，她感到这是令她惶惑的喜悦。有时她很忧郁，她的颜色那么好，她的胸脯高耸，用一个白洋布的胸罩紧紧拘束着，却是微微地疼——她自己感觉得到自己的美。

虽然迷迷糊糊，没工夫关注，但一只刚出蛹的脆弱的蝴蝶，翅膀还是湿濡的。

好像刚才的《白毛女》双人舞，多么地严肃。喜儿是个贫农的女儿，父亲被地主打死了，她逃到深山，风餐露宿吃野果，头发都变白如鬼了，一头银闪闪，遇上了旧日的爱人大春。大春加入新四军，让她知道：旧社会把人变成了鬼，新社会则把鬼变成了人。

跳大春的男同志，踏着弓箭步，握拳透爪，以示贞忠于党，喜儿在他身畔感慨，转了又转——他凝望着她，那一两丝黏在脖子上的湿濡的头发。

抱着她的腰时，她感到他年青稚嫩的手指一点颤动。他也同学了十年吧，到底他竟是不敢抱紧一点。小伙子的表情十分艰涩。

服务员同志来喊：

"单玉莲同志，院长着你下课后去见他。"

单玉莲赶紧抹干身子。

她把长发编了辫子，又绕上两圈，静定地越伏在头上。

章院长见到敲门进来的少女，上衫是浅粉红色的小格子，棉质，袖口翻卷着，裸露的半截手臂，也是粉红色。

啊她刚洗过澡，空气中有香皂的味道，是带点刺鼻的茉莉香。刺鼻的。

他给她说大道理：

"单玉莲同志，你八岁就来院了，我看过你的交待，你是孤儿，也没有亲属，所以出身很好。肯作劳动服务，富革命精神，对党的感情也很朴素。"

章志彬这样说的时候，他的脸部表情是很严肃的。基本上，自家对党的感情也很朴素，他跟他的爱人，每天早晨起来，都站在毛主席像跟前，报告"他"知道：毛主席毛主席，今天我们要开什么会去了，今天有哪儿的工宣队来访，大家交流经验了，我们遵照您的指示"千万不要忘记阶级斗争"来抓思想。临睡之前，也对毛主席像说道：毛主席毛主席我今天又犯错了，什么什么地方没有批透……

夫妻早请示，晚汇报。

章院长面对着久违了娇俏可口的点心，恨不得一下吞噬了。

"单同志，你长得也够水平，跳得不错，本该是国家栽培的一号种子。可惜出了问题，我们，得研究一下。"

单玉莲心焦了，什么事儿呢？

一双秀眉轻轻地蹙聚，满目天真疑惑。

"院长，发生什么事？你不是要我退学吧？"

他深思。

他的双目愣愣地望着她，整个人干得像冒烟，是一刹那间发生的念头。他口渴，仿佛在她瞳孔中看到自己如一头兽。

他很为难地道：

"——是出了问题。因为，这个，你的体型很好，太好了，就是太'那个'——"

说时，不免把单玉莲扳过来，转一个身，她的胸脯，在他眼底微颤。也许只是错觉，但他扶着她的肩，又再转一个身。

"你的体型，并不简单，你明白吗？芭蕾，是有很多旋转、跳跃，或者托举的动作。你是有点超重，有负担，舞伴也不可能贴得近，很难，控制自己……"

他实在很难控制自己了。

一边说，手一边顺流而下，逆流而上。

无法把这番大道理说得分明了。到了最后关头，那种原始的欲念轰地焚烧起来，他也不过是一个男人吧。他不革命了，末了兽性大发，把这少女按倒——她还是未经人道的。

章院长把桌上的钢笔、文件、纸镇……都一手扫掉，在红旗和毛主席像包围的欲海中浮荡。

她挣扎，但狂暴给他带来更大的刺激，只要把练功裤撕破，掀开一角，已经可以了……不可以延迟，箭在弦上，特别地亢奋，他用很凶狠的方式塞过去——

一壁纷乱地暴瞪着她："你别乱动，别嚷嚷。我不会叫你委屈。"他强行掩着她的嘴："我会向组织汇报——"

外面传来：

"文化大革命万岁！"

恰好淹没了单玉莲凄厉的痛楚呼声。

她见到他。

（一张可憎厌的脸，穿着绫罗寿字暗花的宽袍大袖，一个古代的富户人家。一下一下地冲击着她。张大户把她身下的湘裙儿扯起来，他眯着眼，细看上面染就的一摊数点猩红。）

单玉莲拼尽最后的力气，她还是被强奸了。她头发散乱，人在歇斯底里，取过桌上一件物体，用力一砸，充满恨意地向章院长的下体狂插。

她一生都被毁了。

院长喊叫着，那物体沾了鲜血。没有人看得清，原来是毛主席的一个石膏像。

她义无反顾地狂插。门被撞开了。章院长的爱人和两名老师冲进来，一见此情此景，都呆住。

单玉莲受惊，发抖。还半褪着裤子。

院长双手掩着血肉模糊之处跳动，痛苦地呻吟：

"这人——反革命——"

他爱人咬牙切齿地把她推打，狠狠地骂：

"你这淫妇！"

淫妇？

她的头俯得低低的，背后仍传来女人的窃窃私语。听得不真切，隐隐约约，也不过是"淫妇"二字。

单玉莲眉头一锁，又强忍了。

她背负着这个黑锅，离开了舞蹈学院，从此之后，再也不是在台上劈叉大跳的白毛女了。一双腿，还是蹬踏着。

镇日，只低首默默地踩动机器，车缝鞋面。不觉又已一年半。

组长自裁床搬来一沓一沓的黑布或白帆，来至车间，一一分了工序。她粉红色的世界，她芳菲鲜妍的前景，都被黑与白代换了。千篇一律，千秋万世。

女人们一早就摸清她的底了，男人们呢，也是木着一张张的脸，私心不可告人：听说她的故事，联想到她的淫荡……

奉公守法地在她身后东搬西移，乘势偷窥一下。毛主席的话："要光明正大，不要搞阴谋诡计。"每个男人都不让世人知道心下跃跃欲试蠢蠢欲动。

所以，这鞋厂，有个好听的名儿："跃进鞋厂"。

厂内遍贴大字报和标语：

"批林批孔！"

"批深、批透、批倒、批臭！"

"在学习会上多发言！"

"要团结，不要分裂！"

这倒是个非常前进的单位。

单玉莲惟有含冤莫白地感激大家帮助她作思想上的改造，今后重新做人。

她的风光，她的灿烂，一去不复返了——她连为革命样板戏出一分力量的机会也没有了。

抬头一看，大风扇，终年都没开过。每一片扇叶都积满了灰尘。每一个机器上面都黏了残线。每一个角落都有特殊的胶的味道。胶，绝缘体，电通不过，水渗不透。她困囿在一只巨大的白球鞋里头。

每当她把一堆鞋面车缝好之后，便放进纸皮箱，然后搬抬到另一部门去。

人人都做着同样的工夫，妇女头上也得撑上半边天。

单玉莲吃力地咬着牙，她不相信自己做不好。最重要的，是她不能倒下来，让瞧不起的人更加瞧不起。

忽地，横来一双援手。

"同志，让我帮你。"

她见往来的同志当中，有人轻而易举地，便替她把这重甸甸的纸皮箱给托起来，搬过去。这人的无产阶级感情特别鲜明。还问候一句：

"你不舒服吧？"

单玉莲只平板地答：

"我在'例假'期。"

正如往常一般，妇女们都是无私隐地、理直气壮地回答。阶级朋友是没性别之分的。

她又回到自己的车间了。

那人转过身来。

那人转过身来。

那人转过身来。

只一眼，她无法把视线移开。他是一个俊朗强健的青年，肩膀很宽，满有膂力。他这一转身，好似把整个鞋厂都遮盖了，充斥在此空间，无比地壮大，是个红太阳。

单玉莲像在什么地方见过他。

这原是她今生中的初遇。

她想起刚才的一句话：她坦言告诉他自己在"例假"期。蓦地，她的脸红了。什么话也不必说，她的红晕就代言了。

本在鞋面上穿梭的针，一下就穿过她的手指。毫无防备，锥心地疼，是一种从没有过的疼痛。在心头。

她马上蹬踏，急乱中，针只是贯穿得更深切。末了逼不得已，方才往上艰辛地升拔出来，血无端地染红了一片白帆布。

单玉莲的眼眶湿红了。她一定在什么地方见过他。措手不及，她爱上他。

那是怎样发生的呢？

谁说得上来？凤世重逢，是一种难受的感觉。它带来的震荡，竟历久不散。血止住了，心还是跳着。难受。

这个男人没有在意，还迳自去帮其他同志的忙，又迳自走了。他的表现，不卑不亢不屈不挠，他是又红又专的劳模。连背影都诱人。

单玉莲盯着他的背影。

（幻觉又一闪现——他竟一身黑色快衣，缠腰带，穿油靴，手提梢棒。迈着大步，头也不回。瞬即失去踪影。）

她目瞪口呆。

他究竟是什么人？

"武龙同志，武龙同志，你要加油呀！"

武龙在场中驰骋着。

他特别地高大，特别地威猛。一件红背心贴在身上，肌肉都破衣而出，身体裸露的部分，闪射出铜的光泽，即使在没有太阳的室内，那光泽还是反映在单玉莲的瞳孔中。

他每一个动作都那么有力。篮球仿佛黏贴在手上，一路带，一路交，最后还是靠他投中了篮。球飕地直冲下地，又往上一跳，一下两下三下，都弹动在她心上。

笑的时候，他竟有一口大大的白牙。

如同轻装的骑兵，骑着隐形的马，沙场上，一个英雄。

他的红背心，写上"红星"。

她仍然盯着他的背影。粗硬的短发在他脖子上又如黑马的鬃。他的英挺不同凡响。世上除了他，没有人打篮球打得那么好了。

工人文化宫内，正举行的这场篮球比赛，"红星"队对"造反"队。

与会的都是劳动工人。跃进鞋厂的同志们都来了，为"红星"

队主将打气。

他们活学活用一切口号，带着笑，在旁当啦啦队：

"红星红星，掏出干革命的红心！"

一个四十来岁、在楦鞋部门天天看守焗柜的同志，嘴角叼着香烟屁股，舍不得丢掉。一见敌方入了一球，马上吐一口浓痰，便紧张地喊：

"下定决心，不怕牺牲——"

其他的人都和应：

"排除万难，去争取胜利！"

为此，"红星"队在最后的几个回合，积分超前，胜了"造反"队。

武龙英姿勃发地，用"祝君早安"的毛巾擦着脸。车间的几个女工，一个给他水，一个给他一包点心，是一种青绿色的东西。青团，以青菜熬水加糯米粉，团成一巨型丸子。

"什么馅儿？"武龙接过，随便一问。

她赶忙回答：

"猪油芝麻。"

生怕他不吃。直盯着他。武龙拈起油汪汪的一个，两口噬掉之。她方才放心。

单玉莲但见此情此景，便离开球场了。

她在工人文化宫徜徉一阵，几番趑趄，倒是没有回去。

赛事完了，一干人等都擦着汗，各自取了自行车回家。精力发泄了，他们都没工夫发展男女私情——也许，是没遇上。

单玉莲在门边，等着他出来。

她见到他神气傲慢地出来了。那件红色的小背心，猛地映入眼帘，那么快，出现了！她在急逼中，把手中拎了很久很久的一双白球鞋——那是厂里的制成品，举到他跟前。

"送给你！"

武龙一看，她的一根手指头，包扎了碎布，是受伤的手。再看，再想，呀，是她。

这才看清楚是一个怎么样的少女。明净透白的脸蛋，妩媚的眼睛，悄悄地睨住他，双眉略成八字，上唇薄下唇胖，像是随时准备被亲吻一下，她也不会闪避。武龙把头一摇，企图把这感觉给摇走了。

即使她穿得那么宽大朴实，平平无奇，他还是知道里头有个柔软的身子有颗柔软的心。

她腼腆地一笑。有点心慌，若他不要，她该怎么下台？

武龙迟疑一下，敌不过这种诱惑，他伸出一双大手，把白球鞋接过。

她等待他接过，好像等了很久。时间过得特别慢。

"谢谢！"

夕阳西下，人面渐黯。

单玉莲很开心，日子陡地充实了。远近都漾着歌："洪湖水呀，浪呀嘛浪打浪……"

一浪一浪地，冲激她甜蜜的心弦。

她开始爱上这个世界。

忙乱、操劳、枯燥的白天，只要远远地瞥到彼此，大家都如初生婴儿般烂漫天真和自得。连闷煞人的黑与白，上面都仿佛画上鲜艳的花朵——偷来的。

不过，好日子不会长。

才讲过两句无关痛痒的话吧，都试探着，好不好再多讲两句呢？

什么时候讲？什么机会讲？

厂里头，人人都若无其事，不发一言，不动声色。

忽然有一天。

忽然，运动来了。

——运动！

本来这是一个没有月亮的夜晚。不知如何竟出了月亮来，挂在深蓝的夜空上。银光意欲跻身，谁知里面发生了事情，它只好退缩在门外。因为门严严关好，隔绝了两个世界。

鞋厂经过了一整天的操作，夜里机器终于被搬抬开了，纵是人疲马乏，不过中间腾出一块空地，搭了个简陋的高台。批斗大会开始了。

半失灵的灯火，一如垂死人的眼，环扫围坐一大圈的物体，幽僻中半人半鬼，全都没有任何表情，紧抿着嘴，那阵势，简直令事不关己的人也心胆俱裂，何况身在高台上呢？

肃杀中猛冒出一个男人的声音，都看不清谁是谁了。他慷慨激昂地宣布：

"今天我们要揭发一个人！"

——单玉莲头发散乱地被揪出来了。脖子上挂了个牌子："淫妇"，大大的黑字，又给打了个大大的红"×"。

"运动来了，厂里头的斗争也开始了，再不干，真落后了。所以我们先揭发车工单玉莲。我们有同志亲眼看见她盗用国家财物。你！出来给大家说说看。"

真的有个人出来挺身作证：

"这淫妇，一脑子小资产阶级温情主义、享乐主义、色欲主义！她胆敢把国家的球鞋，偷偷送给我们'红星'队的主将，武龙同志。"

"好。武龙同志，你出来表态！"

武龙在人丛中，蓦被点名，吃了一惊。他得站出来表态。

小事化大了。

武龙心中不忍，但迫于形势，有点支吾：

"我——"

"快表态，不表态就是乐意，特别赞成。说不定是同谋！"

武龙惟有把那双球鞋拎出来，自动投诚：

"这双球鞋的出处我是不清楚的。我当初也没有热情接受，不过……单玉莲这样的行为有偏差，我们也该对她有看法，让她反省、改造，以后不再犯错。"

厂里的积极分子一听，不很满意。当其时，谁越凶狠，谁的立场就越鲜明。马上有人嚷嚷：

"太骑墙了，非划清界限不可！"

大家众口一词，由领导带着喊口号，每喊一句，那俯首就擒的单玉莲，脸上的肌肉就抖颤一下，后来，扭曲得不规律了。

"打倒阶级敌人！"

"马列主义不容任何私情！"

"斗她！斗她！"

武龙坚定地继续下去：

"我这个人，历来听党的话。我出身挺好，父亲原籍广东，是个拉三轮车的，母亲是贫农。我对党的感情深厚，也服从组织，一切以国家为大前提，并无儿女私情，令组织为难。我对她，不过是阶级感情吧——她，没动摇过我的红心！"

武龙讲得真好，义正辞严。大家为这老广鼓掌。不愧是劳模。

说到底，他没做错呀。

那么，便是她的错了。

平素瞧着她就不顺眼的妇女们，也忍不住地揭发：

"哼！我就听说这淫妇，作风有问题。她从前还跟领导鬼混过，是个坏女人。我们要求彻查她的历史！"

男人自然爱听私隐，便喝令：

138

"单玉莲，你自己交待！"

她乍闻前尘往事又被重提，心如刀割。

为什么你们不肯放过我？

眼泪断线地滚下来，羞怒不可忍。我得自辩呀！她提高了嗓子：

"不不不，我没有。我是反抗的，他迫我！我没有，我不是淫妇！"

黢黯中，人鬼不分的群众中有个女人跳出来，用力扯她的头发——看不清她是谁，也许是坐在隔壁车间的同志，也曾聊上三言两语。此际，不分敌我，都要努力斗她了。

"你不干不净的什么东西！"

"是呀，脸皮比鞋底还厚。平日也爱勾引男人！"

扯头发的是真扯，一下子扯断一绺。戳脸皮的也真戳，她指甲盖子多尖呀，一戳就一道口子了。单玉莲抑压不住：

"你们真要改造我，我口服心服。要翻旧账，那不是我的错！我心里也苦！"

她失去理性，就冲向武龙的身畔，凄厉地求他：

"武龙同志你得交待！我不过送你一双球鞋！你要救我！"

领导见场面混乱，马上命令：

"你，出来儆醒她！"

武龙迟疑了。"儆醒"？

群众大叫：

"打呀！打呀！"

领导直视着他：

"你不打，就给我们跪下！奸夫淫妇一起斗！你是不是忠于党？"

无辜的武龙，被逼迫着。咬咬牙，上前打了单玉莲几记耳光。为怕自己心软，出手十分地重——基于神圣的革命的大道理。

单玉莲惊愕地歪着受创的脸，不，那感觉是剜心的。

她含恨地闭着目，不肯再看他一眼了。为什么？她不过是喜欢他吧。换来一场极大的羞辱，尊严委地。她的心又疼了。浑身哆嗦着。

是不是前生欠他的呢？莫非今生要当众偿还？她简直恨透了。什么都听不见。下一个我们要揭发的坏分子是……再下一个是……

单玉莲只觉耳朵里万声轰鸣。

如果再见到他，她要他还！

那会儿，一群拥有各式罪名的坏分子，就像演员一样，不用上班了，光是"赶场"，从这个体育场赶到那个电影院，再赶到工厂，再赶到学校，于团体中"巡回演出"，以示革命进行得如火如荼。

每次开大会，都给押上来，念罪状，再念判决，阵势用以吓唬老实的百姓们——谁都不敢胡乱地谈对象，搅关系。男女之间交谈，没掺上几句语录，往往很危险。

到了最后，单玉莲与坏分子们，被赶上一辆大货车上去。

她随身的行李，有个网袋，网罗住杂物：一个搪瓷漱口盅、一个用来盛开水的玻璃瓶，还有一些衣物。他们的最终命运是下放至乡间劳动改造。

单玉莲别无选择地，与一群出身迥异但命运相同的人一起上路。命运。

大家因近日"交待"得多，静下来时，谁也不想说话。

远处出现一个人。

他手中拎着一个包包，是粗糙的黄纸，包着三个馒头，馒头不知是发自内心，抑或外表污染，也是微黄色的。

武龙走近了。

他原来想把这三个馒头递给单玉莲的。这并不代表什么，在大时代中，个人的私心是大海中一个微小的泡沫，谁都不知道明天。

但是他想她——也不是想她，是想着这般的来龙去脉，神秘而又仓皇，不管他如今有什么打算，他俩都得活下去。马上，二人便咫尺天涯了。中国那么大……

在她的灵魂深处，一直期待意外发生。但是，她自眼角瞥到他走近，自己反而特别地寂寞，太渺茫了。是因为他，才这般地绝望。

他拎着馒头的手，在众目睽睽下，很艰涩地，生生止住了。

单玉莲平淡地，极目远方，故意不觉察他在或不在。

货车绝尘而去。

武龙紧紧地捏住这三个馒头，它们在发酵，在胀大，他快要捏不住了。

大势已去。

他恨自己窝囊。

他也曾有过眉飞色舞春风得意的时期，他也曾是个英雄。但连保护一个女人的力量都没有。货车的影儿已不见了，他仍是倒着走，一直朝前方望去，望尽了天涯路。

——他永永远远，都见不到她了。

她也是这样想的。

自己将沦落在一块陌生的土地上。

珠江三角洲原是个多岛屿的古海湾，海湾被古兜山、罗浮山等断续的山地和丘陵环绕着。西江、北江、东江夹带的泥沙，都不断堆积，形成一个平原。

这里"三冬无雪，四季常花"。劳动农民都种水稻、甘蔗、水果。

广东人，一开口就像撩拨对方吵架。早晨见面，都以问候人家的令寿堂为乐，是为民风。

天气很闷热。

南边的太阳火焰焰的。惠州马路上尘土飞扬，到处都是未修好的建筑物，满目疮痍。

狗都热得把舌头伸出来。

单玉莲斜睨着那头狗。

"咄！咄！"她赶它。但它懒得动了。她也懒得动。只在路边树荫下，撩开布裙子一坐，中门大开似的，凉风从裙下微微地扇着。

单玉莲一手把三个骨的肉色丝袜往下一卷，汗濡濡的，好热啊。

为消暑，把那篮黄皮暂置脚下，与旁边的女人交换半个西瓜来吃。是猪腰瓜，小小的腰身，刀劈一下，一人捧半个，一匙一匙地吃，呼噜有声。这瓜籽很多，吃一口，吐一把，都喷射往狗身上去，命中率甚高。狗只好避开她们，落荒而逃。

"锦华，你的瓜不够甜。还是我的黄皮熟。"

"你是黄皮树了哥——不熟不食才真。"

"啐！你才多熟客。"

锦华道："喂，别说笑，陈仔的妹妹跟我讲，迟一阵广州秋季交易会，港客很多，如果肯做，可以到流花附近，或者在宾馆的留言牌掌握住客资料和房号，就兜到生意。"

"收多少？"

"听说每次都有五六十元的。"

"风声紧呢。"

"做二十次就收山。"

"我不敢。"单玉莲道，"公安局抓到就惨了。"

"惨什么？抓到了让他罚好了，那些鸡来自五湖四海，抓得多少？裤带松一松，好过打长工。"

"罚什么？"

"要不罚钱，要不关一阵——难道还游街？如今女人都是这样做啦，你以为还是'阿爷'在时那么老土吗？"

单玉莲不语。呀，已经过了多年了，自己也已经廿六七岁的人。虽然荆钗衣裙，不掩艳色，但下放到这样的乡下地方，卖黄皮？没有前景，一直苟活着，对象也找不到。环境把她锻炼得与前判若两人。她也惟有自保。

几乎也考虑到广州去。

就在此时，来了一辆面包车。

车上坐了六名港客，到惠州游玩。

车子戛然煞掣，有一名港客，急着要上厕所。路旁的公厕，境况可怖，但他忍不住，像是辆小型冲锋车，如目的地飞奔。

"小型"。

这是一个很有趣的矮子。五短身材，灵龟入格。光看背影，就知他身手灵敏——倒不一定是因为内急。

树荫下的小贩们，马上趋前，向车上各港客兜售水果、药材、金钱龟……

单玉莲也忙把瓜籽一吐，舌头一舔，预备提了篮子卖黄皮去。

男人小解出来，刚好见到女人舌头一改，又躲回唇中去，然后牙关锁住。他多么想多看一眼。整个人便晕浪了。

单玉莲哪有看不出之理？便提篮上前，专心对付他一个。

她站在他跟前，发觉他比自己矮了一截。她甚至可以数数他头顶上有三五块头皮屑。

天使的红唇一张，问他：

"先生，买黄皮吗？"

"是！"

"买多少斤呀？才两块钱一斤，买多一点啦。"

"好！"

"全部都买？"

"买！"

单玉莲大喜，笑得更甜了：

"先生，你付外汇券给我吧？"

"付！"

她眼珠一转，知道机不可失，声音放得更腻："你换钱吗？"

"换！"

他目不转睛地，答应她任何要求。单玉莲但觉这矮小的男人，真可爱。他笑起来，是不遗余力的。他的笑容多温暖——其实很紧张，原来这就是爱情？吓煞人了，一点心理准备都没有呢。不过是回乡探亲，听得惠州有温泉，风景优美，才来游玩一两天。上一趟厕所就发生那么惊心动魄的事？

但，他还是义无反顾，一个劲儿地笑。

"先生！"

单玉莲提高嗓门："先生！"

他乍醒。

"你不要那么咸湿成不成？"

他的心控制他的口：

"不成！"

回心一想，太不尊重人家了。他有点羞赧，像个做错事的大顽童。但钱付过了，黄皮又整篮地买下了，干什么好呢？

"小姐，请你原谅我唐突，我跟你一齐拍张照好吗？"

他把那自动相机拎出来。单玉莲一看，虽小型白痴机，不过，是贵价货，按一个掣，镜头会得嘶嘶嘶地伸长，可以拉近来拍那种。这个男人，也是个有家底的人呢。

单玉莲很乐意地点头，她笑。

"好吧——我要多收二十元的。给港纸。"

后来，她当然渐渐地知悉他身世了。

这武先生，有个文雅的名字，唤作"汝大"。"汝"是"你"的意思，可见家人寄望甚殷。"汝"也是古地名古河名古城名，一定有出处。武汝大已经三十多岁——正确岁数他不肯说，但尚未娶妻，他的春天在内地。

有一个黄昏，他下定决心。

先领了二人，抬着一座大空调器——冷气机，来至单玉莲简陋的斗室。

这样的地方，这样的老百姓，别说添置空调器，即使只是付出电费，也是沉重的负担。想都没想过。

武汝大指挥二人把这一千五百大卡的窗式空调器安装，一边讨好她：

"友谊商店说路又远又僻，不送货。后来我多付点钱来换取'友谊'。"

单玉莲望着他的举手投足，非常感激。他为她这样地奔波设想……

从来都没有一个男人对她这样好。

回想此番南下，在惠州落实。怎么来的？点儿已低了。邻居都不给好脸色，因为一比之下，他们无形中点儿是高了。正是墙倒众人推，鼓破乱人捶。连头发也给剪短。

天天地劳动、下水、施肥，饭是吃不好了，没白天没黑夜的贫贱。想豁命，但无谓呀，终归还是把自己压下了，免得不死不活，沦落到更不堪的地方。眼泪渐渐就不轻易淌了。

过去那么神圣地尊贵地成长，她的感情，原来都是假的。

也曾想过，不如把身子抛出去赚钱吧。即使不接客，到广州的影剧院与"摸身客"看节目，搅点"大动作"也成的……

武汝大见她陷入苦思，还道她相思。便不惊扰。她一定还没洗澡了，他见到她的汗。

安装完毕，男人马上主持大局："好了好了，我们开始叹冷气！"

一扭掣——咦？

发生什么事？

唉，此地电力资源素来紧缺，每至星期日，还由供电部门统一调配，各店号相互错开用电时间，民居则间歇停电。现有的民用电网及电表都已十分老化，怎堪经此巨变？整条街电压下跌，所有电视机图像失真，所有冰箱、风扇停转，所有的灯都熄了。

世界顿然黑暗。

四邻一片埋怨之声，矛头直指单玉莲：

"都是那个姣婆！成天电男人，电到整条街都烧电！"

"害人害物，正牌狐狸精！"

"她不过是鸡吧！"

鸡？

真危险。

听说也有个下放的北京妹丽红，就是跟龙洞宾馆丽湖车队司机小曾合作，他给港客扯皮条，载到郊外，在汽车上"开档"。

丽红后来得了性病，保健医院用激光、冷冻等方法，都治她不好。她出来后，医院立即将全部用过的设备烧毁，表示不欢迎。

丽红拖着残躯回来了，不吃不喝不言不语不走不动，身上发臭，脓水从裙里渗出。她有一天说要去晒大太阳，从此不知又浪荡到哪儿去，当她的黑户。

女人，没有根的女人，便是这样。

难道单玉莲不知道自己吃得几碗干饭？还想当上什么位置？

幸亏在此当儿，给她遇上个好男人。

还有脚踏实地的一天。

"不，我不是鸡！"她很傲然地对自己说。在黑暗中，怨怼声中，她还是可以昂起头来的。

这个男人有点不好意思了，因为烧电，拖累了她，便企图令她宽心：

"哗，这就是'四化'？真是化学了？"

见她没反应，武汝大继续努力：

"莲妹——"

"唔？"

"莲妹，我在元朗有间铺子，卖老婆饼，算是远近驰名。我的老婆饼，皮薄馅靓，很好吃，如果你喜欢，下次我带上来给你。"

单玉莲低下头来。

武汝大不知从何而来的勇气——男人在黑暗中是特别勇敢的。趁着这千载一时的良机，反正她又看不清楚，赶忙把心事一口气地说了，很快很匆促很紧张，中间没有停顿过：

"——其实带来带去带上带落很麻烦你不要笑我人生得矮不过心头高如果你肯嫁给我我是不会让任何人欺负你的！"

说完自己也大吃一惊。

"什么？"

"啊没什么没什么，我忘记了说过什么！"武汝大看不见她淌下两滴感激的泪。

不过也罢，豁出去。

他乘势跪下来求婚。

"莲妹，趁没人见到，你答应嫁给我好不好？现在我数三声，一、二、三！"

单玉莲在踌躇——这个人一下跪，就更矮了。好不好？好不好？

武汝大的声音又自地面响起：

"呀，你是听不真切，刚才数的不算。我再数，一、二、三！"

好不好？好不好？

他开始心焦了：

"我又再数，一、二——"

突见一点烛火，映照这张如花似玉的脸，她眼眶中有泪光，佻挞的烛火摇摇晃晃，整张脸也闪闪烁烁，这是新的妩媚，抵得上她以前所有的妩媚。眉梢眼角，表示她肯了，但嘴上不要说，如烟如雾，烛影摇红。

武汝大怔怔地：

"三！"

那烛火所照之处，就在破窗外，赫然已聚集了左邻右里，全都是八婆，埋伏附近，听取一切情报。在这个国家之中，人没有任何私生活。城乡都充斥"小脚事妈"。

单玉莲毅然地点点头。

她转过身去，抖起来了。对着满窗又羡又妒的人影道：

"劳烦你们了，都为我高兴吧？这房子我很快就不住了。浅房浅屋，说话透气都传至街外去。日后我出了香港，少不得也回来探望。武先生铺子卖老婆饼，要吃多少出句声便成——有机会，也请出来看我们！"

一壁说，一壁便把武汝大引为自家人。

她的电波他接收到了。

博得红颜欢心首肯，满足得险遭没顶。

他狂喜，脸上立时充血，心都涌跳上了下颔——因循环路程甚短，如遭雷殛半昏：

"哎！好浪漫呀！好浪漫呀！"

他有生以来，都没如此地浪漫过呀。

奋不顾身地拥着女人，一张圆脸抵在她扑扑的胸脯上。

单玉莲一心只望逃出生天，也觉得这决定是对的，她终于可以重新做人了。

含泪嫣然一笑。

一颗心，不，两颗心各自定下来。

嫁个老实人也是幸福。也许这是冥冥中注定的，不由分说。

此后，武汝大"回乡探亲"往返频密了。每次出现，不单"四转"、"八转"地捎来。还有衣饰鞋袜，把单玉莲装扮得花里花俏的——武先生的品味。他是越看越中意。

单玉莲又过着缤纷的生活了。一套套的洋装，她最喜欢桃红和紫色。连丝袜，也是黑色有暗花的那种。

昨天武汝大又送她一个 walkman，和几盒梅艳芳、张国荣、谭咏麟的盒带。

骄其乡里的日子，多么惬意。

而她的申请，也算批得快。

初秋某日，武汝大在红磡火车站伫候了半天，他来接老婆。

单玉莲出闸了，一见这么宏伟的大堂，人群熙来攘往，她的心，跳得很快——是一种奇怪的不安的感觉，心血来潮，有力量促她回头。不，她的故事才刚开始呢。

武汝大殷勤地帮她提行李，也不过是小唛，旅行袋，走到车站外，单玉莲便决心把包袱都扔掉。

他体贴地问：

"你饿吗？"

哗，原来他有辆私家车的。

一上车，单玉莲便见车头玻璃上有个大大的"爽"字。是蚬壳汽油公司的标贴，这个"爽"字，便是她踏足香港的第一印象了。

她用力吸一口气。是车中茉莉香座的芬芳。

"香港真香！"

车子开动了。

当然她有点怅惘，远离一个生于斯长于斯的地方，她再回去，自己已是旅客。她不是不爱她的国土，只是她最黄金的岁月已经流曳，难以重拾，不堪回首。惟有开拓眼前的新生吧。她也感觉新生的刺激：一定有很多意想不到的事儿，将会发生，要作出准备，以免应付不了，她兴奋得坐立不安。

实在也饿了。

武汝大把她领到一家酒店的餐厅，在顶楼。

琳琅满目的食物，有冷有热，有咸有甜，全堆放在餐桌上。

单玉莲从未见过此等场面，拎着一个碟，载满各式各样的食物，她的碟子上，也有冷有热，有咸有甜，如同小型自助餐桌了。越叠越高，几乎倒塌下来。

他耐心地呵护她：

"莲妹，吃完才再出来拿吧。"

"什么？"她开心得眼睛也瞪大了，"吃完还可以再出来拿的？"

真的？真的？

香港太好了。

武汝大见她小嘴惊喜得努成一个 O 型，太美了。在低调的灯光下，他心头一荡，情难自禁。回头见到餐厅有个小唱台。

他带她回到座上，然后把胖胖的头脸哄到她耳畔，热气喷出来，他悄悄道：

"你慢慢吃。我上台唱一首歌给你听！"

然后，他柔情蜜意地步上了唱台，踮起双脚把架上的咪取下来。

他拎着咪，自我陶醉，也强逼全体食客陶醉。武汝大展开歌喉：

"……红唇，烈焰，

极待抚慰，

柔情，欲念，

迷失得彻底……"

座地玻璃窗外，是璀璨的夜色，单玉莲听着情歌，唻着美食，心满意足。

她问他：

"从这里看出去，见到元朗吗？"

"怎见得到？元朗很远，地方很大。"

元朗。

祠堂今天很热闹。

朱红的大门侧，有中英文对照的简介："武氏家族于公元十五世纪由江西省移民新界，其后宗族支派繁衍，并建造祠堂数椽，以供祭祖、庆祝盛典及节日之用。根据古物古迹条例，此宗祠受法律保护……"

祠堂经过一番布置，由清朝迄今的祖宗神位，都正视武汝大招亲。

橘红色的木窗、金漆的雕花、泥塑的彩像、麒麟和鹤、瓜瓞绵绵、大大地张着如同虎口的灶、光绪十六年庚寅恩料一甲二名钦点榜眼及第、大袍大甲背插令旗手执关刀的门神……

今天单玉莲入门了。

四周挂了喜帐，有大红双喜字，也有"鸾凤和鸣"、"五世其昌"、"珠联璧合"……

武家祠堂大排筵席吃盘菜。内进是厨房，大灶大锅，妇女们落力地预备，木盆中盛放着鱼块、鸡肉、猪肉、猪皮、冬菇、豆腐泡、笋、乌头……一层一层地堆上去。

露天的地方摆了方木桌、轿凳。桌面有青花大海碗、红漆筷子、啤酒汽水。

武汝大最开心了。头戴小卜帽，还簪花挂红。他一边照镜子装身，一边拼命把卜帽上的孔雀翎拔高些，揠苗助长，好使自己看来也高些呀。

伴郎是同村兄弟。过来他身畔，讲了一句话。

伴郎好似很心照：

"你一定'支了上期'啦！"

这样的一句话，便把武汝大得罪了。他气得涨红了脸，表情古怪。当然他希望可以支上期，不过他没有，他不敢——他便骗自己，这是对她的尊重。

如果有就好了。

所以他恨这不识时务的东西。哪壶不开提哪壶。

武汝大马上翻脸，转身登登登地走了。伴郎不知讲错了什么话，颠着屁股在他身后拼命解释，讨好……一直跟了很远。

这边厢，穿金戴银，脖子上挂了金猪小猪胸牌的单玉莲自祠堂中那暂辟为新娘房的小室出来了。她的头发熨过，指甲涂上艳红的蔻丹，脸上化了浓浓的新娘妆，果然千娇百媚，喜气逼人。她往哪儿走，哪儿便荡漾一片红光。武汝大看得呆了，也忘了生气。

他又喜又怯地唤她：

"老婆！老婆！"

单玉莲见这环境，满目都是窥望她的人，陌生而权威，便把小手交予武汝大，由他牵着过去了。

"老婆！过来斟茶。"

一干长辈都在热闹熙攘中就座。

有个大妗姐,负责照应新娘子。端了茶盘,便领她见过一个怪物。

"这是太婆。"

单玉莲不看犹可,这老妇,便是一把晒久了的菜干,颧骨往上翘,嘴角往下弯。全脸是十分细致而整齐的皱纹,花白的头发,所余无几,棱棱的一个秃顶,强装挽成一个假髻,髻畔插了朵鲜花。因是喜庆日,脸上非得带点表情,像只余败絮的一个柑。看来差不多一百岁。

太婆是村中的人瑞,搅不清她是谁家的曾祖,反正她毕生伟大的贡献,是生了十四个子女,然后又自傲地活到今天,如同神祇,武氏宗族但凡须敬酒奉茶的场合,她是第一个来领受的。

单玉莲把茶双手递上。

她猛地一怔,喃喃:

"哎呀,你走呀你走呀。"

"太婆,饮茶啦。"

"查?你来查什么?"

她不接过茶,望定新娘子,目光怪异:

"狐狸精呀。"

单玉莲愕然了。

太婆太接近死亡了,她一定明白一点玄机。但她又太老了,总是无法表达她的心事。只见她把枯瘦的皮裹着骨的小手,赶呀赶,像无意识的动作。

"你不要来!你不要入门,你番归啦!"

后来,还是众人做好做歹,方才哄她喝了茶。过了一关,又到另一关了。

这是一个空座位。代表过世的人。

武汝大指一指:

"我爹。"

单玉莲一怔，不知所措，大妗姐把茶交给她，武汝大捉住她的手，把茶洒在地面上，然后对着空气道：

"爹，饮新抱茶啦！"

横来一只小脚，赫然是太婆的，把地面上的茶渍踩呀踩，向着空座位，非常关切地道：

"她太靓了，靓过头，你要看紧一点！你究竟理不理你的儿子？"

单玉莲只觉氛围妖异。马上，又被引领去见另一个女人了。她同武汝大一般矮胖，像是同一个饼印拓出来。她是她的新奶奶。

"奶奶饮茶。"

她不接，忽地含悲带泪，对武汝大诉衷情：

"汝大，真想不到你这样大了，又娶老婆了。仔，你不要忘记阿妈呀！你不要有了老婆就反骨呀！呜呜呜！"

单玉莲暗叹了一口气，她还得去面对另外六个小矮人。武妆大一一招呼：

"我大家姐。"

"大姑奶饮茶。"

"我二家姐。"

"二姑奶饮茶。"

"我三家姐。"

"三姑奶饮茶。"

……

……

……

……

见过一干人等，新娘子已疲态毕呈。这批小器女子，全部在摆款，辗转不肯接过她的奉茶，以示下马威。

单玉莲的委屈，好心肠的武汝大瞥见了，在她耳畔安慰。

"她们太矮了，找不到人家，还未出门，所以不高兴我扒头了。"

她垂眼。他也矮呀，不过，他找到自己。

武汝大继续爱怜：

"没事没事，过了今晚就没事。"

今晚，一层一层地，揭发他家庭状况，真是一入侯门深似海了。还听得姑奶奶的评议，窃窃私语。

"你看，前凸后凸，像个S型。"

"是呀，谋财害命格！"

"惨啦，汝大迟早被她阴干的！"

唇舌乱藐中，大家便就座吃盘菜了。

女人的座位设于祠堂侧边，风俗如此——女人坐不得正中。

单玉莲逼得与这批女人同席了，每来一名，便让座一次，恭敬而受气，虽然她们都唤她："坐啦。"

但，哪儿有她立足的地方？像八仙桌旁的老九。她只好笑说：

"不要紧，我劳动惯了。"

寄人篱下的感觉，随黄昏渐浓。

锣鼓喧嚣，村中的兄弟抬了一头斑斓的彩狮出来，大头佛持着破葵扇在诱动。

狮开始舞动了，威猛地舞到祠堂中心庆贺。只见矫健的腿，马步扎实，功架十足，一路的满怀豪情壮志，纵横跃动。到了庭前，狮头猛地一举。

单玉莲如着雷殛地盯着这头狮这张脸这个人。

（众乡夫猎户，约有七八十人，先把死大虫抬在前面，一个兜轿抬了武松，便游街去。欢呼声中，英雄重演打虎佳迹："但见青天忽然起了一阵狂风，原宋云生从龙，民生从虎。一阵风过，乱树皆落黄叶。扑地一响，跳出一只吊睛白额虎来，我便从青石上翻下来，提梢棒，尽平生气力，打、打、打……在帘下嗑瓜子儿的潘金莲，打扮光鲜，眉目嘲人，双睛传意，满目只是一个英雄。）

她一手扶在桌面上，受惊过度，桌面被着力一倾，青花大海碗应声倒地碎裂，把单玉莲自虚幻中急急唤醒。

大家用奇怪的眼光看着摇摇欲坠、失态但又强撑的新娘子。

她见到这个舞狮的男人，赤着膊，一身的汗，在胸肌上顺流，由一点一滴，汇聚一行，往下流……

他是武龙!

是他!

在此时、此地，她见到他!

武龙自洞开的彩狮巨口中，隔着难喻的因由，也见到她了。

像一整盘娇小玲珑如女儿舌尖的红瓜子，被奋力倒泻在床上，散乱不堪重拾。

他也得跟随一群男人，玩新娘去。

"汝大，你想洞房？先把瓜子一粒一粒地给拾起来。"

"对呀，否则我们不走! "

众人起哄，还拎来一瓶酒，强灌武汝大三杯。

"唔，味道真怪，腥的。"

"很正吧？这是虎鞭酒! "

一个装作难以置信:

"虎鞭？人鞭吧! "

大众便怂恿着新郎了。

"快喝快喝，保管你今晚人鞭变虎鞭! "

"好! "武汝大在兴头上，"那我多喝三杯! "

众人轰笑，嫉妒而淫邪地、会心地望着娇艳欲滴的新娘子，恨不得把武汝大踢出新房，自己上马。

　　单玉莲只悄悄望向人丛，心神恍惚，刚才他也在，不知什么时候，他竟悄然引退了，他看不得她的新婚夜？

　　武汝大半醉，色胆壮了，便赶人：

　　"走啦走啦走啦走啦！"

　　人声渐杳，空气突然沉闷。单玉莲坐在一塌胡涂的床缘，望着粉红色的纱帐，不知如何，自己会得嫁了给他？

　　一个三寸丁、谷树皮，憨憨地笑着，迎面而来。单玉莲一见，下意识地指着他：

　　"我见过你！"。

　　武汝大笑。一手把灯按熄了：

　　"当然见过，又不是盲人。"

　　他趁自己竟然在状态中了，还肯浪费吗，马上把单玉莲急拥上了床，接近施暴，惟恐骤失良机。她一手推拒，在惶恐中，心神大乱。武汝大不是大丈夫，他自己明白……

　　她毫无乐趣，不痛不痒，只是道：

　　"我——真的见过你，很久以前。不过看不清！"

　　他还在顽强地抽动，一听，便很兴奋：

　　"看不清，不如亮着灯做——"

　　言犹在耳，灯不亮，人也失灵。

　　措手不及，一声惨叫，这个男人已经完事了。

　　一泄如注，还在自我安慰。喘气：

　　"莲妹，我最劲是这次了！好浪漫呀！"

　　一翻身，他已疲累不堪。未见，即熟睡如小猪，睡得十分甜蜜，嘴角还有口涎。

　　单玉莲拈开黏在她两颊和脖子上的头发，感觉到这床单温湿而黏腻，很脏。

新房中有一面大镜。

她在这心深不忿的静夜中，难以入寐，望向贴了红花剪纸的大镜，幻成旧时月色——

一样迷离的银光，像一个远古的梦。

（梦中，是一个不知名的朝代，不知名的里弄，斗室中，潘金莲银牙咬碎，把她的小脚，踹向沉沉大睡的武大，真是一朵鲜花插在粪土上，乌鸦怎配鸾凤？红烛泪干。女人泪涌。）

月色照在一盘卖剩的炊饼上。

她将一生一世，伴着这些不上路的炊饼不登样的猥衰老实酒臭货色么？

东方渐发白。

墙角有只蜘蛛，寂寥地吐着银丝，困围着自己。）

这是一只一模一样的千岁蜘蛛。

单玉莲倚在墙角，望定它。

元朗"馨香"是远近驰名的饼店，客似云来。武汝大继承祖业，顾客也是一代一代地传诵，有好奇的，听得武汝大讨了新娘子，左右街坊、浮浪子弟，日逐在门前买一两个老婆饼，乘机偷偷地看上一两眼。背地嘲戏：

"咦？怎么会让他得手了？"

单玉莲忽地发狠。

随手就拎起一个纸盒，把蜘蛛一下一下一下地拍死了，蜘蛛迸出绿色的浆汁。她把千愁万恨，都拍死了——她看不见它，自己的噩梦一定也消失无踪吧。想要哭出来也不可能。

这样的举动，把在店里帮工的姑奶奶们都吓了一跳，身后又有非议声：

"看！无端白事浪费了一个纸盒，真败家！"

只有武汝大，穿梭在他的店子里，情绪高张，非常开心地寻找爱妻。

"老婆！老婆！"

店员刚自厨房把一盘新鲜出炉的老婆饼捧出来，便答：

"老婆来了。"

武汝大风骚地强调：

"我是找'我'的'老婆'！"

才把千岁蜘蛛干掉的单玉莲，回过头来。并无他的得意：

"你的丁屋怪怪的——"

"发噩梦吧？"

"我，见到穿古装的人。"

"哦！"武汝大连忙开解她，"是呀，太婆也经常见到污糟嘢的，闲事吧，见多些也就惯了。你不惹它，它也不会犯你。"

"你是说——"单玉莲有点惶恐。

他只觉失言，又改口了：

"乡下人才这样传吧。"

"我不喜欢住在乡下。好闷！"

武汝大左右一瞥，避过他姐姐耳目，拖着单玉莲的小手，来至柜面，收银机"叮"一声，弹了开来。

只见里头夹着一个大信封，还绑着粉红色大蝴蝶，作非常之浪漫状，写着："送给亲爱的老婆"。

她连忙打开一看，呀，是一座复式花园洋房的图样呢！

店员过来，把钞票交给她：

"老板娘，收钱！"

她是老板娘了，她又将拥有华厦了，一切的不快，暂且忘却。

啊远离那地方，那个人。

单玉莲向她丈夫招手：

"老公！"

武汝大涎着笑脸，享用这个号称，他过去，微微仰起头，瞅着她。单玉莲当着所有的店员和顾客面，吻了他额头一下，留下艳艳的唇印。

他飘飘然，整个人仿佛长高了两寸，胖胖的脑袋瓜摇晃起来，几乎想念诗，整个人如诗如画。她笑：

"你真好，我不用侍候七个小矮人了，我只是对着你一个就够了。"

那天她一推开门，踏在地毯上，满目都是炫丽的色彩，一个各国家俬纷陈的家。

连厕所，都设计新颖，水龙头不是扭的，是扳上扳下的，弄了好一阵方才晓得，一按掣，抽水马桶便去水了，还有蓝色的洁厕泡泡。开了花洒，有热水呢，单玉莲大喜过望：

"哗，以后不用煲水，随时都可以洗澡！真开心！"

一回到房中，飞身倒在弹弓床褥上，不停地弹动，又一弹而起，拎着一个扁平小盒子，遥控电视选台。

啪，是无线。啪，是亚视。啪，是英文台……轻微不可闻的科幻。

在床上，望向那梳妆镜，那么宽大绵远，照见她灵魂深处。她对着镜，侧头，只用眼角睨自己的倩影，真是越看越美。又变一个角度，换一个姿势，手托在腮间，卖弄风情，眉目嘲人，且说与自己知：

"人不能穷。有了钱，连感情也稳阵了。"

再思再想，自己竟有如此一番风光，又忍不住，指着镜中人：

"发达啦！发达啦！"

难掩一点羞耻,转瞬又被欢欣盖过。一生一世过着这等简单安定美满的生活,也好。

武汝大又在楼下大喊:

"老婆!老婆!"

她飞快地下楼去。二人世界,他是她的米饭班主,他爱她,这就够了。不要有杂质,不要有杂质。

哗,他又为她换了一辆红色的小房车!

她得到一件名贵的玩具。

忘形地挥手,笑着,看车去。

"好漂亮!好威风!"

武汝大一边展览他的大手笔,一边把一个人唤过来:

"阿龙,以后阿嫂要到哪儿去,你负责接送她。"

单玉莲方才发觉,大吃一惊。

为什么?

像被尖针一刺,全身都紧张了,心突突乱跳,大脑不能指挥自己,木头一般动也不敢动。为什么竟会是他?她逃不过吗?二人无法互相摆脱?

武龙喊她一声:

"阿嫂!"

"阿龙是我同村的兄弟,他也是在大陆下来的。"

单玉莲便寒暄:

"你来了很久吗?"

"六七年了。"

武汝大插嘴:

"是呀,他一下来我便照应他,我们很老友的,他也帮得手。"

单玉莲没有理会丈夫,只面对这个男人,相逢恨晚,她幽幽地道:

"我在惠州，你呢？"

"汕头，以前在上海。"

生怕他提到什么，单玉莲马上正色，冷淡下来：

"我从未到过上海的。"

回心一想，也有不忿，便问：

"你结婚多久了？"

"哈，他还是一个人呢。"武汝大竟有点自得起来，因为他自己新婚呀。

"——女朋友做盛行？"

"哈，他很老土的呀。"武汝大又代言了，"女孩子撩他，他也不晓得上。"

三言两语，试探得他的近况。单玉莲不是没有几分窃喜的——到底他还是一个人。不管为什么，这个男人，还是一个人呢！

她暗暗地一笑。睨着武汝大道：

"又不是问你！"

武汝大忽省得他无微不至的"功课"，便自衣袋中掏出一张大地图来，上面画了记号，写满数字，摊开给单玉莲看：

"现在我问你，你住在哪儿？"

然后一边指示一边讲解：

"这里，有个红点的地方。还有，这是我们的新电话。这是元朗丁屋的电话。这是'馨香'的电话。这是阿龙的 Call 机。这个是我身份证号码。这个是你身份证号码。你要随身带好，万一发生意外，不省人事，人家都有线索……"

单玉莲看着这个体贴的丈夫，又自另一个小袋掏出一沓资料来了：

"你那天说闷，我为你安排好怎样过日辰了。你可以每天去学

162

车、学英文。还有,这些美容班,很多课程。看看——减肥? 不用了。隆胸? 不用了。皮肤保养? 不用了。电子脱毛? 千万不要……不如去学插花吧。"

"我去了上课,你不闷吗? "

武汝大见她关心,便拍着胸口:

"不闷不闷。有了你,怎会闷? 怎会花心? 一个屁股骑不到两匹马,我会很专一,你放心去吧! "

坚定的神情,还表示抗拒一切诱惑,着单玉莲别担心呢。

她一直暗察那沉默地抹车的武龙,虽然他低头苦干,不过,她相信他一定把每一句话都听进去。她总是觉得他有一点妒意,着故意木然。

单玉莲也故意向武汝大发娇嗔。

"好肉麻,我受不了! "

武龙继续木然。

作为讨尽爱妻欢心的丈夫,更加受不了:

"哎,今天好 happy 呀,我带你们到一个好浪漫好浪漫的地方去! "

司机只尽忠职守地驾着新车。

什么浪漫的地方?

什么?

"就是这儿呀? "

单玉莲环视四周,小儿科的摩天轮、半残的木马、寥落的游戏摊位、明昧的灯光——不过是沦落了的"荔园"。一片懒洋洋的浮生陈迹。

只有这快乐的小矮人,兴致勃勃诉说他底情趣,难忘的回忆:

"是呀。我自三岁起就很渴望来玩了。那时我多醒目,扯住大人的衫尾入来，不用买票呢，哈哈哈！我又爱坐火船仔。那边有间鬼屋，真恐怖。我坐摩天轮还吓到赖尿，哈哈哈！那时，还常常看成龙和洪金宝打北派……"

自以为是的情趣，闷煞这不知就里的新移民："成龙是谁？"

武汝大一点也不察觉，他只是认真地拖她的手，紧紧地握着：

"我一直都渴望，有个心爱的女人，和我拖着手仔，来玩一天，多浪漫！我没有别的要求了。"

单玉莲有点感动了。这个没什么情趣的鲁男子，他的要求其实很低。所以她也紧紧地握着他的手回报。

武汝大下意识地向他那同村兄弟，英俊健硕的阿龙示威地道：

"阿龙自小在大陆，只得一个'挨'字，恐怕没怎样浪漫过吧？"

武龙想都没有想，只冲口而出：

"有！"

武汝大听了，只管取笑他：

"有什么？拍拖结婚也得要毛主席批准才行。"

单玉莲在一旁，不希望这个话题继续下去。见空中有一条大船在摇荡，便打个岔，指着那机动海盗船：

"我们上去玩！"

武汝大自然童心未泯了，率先奋勇地入闸，上了静定的船上，坐下来：

"别怕！小儿科！"

武龙殿后，轻轻地扶着单玉莲攀上去——他俩都意想不到，这竟是头一回的接触。

年少无知时、不管感情有多深，有多执著，都在社会中捉迷藏，一番播弄。她没有失去他，他又回来了。

茫茫人海中，又遇上了。

是今生的缘吗?

她有意无意地,让他接触得长久一些。时光飞驰,日月如梭,但愿一切停顿了。不过,他曾经那么地绝情……

单玉莲把手一甩,跌坐在武汉大身畔。上到海盗船上,方才知道,船是越摇荡越倾斜,离心失重,整个人几乎要仆到遥遥的地面上。在空中,没有丝毫的安全。

那个表现得威猛的武汉大,每当荡至高处,又急剧下坠时,全船尖叫得最大声的人就是他,近乎哀嚎。

护花无力。

到了最后,他把双眼紧紧地闭上了。

所以他根本见不到,一言不发的武龙,把单玉莲护在中间的男人,下意识地,保护着花容失色的女人,她也不自觉地,倚向他,比倚向丈夫,近一些。

她的心又开始疼了。

梦魂在这离散的当儿,飘忽至虚空的高处,在无尽的空间滑行,一阵远古的琵琶声,唤醒她一点记忆,但又说不出所以然。

最难喻的一刹,她突然见到一堵高墙,她也曾见过的小城镇。对了,那塔尖,那灯笼,小桥流水。单玉莲的指尖,轻轻抚着脸。

千年光景似飘蓬。

(便在正月十五那夜,潘金莲随了吴月娘,又联同李娇儿、孟玉楼等佳人,四顶轿子出门去了。都要登楼看灯玩耍。

楼檐前挂了湘帘,悬着彩灯。

潘金莲穿了白绫袄儿,蓝缎裙儿,头上珠翠堆盈,凤钗半卸。

伏在窗前观望,见那灯市中,人烟凑集,十分热闹,四下也围列买卖,百戏货郎,斗巧招徕。南北都是古董玩器,书画瓶炉,卦肆云集,相幕星罗。还有卖布匹的、卖果馅的、卖酒的……)

这个地方，何等熟悉。

单玉莲便想道：

"怎么忽地游人冷清呢？"

微雨骤来，洒湿了青砖地。柳林河畔，尽见小二丫环。入了门，悬赏缉拿一个逃犯，那是宋时年间景致。

宋城。

单玉莲一时间竟回到从前的年代。

武汝大惊魂甫定，又要上厕所去：

"我已经忍到爆棚了。阿龙，你帮我要一点酒好压惊，我去了！"

单玉莲游目四顾，这"宜春酒寮"怕是狮子街灯市的店号吧。她的双手不听使唤了，从前，她一径把白绫袖子搂着，显露她遍地金搯袖儿，十指春葱，带着六个金马镫戒指儿，微微地翘起。

武龙要了支桂花酒。

酒来了——由一个小二装扮的古人奉上。

单玉莲站起来，持着酒，便满斟了一杯。她把酒杯递与武龙，娇声软语：

"叔叔，你真英雄，我很敬重你呢。你饮过这杯吧。"

武龙接过：

"海盗船而已，哪有什么英雄不英雄？"

他把酒拎着，还没喝，她已道：

"我不是说海盗船——"

"以前的事，我们都别要提了。"

"你不提，我不提，世上有谁知道呢？叔叔，是不是？"

武龙把酒一饮而尽，语气平板：

"我见你有了好归宿，也为你高兴，恭喜你！"再强调："我是真心的。"末了还加重："你相信我。阿嫂让我自己斟。"

166

单玉莲不理会他，只知她要劝饮，带着媚气，再斟一杯：

"多饮一杯，好事成双！"

武龙一愕，抬头，刚好接触到一双烟迷雾锁、风情万种的眼睛。

（潘金莲于那雪夜，篝了一盆炭火。就在武松的面前，将酥胸微露，云鬓半軃，脸上堆了笑。

但那武松只道：

"哥哥还未回来？"

潘金莲一手往武松肩上一捏，一手筛了一盏酒，自呷了一口，剩下一半，撩拨他一似撩拨那盆炭火。

"叔叔若是有心，便饮了这半杯残酒！"

武松劈手夺过来，泼在地上。他大义凛然地对着那不知廉耻的嫂嫂：

"我武松顶天立地，不是伤风败俗的猪狗。再干此勾当，我眼里认得嫂嫂，拳头却不认得嫂嫂！"）

单玉莲见武龙竟泼了她的酒，恍惚地醒过来，呆立原地，不知所措。

武汝大如厕归来，见她站在他身畔，便很奇怪，还责问武龙：

"阿龙，你应该帮阿嫂斟酒的嘛，你看，她受惊怕还不曾回复过来。"

连忙呵护她：

"啊你的脸又青又红，让我呵一呵！"

回过头去一望武龙：

"咦？你也未曾惊完么？真胆小！"

单玉莲不明白她刚才的所作所为，她斗胆勾引他？干出这样的事儿来？忍不住眼眶一红，而雨，又忽然大了。

凉风乍吹，一个灯笼不明不白地燃烧着。四下依旧无声，是个暂停的世界。

单玉莲心下害怕，雷声轰然一响，她马上扑向武汝大怀中，她慌张地道：

"我们快走！"

快走！

逃离这雨雾包围的模糊昏晕的宋城，古城。在车上，见那惨黄惨红的灯光，逐渐地远去，像是浮在世间的一座蜃楼，它变形了，飘忽地，因为雨势渐急，遂已隐退。

单玉莲心神尚未完全平定。

只是带点不安地，向她丈夫道：

"我又见到了。"

"见到什么呀？"他轻问。

她声音抖颤：

"穿古装的人——"

"哈哈哈！"武汝大开怀大笑，觉得这是很有趣的无谓的惶恐："整个宋城的茄喱啡都是穿古装的啦！"

"不，我很害怕。"

武汝大惟有再三呵护：

"好了好了，你害怕，我们以后都不要再来吧。"

一想，又问：

"其实穿古装的人有什么可怕呢？真是！"

单玉莲只觉无奈无助，没有人了解，便要把她的幻觉都说出来了：

"我见到一个——我很喜欢的男人！你又不明白！"

当她这样说的时候，武龙自倒后镜中看到她。心中一动。不过她没有回望，只幽幽地倚向武汝大，心事重重说不清。

武汝大见佳人投怀送抱，还道她跟自己打情骂俏，不免沾沾自喜：

"又来哄我一场——我穿古装靓仔吗？吓？"

车厢中静默下来，没有人再作声了。三个人，各有各的思潮起伏。

她有点悔意。他也有点悔意。只是，悔什么？是刚过去的一刻？抑已过去的十年？若是什么都没发生就好了。

只有单纯易满足的武汝大，他的世界充满芳菲。

武龙忐忑地驾着车。耳边尽是那夫妇对话的回响，精神并不集中。

他凝视着车头的玻璃，但他的心在倒后镜。有些东西啮咬着他的意志。不是愁苦哀伤，而是一种控制不了的自恨，一个懦弱的男人，多么无用。他推却了她，以后就不堪回首了。所以武龙一直不敢回过头去。

大点的密雨，兜头劈脸地打过来。天变得更黑。

突然，暗处闪出一团黑影。

那黑影闪出来，不知何故，便被车子撞个正着。车子煞掣不及，车轮发出怪叫。

黑影弹起，啪一下，撞在车头玻璃上。

一行血似的液体，流曳着。

武龙毛骨悚然地看个清楚，那是一头黑猫。车上三个人，与它的尸体面面相觑。整张嘴脸，咿牙龇齿，死不瞑目。那么近，在武龙眼中放大了，如同一头小老虎。

他和她浑身起了疙瘩，寒意逼人。

水拨犹一下一下地活动着，把猫的血清洗了。血迹淡化，随水东流。

武汝大见他呆住，左右一望，便催促他：

"没人见到，快开车，走吧走吧！"

车子急急遁去，武汝大觉得自己当机立断，甚是精明，如顽童脱险地偷笑。

入夜，天空像是被劈裂开了。暴雨狂洒，为一头死去的动物喊冤。

武龙听着雨，直至天亮。

雨停了，他的余情未了。

一边打呵欠，一边出来当他的司机，胡髭绷硬，满目红丝。乍见单玉莲身影，好生冲动，突绕过车头，到她身畔，企图握住她的手。想不到她那么淡漠：

"我昨晚饮多了一点酒。"

她把一切都推卸了。然后下道命令：

"站在那儿干么？开门呀，你不'开门'，我怎上车？"

她比他坚强。

武龙惟有开了车门，侍候她上车。也冷冷道："阿嫂，要上哪儿去？你不'吩咐'我怎开车？"

单玉莲便摆出一副老板娘的姿态：

"十时学车、十二时入元朗与我老公一起吃饭、二时半到尖沙咀上英语会话、四时半下午茶、六时前要回到家了，我炖燕窝给老公吃。都记得吗？"

这便是她的日志了。

武龙沉默地做妥他分内的工作。每当她到达一处，他便在楼下或车上等候。

眼看这个女人，由一个土里土气的灿妹，日渐蜕变，也追上了潮流——暂时是旺角或铜锣湾型的，没到达尖东或中环。

她从来不正视他。

也有。每当他将要跟她眼神接触时，她早已飞快地转移，只待男人没有留意，方伺机看着他。

其实这是一种难受的感觉。

那个人就在前面了，那个人就在后面了，总是隔着无形的墙，思念得明昧不定。

又下雨了。

秋风秋雨，在驾驶学校的门外，她一出来，便见一把硬撑着的伞。是一把男人的伞，最古朴的黑色大伞，如一张罗网，不见天日，把她接到车上去。

一路走向停车场，她靠拢一点，他退开一点，结果他半边身子都湿透了。还打开车门，冷着一张脸，护送她进去。

见他在凉天里一身是雨，单玉莲也有不忍，便叫他：

"你抹干了雨水才走。"

衣衫尽湿，怎样抹也抹不干。这样湿答答地黏在身上，多半会招凉。因而把声音暂且放软：

"把 T 恤脱了才抹吧。"

——然后，她静静地，见到他那片傲慢的背肌，展现在这么狭窄的一个天地里。她搅不清他什么时候一手脱的衣，只是，因抹水的牵动，他的肌肉是结实而充满力气的——色情的。

单玉莲的嘴唇有点干燥了。

心灵上也有悲哀而婉转的牵动，配合着他的手势。眼波悄悄地流滚。

她实在想抚摸一下，然后捏它，俯首咬一口……

心神恍惚，她的舌尖不自觉地舔着唇。

车子突然开动了。

武龙说：

"雨那么大，上不上美容课？"

晚上，她特别地瞧不起躺在身畔的武汝大。憋了一肚子气来骂他：

"你这人，既不武，也不大。中间还是个'汝'，你看，水汪汪，软弱得一如女子。你真没用！明天你快写信到报上疑难杂症信箱，问一问主持人，该怎么救你！"

一脚把他踹开，迳自洗澡去。

武汝大觉得对不起她。自己模样又那么可怜，百般扭动，雄风不振。但她今晚上，要得太狂野了，太急速了，自己才特别快。不过说到底，还是对不起她。

他有点脸热。

唉。这一晚快点过去就好了。

单玉莲在上美容课时，感觉自己眉目之间，如笼轻烟，如罩薄雾，眼神几乎要穿透重帏，穿透镜子，到达她要到的目的地。

她不容许自己憔悴。

依循导师教的方法，轻轻地扫着腮红，漫漫地化开于不自觉中，溶于脸色上。

费煞苦心地装扮，她又觉希望在人间。她新生了。

即使不着一字，她也要他见到她今天特别漂亮。不必赞美，他的神情自会报告。

所以一下楼，步履轻盈，笑靥如花——他一定惊艳！

武龙的车子原停在生果档前，日子久了，那看档的女孩跟他熟络起来，他隔着窗道：

"一杯——"

"橙汁。例牌。"

这个黄衣少女，看来顶多读F2，无心向学，专攻眉目传情。简直是"单料铜煲"。把橙汁递与武龙后，便妖娆地问：

"哥哥，你的车很有型呀，你也很有型呀。"

英伟的武龙，不大自然地搭讪：

"普通啦。"

"靓人才驶靓车的，这车是不是你的？找一天来接我放学好吗？我在新记——"

武龙还在笑，一抬头，见到面如玄坛的女人，妆化得明亮，神情黯哑。

她今天很美，但很凶。

一上车，大力地关上车门：

"咦？那靓妹长得不错，又青春。横竖你没有女朋友，为什么不去马？"

武龙没有回答。

车厢有难耐的寂静。

单玉莲无由地发脾气了：

"明天不来上课了！"

"为什么？"

"不高兴上就不上！"她赌气地道，"问什么？你是我老公吗？"

她咬着牙，恨恨地被嫉妒煎熬着。

只得骄奢地到新世界中心花钱去。

一间一间名店如花园般乱逛。虽没什么品味，不过自各八卦周刊的时装专栏和彩图上，也得知八八年将流行什么秋冬装了。颜色是象牙、黑、铁锈红、灰……她已经不是那初踏足贵宝地的单玉莲了。

感谢这些周刊，教晓一众小姐、情妇、小明星、小艺员……和来历不明的女人穿衣之道。只要花得起钱，一身包装好了，谁知道谁是谁？

但单玉莲是不同的，她花的是丈夫的钱呀！名正言顺。总是向

店中的女孩吩咐:

"同款不同色,三件全要。还有这条链,包起来。你们收什么咭? "

签过咭后,便指使武龙为她捧一些现成的回去。刚出来,忽见一家店子,橱窗上摆设了一件黄色的新装,鲜娇的青春的黄衣——就是那不知羞耻的,向武龙勾引的女孩身上的颜色。

单玉莲冷笑,心想:

"这款难道靓妹买得起么? "

便马上不问情由买下来,把武龙赶走:

"你不用理我,现在到'馨香'告诉我老公,今晚不陪他去元朗。"

"你们今晚不是要拜寿吗? "

"不高兴去就不去! "她又负气道,"问什么? 你是我老公吗? "

武龙耿直地,转身走了。

她在眼角见到他走了。

一个大男人,捧着一堆秋冬新装上车去。这不是不委屈的——为什么他只是她的"下人"?

单玉莲立在原地。他走了。

此情可待成追忆,只是当时已惘然。

她漫无目的地,眼光注视在某个时装新系列,是一些带子,把女人又缠又绑的设计。她永远看住某一件,漫无目的。

时间谋杀不了,怎么过完这一生?

好不好豁出去?

好不好只要他一晚?

"喂,淫妇! "

——单玉莲如被针刺,如梦初醒,吓了一跳。

是谁? 是谁? 识破了她。

连忙四下一看,这两个字真可怕,莫不是她的魔魇回来了?

身后，有人捧着一大堆时装走过。

然后是一个男人。

看不见他长相，只见墨黑的眼镜，挡着半张脸，一问，擦身过去，头发很长，在脑后束起来，半鬈的。

他穿得很独特，是黑加金。非常傲岸，目中无人。只是很冷漠地向尾随身后的一群模特儿留下一句话：

"淫妇！可以走了吧？"

出来四五个十分性感妖娆的模特儿："Simon！等等！"然后簇拥着他走了。

啊不是唤她。

单玉莲只闻声，不见人，但觉有一种无形的吸引力，非常异样的感觉，渴望见到他的脸。那是她所不认识的，那是另一个世界，她不知道冥冥中有些什么秘密，她就是被阂在黑棺里头一个无助的弱质。一个男人走了，另一个男人便出现。

他是谁？

极目之处，只是一个浪荡的背影。

似曾相识。

单玉莲不顾一切地跑前几步，翘首再看，车子已绝尘而去。这众香国的王。

她觉得自己真是荒淫得可耻！

但武龙，他并非无心。

不过他怕，恋爱是一宗令人焦躁不安，而且长期困囿的事儿，他不愿意泥足深陷，到头来难以自拔，他付不起。

且她是他兄弟的女人。

他害怕半生因此又再改变了。一个人，哪堪一改再改？

他到了馨香饼店，代告知武汝大，她不到元朗给太婆拜寿了。

武汝大也算体谅。

"由她吧。太婆九十九岁大寿，自然比较尘气，又与她相冲，一定窒她一顿。算了。"

就在自己的店子，时近黄昏，两个男人便有一搭没一搭地谈谈心事。

武汝大问：

"你觉得我老婆怎样？"

武龙以为他在试探，一凛，便道：

"没什么。"

"长得不错，对吧？"

"不错。"

"什么'不错'，简直是'靓到晕'！唉，老婆唔靓头拧拧，老婆太靓眼擎擎！"

"你说到哪儿去呀？"

"我是怕。"武汝大坦白道，"怕被人拐走。"

武龙正盘算该怎么答话。他兄弟已拍着他的肩膊——踮起脚来表示情分。

"我们一场兄弟才说呀，我很担心——啊我不是思疑你，你担屎都不偷食的，我信你！"

武龙只理直气壮：

"担屎当然不偷食，难道你偷吗？"

武汝大沉默地望着他，半晌。

然后，他下定决心了，不作任何怀疑和深究。他很满足现状，知道什么或不知道什么，于事何补？他非常非常地强调着：

"幸好，她真够专一，也帮得手，她是不错的了，简直是好老婆！对不对！喂，你说是也不是？"

像逼武龙非答"是"不可。

武龙对着这满脸期待的好兄弟，逼于无奈，便答：

"是！"

听得他这样答，武汝大放下心头大石一般。终于他又得到安慰。

他把这忠直的武龙领到自己的车子旁，拎出两份礼物来。

"我老婆不去拜寿，不要紧，这份礼算是她送的，礼到也成了，我会代她说项。不过太婆一定留我过夜——"

然后把其中一份，递与武龙：

"这一份，是我送给老婆的，你叫她挂念我吧。——看，对待女人，时不时要浪漫一下。你得好生学习。"

把礼物分门别类后，两辆车也就分道扬镳了。

是夜，九十九的太婆，收到武汝大夫妇送来的贺礼，便到房中试穿一下。武汝大一直在门外柔声催促：

"太婆，快点出来让大家看看是否合心水？"

他也希望大家接受他们的心意呀。精心挑选了一套黑色暗花香云纱衣裤，手工精细，价值不菲。最适合她老人家了。代老婆讨她欢心。

这位不知就里的老人家，听得是名贵衣物，也就换将出来，年迈半失聪，只应道：

"吓？洗不得水？"

她步出堂前，大家的反应是——

呀，太婆身上竟是件黑色喱士性感睡袍。肌肤隐隐现现，她童真地咧开没齿的黑洞，一笑。这贺礼真奇怪，布料少，不蔽体，却说很名贵。

武汝大那忆子成狂的慈母率先发难了：

"仔，你看你，书香世代，好好地又搬出去，近得那狐狸精日久，连太婆也掇弄成这个样儿，你是不是失心疯？"

众姐姐也看不起他如此色情狂。

武汝大含冤莫白。都怪自己一时大意，两份礼物给调错了，谁知有此番后果？

唉，那收得寿衣似的礼物的小女人，又不知怎样地恼恨他了。

武汝大一张脸，非哭非笑，僵了一夜。人走不得，心已远飏。不知莲妹如今……

单玉莲把身体浸淫在一缸漫着花香的泡泡浴中，很久。

只有在这里，她是可以放任的。屋子这么大，而且是复式，但，只有在这里，可以尽情地享受着孤独的荒淫。

思绪游移。爱情这个东西，太飘忽了，求之而不可得。惟有托付与不羁而又敏感的想象。手指开始也随着思绪游移了……为什么那揉擦着她身体的手，不是他的手呢？如果他粗野一点，她知道自己是会"屈服"的。

她把腿张开些，水特别地滚烫，好似都走进她里头了。

……但愿抱紧她的，是一个真真正正的硬汉，锲而不舍，置诸死地。她放纵地迎合着这一个虚像。看不清晰的男人向她用力侵袭。

直至她抽搐地，几乎要喊出来：

"……你不要走！"

整个浴室，整缸烫人的水都有节奏地抽搐了。她在绝望中才悠悠地醒来，抱紧她的只是自己。

忽然，万念俱灰，眼泪一串串急骤地跌下来，消融在泡泡中。喑哑的快感变得痛楚，单玉莲只觉都是泡影，特别地空虚。

用力地擦干身子，便见到丈夫送给她的礼物——由心上人转呈，多么地讽刺。她把花纸拆散了。

一套黑色起了暗花的香云纱，古老如同寿衣。怎么会出现这样的礼物?

她奇怪地试穿上身了。

一边穿,扣花钮,她的一双手也绕着腕花,那莫名其妙的小调,在耳畔空灵地回响。似乎自天际传来。袅袅不断,听不分明。

单玉莲一个人,如在寂寞而空旷的野地里徘徊着,寻找着。无意识地,她开始哼了:

"三寸金莲,

俏生生罗袜下,

红云染就相思卦。

因缘错配,

鸾凤怎对乌鸦?

奴爱风流潇洒……"

拈起今天才买下的一条长链,在腕间绕了又绕,缠了又缠,真是情枷恨锁。

蓦然,停电了。

停电的一刹那,天地都突变惨淡,无尽的漆黑,看不清世间男女欲念焚身。

一根火柴被擦着了。

单玉莲身不由己,在武家的祖先神位,上了一炷香。

一个从来都没上过香的女人,在他姓的木头前面,上了一注赎罪的香。

武龙发觉停电时,刚好在他自己车房侧的斗室,泡了一个杯面。

这顿马虎的晚餐还没来得及弄好,便遇上麻烦事,心下念着楼上的女主人。

武龙便打开门——

一足尚未踏出,马上与一个穿着一套古色古香衣裤的女人撞个满怀。他大吃一惊,她是谁?莫非是千百年前的⋯⋯

她嘴角挂着一丝古怪的笑意,盯着他,盯着他,盯着他。目光一直紧密地追踪,他逃不出去。渐渐,眼神又汪汪地浇着他,浇着他,浇着他。百般情意,把心一横。两朵桃花上了脸——单玉莲也不知为什么,她可以作出如此的勾当,从何来的勇气?也许是借着一点天意,真的,借意,以便掩饰一切。到底她是入了魔,抑或她的心魔在策划?即使当事人,也不愿意弄清楚。

武龙定下神来:

"阿嫂——"

"好黑呀。我很害怕,你来陪我!"

他有意避开这种尴尬,便借词:

"你不用害怕,我出去买'灰士',你在这里等我吧。"

说完便打算逃出去了。媚态毕呈的嫂嫂,根本无意让开一条生路,只是越靠越近。

一个古代的女人,在哄一个古代的男人:

"你不要走!你这一走,便去了三月,我很挂念!"

"啊不不不!"武龙还解释,"怎会去到三越那么远吧。"

但是,这个携带着一点回忆的女人,既然要来了,竟是无法摆脱的:

"你到哪里,我跟你到哪里!"

武龙驾着车,朝市区的路上驶。总是感觉到身后有双灼灼的黑眸,不肯放过他。

她是越坐越不安定了。先自把领口的一个花钮给解开了,趁势一扯,露出横亘的锁骨。手指在上面写着字。

突然,双方都没有准备,她俯身上前至司机的位置,一双兰花手,自背后搂住武龙。她在他的耳畔,用细腻的软语问:

180

"你有没有喜欢过我呀？"

武龙只管道：

"——你坐定一点。"

单玉莲看来没有坐定之意了，她犹在他耳边，笑一声：

"你不敢认！你真没用！比不上一个弱质女流。"

乘机在他耳畔吹口气，武龙一颤，赶忙抓紧车大盘，车子方才平衡过来，单玉莲被这一抛，跌坐回她后座去，似是安定了。

武龙如坐针毡，难以自抑了。此时后座伸张一条腿，搁在座位背上，睡鞋半甩，挂在脚上晃荡。他忍无可忍，一手捉住那女人的脚，强力扔回身后，因这行动，车子不免一冲而前，单玉莲人随车势，身子也朝前一仆，放轻放软，半身勾搭住男人，再也不愿放手了。

她啮咬他的耳珠，红唇一直吻过去。武龙也算正人君子吧，只是，怎么抗拒风月情浓？她从来都没贴得那样近，感觉上很陌生，即使在十年前，一百年前，一千年前，她跟他还不曾如此亲密过——二人都有点沉溺。

她记得了，他这样辱骂过她："我武松顶天立地，不是伤风败俗的猪狗，再干此勾当，我眼里认得嫂嫂，拳头却不认得嫂嫂。"——是吗？他曾经在很久之前，如此竭尽所能地抑压自己吗？

单玉莲嘴角闪过嘲弄。

男人便是这样了，男人有什么能力，抑压意马心猿？男人都是兽。她星眸半张，腻着他，看透他：

"你何必骗自己？我知道你喜欢我！你怕么？"

像等待了很久，数不尽的岁月，制度和主义，伦理道德，都按他不住。他用力地吻她。一脚踏入脂粉陷阱。全身都很紧张。

——她马上把舌头伸出来。在他口中佻挞地蠕动。最迷糊之际，一切都惊心动魄。

车子失去控制。

迎面而来。一辆货车，狂响着号，武龙连人带车几乎相撞，对方闪避得艰险，惨烈的车头灯如利刃一下划过二人的脸。

生死关头，神推鬼恐，武龙急煞了车。

他不能死。

武龙蓦地弹开来，他见到一张泛着红晕的俏脸，欲心如焚，这不是他心中的单玉莲，她只像另一个人，如同来自遥远国度的魂魄依附了她，抑或，她依附了它。

他清醒了。

奋力拉开车门，决绝地下了车，头也不回——他不敢回头，只怕难以自拔。是什么力量把他拔走，他都不知道。

单玉莲目送着这男人畏罪潜逃。

他三番四次地遗弃她。

是根本无缘么？

费尽千般心思，她都得不到他。永远有一种无形的东西，令他"前进"。那是什么？

她恨得牙痒痒。

茫然推开车门，不知身在何方。寒风梳栉她的头发，一绺飞掠过脸庞，她在咬牙之际，把那绺头发给咬住了。

恨！

忽地，听得一阵熟悉的浪笑声。她循声望过去。

那也是一个熟悉的背影。

失意的女人，站在大城岔路上。开始有一种很强烈的矛盾。

我要走。我要追上去。我要走。我要追上去。我要走。我要追上去。

她没有哭，只是双目无端地湿濡了。她怕，但又很兴奋。

她的心被搅弄得乱作一团。她把手伸向心中，企图抽出一根丝，抽出来，人就被扯过去了。

那个背影，为一群女人簇拥着，浪笑着，进了一间的士高。

"唉！"

单玉莲无力细想。

一旦细想，因缘总是魔。她也无力回头。

脚踏着碎步，款款地上前。是她的脚，引领她走着一条可知或不可知之间的路。

一推门，她便眼花缭乱——

（但见：一丈五高花桩，四围下山棚热闹。最高处一只仙鹤，口里衔着一封丹书。一支起火，万度寒光，当中一个西瓜炮迸开，四下里皆烧着。说不尽人物风景，旦角戏文。

烟火安放街心，谁人不来观看？）

单玉莲但见一盏盏的金灯，冲散满天繁星阵，黄烟儿，绿烟儿，氤氲笼罩。

楼台殿阁，顷刻不见了。

火灭烟消，尽成灰烬。

音乐变得缓慢，摇曳，古人的脚步。

激光过了。

众人沉醉于世纪之末。

听一派凤管鸾箫，见一簇翠围珠绕。可以醉，便任由他醉倒。银灯映照之下，无从计算而今是二十世纪最末的十年了。谁知道明天？谁寄望明天？穿好一点，吃好一点，得风流处且风流。是的，众人只凄惶地酣歌热舞，不问情由地纵声狂笑。

"Miss，一位？要点什么？"

侍者来招呼。

单玉莲还没"回来"呀。她惑乱地道：

“女儿红！”

轮到那年轻人惑乱了：

“什么红？ Bloody Mary 是吧？”

单玉莲拎着那杯红色的怪味的液体，一人独醉。她在阁楼，放眼下望，舞池中，红男绿女都在忘我地狂欢。每个人都创出难度极高的扭动招式，闭着眼，离着魂。

她觉得自己十分寂寞。

她像八槅细巧果菜酒钟旁一根无人惦怜的牙箸儿。元宵灯市夜里路边一颗无人垂注的瓜子儿。淫器包中一条无人眷恋的药煮白绫带儿……空自在一角，艳羡他人的浓情。

人人都是成双成对地快活，怎的自己缘薄分浅，连自尊也抬不起？便把酒都灌下了。

无聊苦闷，只得把那链子，绕了又绕，缠了又缠——总要做点事，好打发这难熬的一晚呀。

过得了今天，是否也过得了明天？

猛一自恨，那长链，便飞也似的，脱手甩至楼下的舞池中去。

长链的身子轻盈起来，在半空缓落如飘絮。连链子也不知道，它的前身是一根叉竿。叉竿的影儿忽在这半明半昧的鼓乐喧天的境地里，猛地跳脱出来，仰头斜视那失手的单玉莲，俯首笑看舞池中漫不经心的 Simon。两个不相关的过路人，没有一点牵连，便是费煞思量，也扯不到一块。

那叉竿是怎么一回事呢？

记得一个春光明媚时分么？

从前。

（金莲打扮光鲜，单等武大出门，就在门前帘下站立。约莫将及他归来时，便下了帘子，自去房内坐的。

184

那一天，她也如常地拿着叉竿放帘子，忽然起了一阵风，将叉竿刮倒。她手擎不牢，不端不正却打在那人头巾上了。

看那人，头上戴着缨子帽儿，金玲珑簪儿，金井玉栏杆圈儿。长腰身，穿绿罗褶儿。脚下细结底陈桥鞋儿，清水布袜儿。腿上勒着两扇玄色挑丝护膝儿，手里摇着洒金小扇儿。风风流流，从帘子下向潘金莲丢个眼色儿。）

Simon 无端被一件重坠之物打中，骤停了舞步，待要发作，想不到在阁楼，有个妖娆美貌的女人，也有廿多岁了，一头松松鬌鬌的黑发，微蹙八字眉，三白眼，粉浓腮艳。

隔远看不清，便一步一步一步地走上去。撇下众女不管，猎艳而来。眼神一直未曾离开过，她有点张惶，但更多的是春意，未开言，先赔笑。身段圆熟，腰特别地细，在一套复古的时装轻裹下，藏不住这个秘密。

见她粉脸生花一如古画，Simon 有点魂飞魄散。他也阅女无数，然而，这般追不上时代的、过时的美女，时光倒流，还没上手，先自酥了半边，那怒气早已钻入爪哇国去了。颜面一变，笑吟吟地，不言不语。

她也一直地看住他上来。

看住他把长链子，笑吟吟地擎在掌心。那是一双手指修长的手，不安分、佻挞而挑逗。他一身的黑，墨镜未曾除下过，背后潜藏着如何焚人的目光？

单玉莲轻道：

"你还我！"

"还什么？"他笑，"我在地上拾到的。"啊，是这声音，她熟悉的声音。是他！

"我跌的。"

Simon 故意调戏：

"你不是'跌'，你是故意'扔'下去。"

"对不起，官人。"她竟向他赔个不是，"是我一时不小心，被风吹失手，才会误中你，不是故意的。"

他觉得很有趣，便继续：

"那么，算是我故意被你扔中吧。"顺势把她拉近栏杆下望，"你看，舞池人这么多，要很幸运方才中招。这就是缘分。是不是很老土？"

她往下一瞧，刚好与女人们的目光短兵相接。虽则她们还是在放荡地舞动着，不过舞伴却另有出路了。目光中不免有妒恨，在笑：

"Simon 你看你的 taste ！"

单玉莲咬着唇一笑，呀，多么地相似：她们不也曾各自偷偷地苦缠细裹，造就一双尖趫趫金莲小脚么？不是白绫高底，便是红绫平底，鞋尖儿上扣绣了鹦鹉摘桃，或斜插莺花，鸳鸯戏水，纱绿与翠蓝的锁线，精细的造工。也有出奇制胜，暗中安放了玫瑰瓣儿，小格中藏了梅花印子儿，一步一印。争妍斗丽，陪伴西门庆玩耍，踢气球呢。一个揦头，一个对障，拗踢拐打，扭腰摇臀的，不过要讨男人欢喜。

单玉莲眼角向他一飞，问：

"咦？都是官人的妻妾呢。"

妻妾？

Simon 但觉这个女人，跟他来一套新鲜的，便过招了。

"妻不如妾，妾不如偷。"

她笑：

"别耍了。"一壁施个礼，"官人万福！"

他也笑。端详她一阵，放浪地：

"娘子，有礼！"

这个古意盎然的美女。正中下怀，正合胃口。她跟她们不同。越是含敛，末了越是放荡——因为她总得有个发泄的地方。一发不可收拾……

Simon便把长链往单玉莲腰间一绕，先下定论：

"廿二吋。"

手一松，长链跌在地上。

他蹲下来，凑巧此物就在她脚边了。他拾起之际，乘势捏她的脚一下。只一捏，她便踢他的手。

他撇嘴一笑，一起来，猛地贴得她很近，在她耳畔吹口气，暖的，荒淫的。轮到他腻着声问：

"脚那么小，鞋当然很小。几号鞋？四号？三号？"

"不知道！"

"等会我替你一量就知道。"他挑衅，"你怕么？"

单玉莲把那腥红色的Bloody Mary一饮而尽。

她傲岸地俯视那一群失宠的妻妾。自这一分钟起，他只要她一个！她们与他同来，但她与他上岸去——任由一众在欲海中浮沉吧，气喘吁吁，最后，是谁胜券在握？

她竟然十分地瞧不起那些得不到男人的女人呢。

她出身自是跟她们不同，她甚至是一个外来者。土生土长的香港女，优越娇贵，追上潮流，她凭什么与她们较量？别说英文了，自己连广东话也讲不好呢，不过因长得登样，这个男人选中她。她以新移民的身份，先拔头筹，傲视同群。单玉莲被怨毒的目光送将出门。

进了Simon现代化包装的大宅。

门是密码锁。他故意让她看见："九四一三"。

他的家，是十分时髦的"复古"装修。用的家具是酸枝，椅子是花梨木。厅中挂了古画，接近春宫图。几案上摆放一块未曾雕琢的璞，没人知道心中是什么。座地穿衣镜，有四座，安置于不同角度，影影绰绰。看不清金笺对联，单玉莲一个踉跄，跌坐于鸦片烟床上。酒气已攻心。酒在她身体内全化成水。

她不知道自己为什么会来的。

一切都是孽。

只见一地都是杂乱的古画：工笔仕女图，还有设计图样，"十二妖孽一九八九"，这几个字，分别用小篆、草书和美术字写就。应征的美女照片，纷纷呈现着色笑，当中也有刚才所见的几个模特儿。

她只好很无聊地开始：

"你是干什么的？"

"我是选妃的。"他促狭地眨眨眼睛，"选最美的十二金钗，拍年历。"

这个女人！

她肯来了，如今又尽在作些社交活动，正经话题，顾左右言他。真好笑，简直与时代脱节，惺惺作态。

他不理她。迳自打开一个百子柜，那是中药店常见的柜，一格一格。其中某个小小的棺材形抽屉，放着内绘鼻烟壶。他用力地吸了一点可卡因。然后又在某一格，取出十粒海马多鞭丸——那是中国秘药，不过货只在日本买得到。

"哪十二个？"

他逗她：

"妲己、西施、貂蝉、杨贵妃、王昭君、潘金莲、武则天……通通都是名女人。"

单玉莲一听：

"这些都是'四旧'。怎么没有个叫林黛玉的?"

"哦,林黛玉是 virgin,不入围。做得中国名女人,个个都有点功力啦。要淫,但不能贱。矜贵得来够姣,姣得来不可以太cheap!——你要做吗?"

单玉莲才一转过身来,他已经贴紧她了。因为贴得紧,所以他的坚挺令她的脸马上红起来。她的身子马上被拥倒于鸦片烟床上。无路可逃,九死一生,对面有副金笺对联,上书:

"嫩寒锁梦因春冷,

芳气袭人是酒香。"

这不是林黛玉屋子里的。这是秦可卿屋子里的。

Simon 用手捉住她双手,用膝盖分张她的双腿,把她摊开如同自卷轴摊开一幅远古的仕女图。

他慢慢地慢慢地说:

"Now I'm going to fuck you!"

她听不懂。但只低吟着。

她的心意欲临崖勒马,身体已经软弱了。他恣意欣赏她矛盾难受的表情,看了好一阵,直至他认为"对"的时刻……

难道她不明白,来了就不能走吗? 动荡芳心无着落,总得情人收拾。她也想要——只好归咎于强中更有强中手吧。

他仿佛嗅到她浑身细汗里头的一种特殊的动情的气味。因为她忸怩,他的欲焰就更高升了。

把她的衣服脱下来。

把自己的衣服脱下来。

(把她的红绣花鞋儿摘取下来。

把她的两条脚带解下来。

把她的两只小脚吊起来。

一只小脚吊在一边葡萄架儿上。

另一只，吊在另一边葡萄架儿上。

把她的双腿大张开来，用脚趾挑弄她。

向水碗内取了枚玉黄李子，便投过去，一连三个，都中了花心。

他吃了三钟药五香酒。

又递了一钟，哺她吃了。

向纱褶子顺袋内取出淫器包儿来，先使上银托子，又用了琉磺圈，再捻了些"闺艳声娇"涂上了。

她还吊在架下，两只白生生腿儿跷在两边，等他，兴不可遏。

他并不肯深入，只是来回撺晃。

她一急，架上葡萄被摇落了。

她只得仰身迎迓，口中不住地叫：

"达达，快些进去吧，急坏了淫妇了！你故意这样来折磨我！……"

西门庆笑道：

"淫妇！你知道我的好处了？"

他这便一上手，三四百回，没棱露脑。只见潘金莲双目瞑息，微有声嘶。

葡萄架因剧烈抖动，滚滚绿珠，撒了二人一身，覆压挤捏，混作黏腻甜汁，不可收拾……）

单玉莲无力的手又抓紧了他。酥软了一阵又一阵。太恐怖了，堕落在何处无底深潭？他强大而且粗暴，又不知使了什么方法，她无法不扭动着来逃避，咬着牙，唉，怎么熬得过去？她的前世和今生都混淆了，她呻吟哀求：

"达达！你……饶了我吧……"

Simon 命令她：

"看看我！"

单玉莲竟连把眼睛张开一线的气力也没有了。他兴奋地迫视着她的脸和反应：

"你有没有别的男人？"

她气如游丝含糊地道：

"——有。"

他问：

"如今你是谁的女人？"

单玉莲痉挛了，慌乱中伸手抓紧他，痴缠着他。思绪飞至前生，她还有谁呢？她只不过有他，眼前惟一可托付的人。她急速地叹喘：

"我是你的女人！达达！我是淫妇，你不要不理我，你要再入一点！呀——"

她舌尖冰冷，星眸惊闪地瘫倒了。

Simon 人在哪里，她都不知道。

乏力如死。

这一夜太长了。

一线曙光，映射在筋疲力尽的人身上。

单玉莲苏醒，梦里不知身是客，一惊而起，是一个完全陌生的环境。一个非比寻常的地方。有个男人在身畔，但他是谁？

——就这样过了一夜？

四下一看，啊，一塌胡涂的战场，好似在地毯上造过，在鸦片烟床上造过，倚在墙上造过，站着坐着躺着……都造过。

她十分羞耻。

茫然地摇首，在太阳底下，不明白为什么自己如此淫荡。还说过什么脸红的话没有？

她都不知该怎么办，只仓皇地收拾散了一地的杂物入手袋，乱扔乱塞。

不敢面对渐渐光明的白天。

一站起来，还带着麻痹的刺痛，双足一软，几不成行。

她看到一个疲累苍白而又俊美的男人躺在地上。她有点怅惘。

还是快走吧。

不要说再见。

大门轻轻地关上了。

晨光熹微中，她在楼下等的士，等了一阵，的士没来，反而有点时间，供她仰首望向顶楼，那藏春阁。她错了吗？欲挽无从了。

逃也似的，的士也不等。只急急孤身上路，在刺眼的阳光底下，回到自己的"家"去。

后来，Simon 也醒了。

他也不喜欢太阳。

他没有白天，没有明天。

折腾了一夜，疲累而苍白，药过了，他也有点怅惘，外表的傲岸因未曾充电，真相大白。像个破落户。

昨夜那个婉转承欢的古装的美女呢？

她一走了之。

这么好的一夜，他开始有点眷恋，这是以前没有过的感觉。她是谁？一个无端呼喊他，用令人心碎的声音呼喊他"达达"的女人，口齿不清，舌尖半吐，语无伦次的一刹。

到处都不见她影子。人不在，他悬空了。只爬起身，打开他的百子拒，又取出某一格中某些药粉来，用力嗅吸一下，直透中枢系统，方不致无所适从。惟一可靠的是"药"，他把一头长发都散落。多简单、原始，整个人 high 了，倚在鸦片烟床上，头向后仰，叹了一口气。

他很有点钱，也很有点名。

一九八一年自英国回来，开始到日本打天下。小角色。有一天，他见到一辑山口小夜子的写真，她像一条蛇妖似的，委婉伏在榻榻米上。横匾书着"坐花醉月"，他觉得这完全是他奢想走的路。

但当年他并无资格动用得山口小夜子。

为了往上爬，他也陪伴过男人。走后门。只千方百计间接得到一张宽斋时装设计大展的帖子。在老远的角度见过她，她是日本国首席模特儿，他立志在成名后，邀请她穿他的衣服。

到得他成名了，先在香港，然后开拓杭州丝织的市场，才回到日本，妖孽的山口小夜子已老了。她已经三十多四十岁，淡出天桥，做过几个舞台剧，又淡出繁花似锦的世界——她道，最喜欢的衣服，是传统的和服。穿过一切，用过一切，最后便回归原来的位置。

Simon 自己也老了。任何设计挥洒等闲，那些半古半今，非古非今的影像，丝，轻软温暖如皮肤的丝，有生命的料子，一直萦绕心头。

他整个人都 high 了。

究竟追逐的是什么？

有些男人，到这年纪，三十上下，忽然深谙一种苍凉的道理："宿尽闲花万万千，不如归去伴妻眠。虽然枕上无情趣，睡到天明不要钱。"他也很迷惑，他希望自己更完善，享受生活。他快乐，当然，但不满足。

有时送上来的女人，都是美女，脂香粉腻，会得百般取悦。于今，是一个资本主义的社会，各尽所能，各取所需吧，她们也不外想在他身上得到一点提携。大家都卑鄙。

Simon 总对这批淫妇们笑道：

"不知心里怎的，我什么都不好，只好这一件。"

世间女人构造都是一样的——不同的是"反应"。

是的，这回，神秘地闯进来的女人，特别不同。说不上是哪里不同，他只愿二人牵扯在一处，不可分开。奇怪，他连她是谁都不知道，就欲仙欲死。心中尽是她的风情月意。

他再叹一口气。

药力发作了，他笑起来，顿见世界甚是多姿，但人甚是软弱。

眼前幻觉一层轻软白丝，隐闻来自深幽境地的乐音，一个拨琵琶，一个弹月琴，一个弄筝，一个唱曲子，缥缈遥传。词儿给疾书于丝帛上。字字看不分明，参差只是：

"光阴迅速如飞电，

好良宵，

可惜渐阑。

拼取欢娱歌笑喧。

只恐西风又惊秋，

不觉暗中流年换！"

男女之间，来如春梦，去似朝霞。刹那灿烂过了，必得缘分甚重，方才追逐下去。是否追逐下去？不过是偶遇，到哪里去找她？

惟天凉了，冬至了，弹指之间，暗中流年换了，人老了。

"蓬"的一声——

横来一把天火，把那白丝黑字都焚毁。灰飞烟灭，再无觅处。

男人见到自己的明天。

他是一个白发衰翁，干的、蠢的、无能的。皮肉渐腐烂溶曳，空余一个骷髅，洞开黑森森的大嘴，把俊美英年吞噬了。

他一惊而起。忽见到一张陌生的纸，在人间，床下，桌边。他拈起，疑幻疑真地眯睎着眼。咦，是张写满了数字和记号的地图。

单玉莲仓皇地打开大门，周遭无人声。钟点女佣还未到。车房中，昨夜被遗弃的车子，已平静地停驻，可见后来武龙回过头去。

她没有心情细想，"平静"就好了。不知丈夫回来了吗？

急急地上楼去。

车房旁边的斗室，有双一夜未曾合上的倦眼，是的，他等了一夜，直至她回来了，肯定没有意外，方才放心。

有些话要说，但不妨让之沉重地压在心头。隔着一道门缝，只见她片面片身片时片刻。武龙觉得自己虽没得到什么，但也没错过什么。"朋友妻，不可欺"，何况一场兄弟？

一个人应该饮水思源。

上了再算，多么容易！——但即使他鲁莽，终于险胜了。

便转身，盘算下一步。

谁知在心深处，有否悔恨自己窝囊？起码，他很上路。自嘲地笑一下。

单玉莲马上开了热水，竟尽全力去洗澡，企图把昨夜荒唐，付诸流水。

脱下一套又残又破的香云纱，堆在地上，不愿多看一眼。

她心虚。

武汝大熬了一夜，终自那堆女人手中脱身了。第一时间赶回来，还带了一袋寿包。一边隔门柔声试探：

"老婆，你昨夜睡得很沉吗？我打电话回来，久久都没人听。"

单玉莲一慌，不知是否露出马脚，更是心虚，匆匆抹干身子出来应对。

武汝大一见地上堆放的那套原属太婆享用的寿衣，又残又破，一定是她非常不满，用来出气了。他情知不妙，也很心虚。

她出来，正待他发话，他却内疚：

"老婆，都是我错！"

哦？

单玉莲只觉这老实头聪明了，平日三打不回头，四打连身转的人，会得先发制人。

便另作安排，为了补偿，先堵了他一张嘴再算。到了厨房，弄盘水果出来，逃避一时得一时。

单玉莲进步了，那盘西瓜，被挖成一个一个小圆球，非常精致美观地、被盛于玻璃皿中，端将上来。夏天的水果，深秋也有得吃，而且无籽的——她也饮水思源呀。

她近乎讨好地道：

"吃西瓜吧！"

他也近乎讨好地道：

"吃寿包吧！"

二人各自心虚地吃着，各怀鬼胎。

武龙上楼来了，拎着他的行李。

武汝大一见，也很亲热地招呼：

"阿龙，你也来吃寿包，预了你的。自己人，不要客气。"

他很平静地开口了：

"大哥，我想回元朗。"

武汝大不虞其他，只道：

"现在也有寿包呀，何用回元朗吃？"

"不——我是想回元朗住一阵。"

"为什么？"武汝大愕然地抬头。

武龙便大事化小地解释。

"市区太吵了。我也睡不好。我就是喜欢作个乡下人。"

就在此时，电话响了。

单玉莲本如拉紧的弓弦，铃声尖厉一响，她整个人吓了一跳。她想听下去，但也得接电话，都不知谁个打来，多半是他的娘亲，天天要听儿子的声音，顺便打扰一下二人的夫妻生活，勿要有太多亲热的机会。

她拎起听筒，换过一种恭顺的声调：

"喂——"

那一端沉静了三秒。

她又问：

"喂？——"

终于，她听到了，她听到一个声音，太熟悉了：

"淫妇！我是达达！"

单玉莲一颗心弹跳上了九重天。连番的惊吓，她抖颤着，脸色突变，用尽一身力气把电话掷下。

恐惧笼罩着她。

她的奸夫侦知她的底细了。他怎么查得出来？他预备怎样？

她不敢透气，生怕一切丑恶都泄漏。幸好丈夫和爱人犹在对话中。武龙堂堂正正地辞行：

"大哥，你一直都看顾我，我也想你们好——你多些时间在家陪阿嫂吧，安排多些节目，一起去玩玩，她不会太闷。"

武汝大一边听，一边点头。忽地也起了疑云：

"阿嫂很闷吗？吓？"

"我不清楚。"武龙道，"或者女人需要人哄。"

"我哄得她少么？哦——"武汝大恍然，"我明白了,你是说她——"他说不下去，是不敢深究。

武龙随即代她掩饰：

"她想见你多些呀。"

武汝大不待他掩饰，也不听，也不容忍，便暴喝一声：

"老婆！你出来！"

一生气，急起来，半点停顿也没工夫：

"你闷起来做些什么你有没有找过别些朋友？为什么你不找阿龙陪你去买新衣你你你……"——都是？？？

声音大得自己也意外。

单玉莲从未受过如此的盘问，这个一直战战兢兢地宠坏她的男人，因绿色疑云，大声疾呼。而他兄弟，那罪魁祸首，如今置身事外，一言不发。

她矫情地出来，坐在武汝大身边沙发的扶手上。一见她面，那小矮人又矮了半截，暴喝的声音，渐渐转弱，成为软语。

始终也是怯。

好了，轮到自己发难了。

为了掩饰心虚，惟有恶人先告状，她一点红从耳畔起，须臾紫涨了面皮，指着武汝大，骂道：

"你听谁来讲了是非？我可有痛脚叫你捉住了？你见到吗？听到吗？你闻到吗？只晓得欺负我。我还未曾思疑你呢，你昨天晚上都不回来，你上哪儿去？你很闷吗？你有找过别些朋友吗？"

武汝大连忙道：

"我没有呀，我——"

"哦，那是我不对啦……"

她越说越心烦意乱，有点放泼，也有点自恨，百感交集，痛哭失声。

一气之下，非常委屈地夺门而出。

遗下曾经疑云阵阵的武汝大，与武龙面面相觑。为了面子，又不好追上去。

惟有死硬充撑着，不肯失威给兄弟看：

"由她！女人不可以纵容。一会儿她就死死气地回来啦——一会儿不回来，再算吧！"

摆出来的大丈夫款，未几便告成为"画皮"了。他望着站在门边的武龙：

"唉，风头火势，你走什么？人人都要走，只剩下我一个人！"

整个人都凋谢了似的：

"兄弟不是这样做的呀。你也要给我一点时间去找人顶替你的位子嘛。进来吃寿包啦！走！"

一切都是女人在播弄。

但，女人也在怨恨，不知什么东西在播弄她的命运。

这样孑然一身跑了出来，走了好一段路。目的地在哪儿？走得到哪儿去？天地之大，无处容身。她记得，从小到大，她都没什么落脚处立足地，总是由甲地，给搬弄到乙地，然后又调配到丙地。后来到了丁地。最后呢？

香港这般的繁华地，人口五六百万，但倚仗谁来爱惜她？——最基本的，谁来养活她？一个女人，长得纵好，也是无用，她这样地颓丧，难道赶去投靠一个雾水的奸夫么？

走得到哪儿去？

不知不觉，被驱使来至香火鼎盛的黄大仙。

她一早就听过"黄大仙"了。

来到庙前，方才惊觉是怎么来的。

是处烟篆缭绕不断。一路上，烟薰烛照，风车飞转，都见善男信女来参拜许愿还神。好似有某种力量的驱使，是的，一定有她自己也抗拒不了的牵引。追随着人群，取过一个签筒，迳自在殿前空地跪下来，求了一支签。

然后，她又追随着人群，走到一条小小的里弄，两侧全是解签的摊档。

有个摊档生意比较冷清，那解签者便在招徕：

"小姐！过来光顾解签呀。"

女人被那人一招，不由自主，便上前去。那是一个面貌阴森、木无表情的老妇。单玉莲一见，有点面善，不过想不起来。

"我好像见过你。"

"怎会呢？在这里是第一次见面吧。请坐，小姐，第几签呀？"

单玉莲坐下来：

"五十四。"

老妇便摊开一小张桃红色的签纸，望定女人，兀自念签语：

"五十四，庄周蝴蝶梦——'庄子酣眠成蝶梦，翩翩飞入百花丛；天香采得归来后，犹在高床暖枕中。'这是一支好签呀！"

单玉莲一听，竟是"好签"，联念到这些纠缠困扰，不禁苦笑。人人只道黄大仙灵验，原来是骗她的！

那老妇却继续道：

"小姐，你来一趟，不错，是可以还了心愿，但梦始终是梦。唉，何必把事件搅大呢？不若收手吧，把前生的冤孽都忘却吧！"

她苦口婆心地劝她，但单玉莲一愕：

"我有什么心愿？我有什么冤孽？"

老妇摇头：

"番归啦。去饮茶啦！"

单玉莲不明所以，无奈掏钱，刚打开手袋，抬头一看，整个摊档，和那似曾相识的解签者，全都不见了，空余几块破木板。

她意夺神骇。

一路回家，惶惑不安。

回"家"。最后，女人还不是忍气吞声地回到夫家去么？

这些玄妙的道理：一场春梦，好生收手。也不过是最原始的民生之道——因为明知没结果的事，就不要做。她早已不是红旗底下的女儿，长大了，就明白"怕死不是造反派"是行不通的，因为往往死的是这批。好不容易过得这么安定而富足……

收手，对了。

她豁然开朗地回家去。

一进门，便见到武龙在等她。莫非"冤孽"是他？

看来他也经过深思熟虑呢。

"阿嫂，你让我先表态，虽然我们从前好过，但，你嫁了给我大哥，他是好人，我和你之间，从今天起，一笔勾销，大家到此为止，别要追究了。"

单玉莲浅笑一下。是，都是成年人了，何必去得太尽？

遂也修心养性地道：

"这都是我想说的。"

武龙不虞她也灰心了，一时之间，无言以对。单玉莲有点无奈：

"当然我曾经希望每日醒来第一眼见到的人是你。"

"大哥赞你煲汤很好饮。"

"我可以很贤慧的。"

"那最好。"

单玉莲见于此阶段，大家明白说了，反而放下心头大石。不用互相试探，更加真诚。哦，原来黄大仙是有点道理的。她道：

"只恨没机会煲汤给你饮。"

武龙细想一下，道：

"会有人煲给我饮的。"

"从小到大我们的生活中没有鬼神，不过听说人有来生，如果有就好了，如果没有，只好算数。"单玉莲平静地对他说："我会好好待他的，你放心吧！"

武龙不给自己任何机会。虽然，呀，就这样结束了一切的荒唐，事过情迁了，她竟可以如此地平静？一下子心底依依，又觉不忿。不过，她抢先道：

"好，就这么办！"

单玉莲第一次，比他快，决绝地转身上楼去。

终于二人分手了，尘埃落定。

从此咫尺天涯。

不是说，世间最遥远的，是分手男女眼睛之间的距离么？单玉莲很坚强地黯然。做人便是这样。当下死心了。悲凉而理智。

上楼，见到那呆坐沙发上，呷着一口热茶的武汝大，心中一热，便唤：

"老公！"

武汝大似寻回失物般惊喜，心花怒放，马上亲近逃妻，爱怜地把手中的茶递过去，热的，香的。他劝：

"老婆，饮茶啦！"

然后殷勤地问候：

"你整天到哪儿去？累不累？以后不要乱发脾气了，我怕了你，都不知多担心。我们出去吃一顿好的，庆祝破镜重圆。"

"哪里有破镜？"单玉莲心如止水。

武汝大几乎献媚地、又把茶递至她口边：

"饮茶！"

热茶一烫嘴，单玉莲喝不下，头一摇，茶给溅到衣服上去了。她笑骂：

"你看你！不饮了！"

又问：

"到哪处吃饭？不要阿龙开车了。只我和你。"

"好！"武汝大应声而起，"我们又去浪漫！"

他又抖起来了，只要她最后还是回到他身边，他就是一家之主。看，带她到哪处吃饭，她就跟着到哪处吃饭。既往不咎。昨日之日不可留，留得青山在，人还是他的。

于是盘算到尖沙咀那个好地方？香港什么都有！

武汝大驾着那不相衬的红车出发了。一路上，女人不肯再吃自助餐，因为吃厌了啦——忽地有辆车子，黑色的，就在她身畔划过，影儿一闪。乍见，她整个身子坐得极直。

"老婆，坐稳点，你干么？"

——她干么？她见到他！

突如其来的电话，突如其来的亮相。一双积年招花惹草惯戏风情的贼眼。呀，不，车子又远去了，一定是自己的幻觉。一朝遭蛇咬，十年怕草绳。一旦风吹草动，便担心东窗事发，方才如此。

单玉莲坐定后，便嗔道：

"车子开不好。你真不是个当司机的料——你是当老板的料。"

哄得武汝大暗自得意。

唉，白布落在青缸里，干净极也有限。幸好这是无从稽考的，哄得一时便是一时。一段日子之后，怕也无事了。昨夜风流，端的是一场春梦。

来到尖沙咀的高级日本料理店。鼓声一响，二人郎财女貌地踩上人工碎石子小路，于暖烘烘华堂中当上贵客。

武汝大便开始点菜。

他问她：

"你要什么？"

"你点什么我吃什么。"

"你要什么我便点什么。"

她有点不耐，只道：

"你出主意吧。主意出得好，我哪有不依你？你是一家之主。"

他对她太好了，千依百顺，生活因而平平无奇。男人没性格，便点了什锦海鲜锅、什锦寿司盛合、牛肉司盖阿盖，包保不会出错。

满桌佳肴，包罗万有。她便见到不远处，竟坐了 Simon 和一个女人！

他也来了！——他花过心思的手段！

他点菜，她倾慕地望着他微笑，只有听的份儿。一副白净的瓜子脸儿。

单玉莲定睛细认。呀，女人当过八卦周刊封面的，是落选港姐李萍，正深情地沉醉于他的举手投足。

他点的菜式上来了，一道一道地上，精致的冷奴、云丹、赤贝、柳川锅。小小的烧鱼，先洒几滴柠檬。昆布一卷一卷的，莲根一轮一轮的。他叫的饭，还撒了黑芝麻，还有一颗紫红色的小梅在心窝。他叫的汤，是一个描金线的清水烧茶壶盛载的。每一道菜，旁边都有块小小的枫叶，好似女人的手。

为什么同在一爿店里，自己的男人，蠢相得像个肚满肠肥的相扑手？自己不在意，人家看来必也是鲜花插在牛粪上了。他还招呼她：

"快来吃鱼生，很大件。抵食！"

而 Simon 呢，装作不认识她，正眼也不望过来一下，只顾与那李萍，浅斟低酌，暖酒令她的脸红起来。单玉莲眼里何曾放得下沙子？她把吃过一口的鱼生扔下。

武汝大只随手便把他爱人吃过的挟起，放进口里。她感受不到他那下意识的爱。她很忙。

忙于挣扎。

她半句话都没说过，她便陷入阱中。惟有自行猛地跳将出来，因而对丈夫道：

"我想去旅行。"

"去哪儿？"

"——总之离开这里一阵子。"

武汝大一想，店里生意好，只去得三五天。三五天，花在机票上怎值得？但自己实在应陪她多些才是。故建议：

"不如回乡去，你也可以见见旧朋友，你不是说要拎些老婆饼给他们吃吗？"

回"乡"？是上海？抑或惠州？

当然，他们回到惠州去——上海是她一个不可告人的噩梦。

而她这般地回去一趟，还真不肯带老婆饼呢。她给那些人捎上的手信是乐家杏仁糖、丹麦蓝罐曲奇、绅士牌果仁、积及朱古力橙饼……还有姊妹们得到的是化妆品、护肤系列，连香水，也唤作"鸦片"。真真正正的"衣锦还乡"！

他们是住在惠州汤泉附近的四星级酒店，然后包了一辆车子到处邀游的。这回是"游客"的身份了。而她们呢，有些仍在"卖"，夏天卖西瓜、黄皮的，冬天便卖柑。另一些，已经去了卖笑。锦华的运道不及她好，尚在一个争妍斗丽、择肥而噬的彷徨期。对比之下，自己求谋顺遂，已然是上岸人家。锦华十分艳羡她能堂堂正正地做人妻室，不必无主孤魂地，至今犹在浮沉。见到武汝大，竟然甚殷勤。

单玉莲有点不悦，也就不让她加入二人世界了。免得多事。

武汝大问：

"你那姊妹呢？不是也约了晚上吃潮州菜吗？"

单玉莲一撇嘴：

"我们不要打扰她了。她还要找男朋友呢。看她条件不很够，又单眼皮，找到男朋友也得费点心机和人好。怎么敢老要她陪着？

哦，你很想见到她吗？她电过你吗？有没有托你设法子到香港去？"

锦华见她没联络，等了一晚，后来打电话到酒店。酒店很堂皇，又有保安，她要单玉莲领着，才可到咖啡室夜话，及吃栗子忌廉蛋糕。

单玉莲撇下武汝大，勉强跟她会面。

锦华不虞其他，只当二人仍是一处的好姊妹，那时她有路数，不忘关照她的。故不知就里，还跟她讲心事：

"我也出来接了一阵客了。不过现在的客很精明，都是想玩你，不是想娶你——你就好啦，嫁得那么好。"

"他对我真没话说了，要什么有什么。"

"早一阵我跟一个姊妹出深圳做，有些客送我们三点式泳衣，就是要我们陪他们到新都游水，连这样也要玩个够本。"

单玉莲便同情起她们来：

"港客都很难做吧？"

"不，有一个，他是搅电子表的。他长得很好，又高大，有钱，每次来都找我陪，可惜他有老婆。"稍顿，便笑着说，"他在床上很劲的，一晚来四次都试过。真可惜，他有老婆。不过，我有点喜欢他，不要钱也肯做。我想起他都会湿的。"

当锦华这样地形容她心上人时，单玉莲眼前也活现了斯时情景。他，虽只共枕同眠了一夜吧，但也曾如此地亲密，如胶似漆，偷情也是自己首肯的。

那是一种奇异的感觉，好像已发生了千百遍。他的手心放在她胸前，不动，等待她动情。像等待一根险险锥过大红十样锦缎子鞋扇的绣花尖针儿，等待它变硬，冲出重围。

她恨不得钻入他腹中。这般地难为情。好像已发生了千百遍。她的脸热起来。热。

当他在她身体里头，空气中有种特别的香，是绵远而古老的香。

茴香、檀香、紫苏、玫瑰……薰在房子中，昏沉欲死——他，令她有生以来，第一次觉得男人好。

只一夜，他又续上另一个了。男人都是这样。想不到自己还比不上一个做鸡的。

辗转成忧，相思如扣。女人量窄，总觉不值。

锦华见她怔住了，却没在意，又问：

"喂，你那武先生呢？"

"他？"单玉莲思绪自香港回到惠州来。

"他对你怎样？——在床上。"

单玉莲措手不及，没有答。

锦华体谅地道：

"他也不错了。也是个好老细。玉莲，我很羡慕你呢。"

老细？白头偕老？一生一世？

室内开了暖气，窗外虽下着寒雨，却是半点沾不上身。武汝大是一个好老细。她睡不着，坐到窗前，扯开一点通花的纱帘，这贫瘠贪婪的地土上，四星级的酒店。单玉莲嗟叹一下，微不可闻，但到底还是被丈夫觉察了。

他没有亮灯，只在床上喊过去，尽量把声音放软：

"两点钟了，还不睡？"

单玉莲并不回过头来，但是冷不提防眼泪便淌下来了。

"我不知道自己为什么要到香港？"

第一次，武汝大感觉到，一定有点不快乐的心事绾住她。自己，费尽周章，到底是绾她不住。武汝大也不说什么了，只转过身，倒头睡去。有什么办法？他在暖暖的被窝中，也无声地嗟叹一下。

不知道为什么。

不想知道为什么。

惠州有西湖，一直是游客好去处。红棉水谢、百花洲、点翠洲、泗洲塔、苏堤、九曲长桥、偃龙桥。惠州有汤泉，是个高温矿泉，泉眼十多个，武汝大全身泡浸在温泉中，这个独处的时刻，他特别寂寞。他做错了什么？自己也算是个善良的好人，好人没好报，博不到红颜欢心，他开始忧心忡忡，但又无法可施。他做错了什么？

武汝大也有心事的。

温泉水暖，眼泪也很暖，小小的眼睛，淌下一滴泪来，情知不妙，马上泼水洗脸。脸洗过了，他也回复过来。

从此绝口不提，得过且过——他是真心爱她的。

都是自己不好，太"快"了，满足不到她。以后一定千方百计地改进，不要叫她那么难受。她是美女，怎么能够次次都草草了事呢？身为她丈夫，也是很羞累的呀。难怪她睡不着了。武汝大终于把事情想通了，这是应该面对的。人家是"人穷志短"，他是"人短志穷"。但也不宜说与太多人知道，遇上良朋益友，有办法之人，得向他们请教请教。他暗自点点头。

武汝大的心事，解决了。

这几天，对她千依百顺，呵护备至，坐火车也坐头等。

她也平复过来，一心一德似的。二人便闲话家常。

"你知阿龙为什么要回元朗住吗？"

单玉莲赶忙道：

"谁知道？他不是说喜欢作乡下人吗？"

"嘻嘻！"武汝大神秘地一笑。

"你笑什么？鬼鬼祟祟的。"单玉莲生怕他测知自己的鬼祟。

"我也是听人讲的，不作实。"

"快说！不说不理你，听人讲些什么来？"

武汝大笑道：

"阿龙识了女朋友呢。"

"女朋友？"单玉莲忐忑，"怎么样的女朋友？他一向是一个人呀。"

莫不是丈夫试探她来了？

又道：

"谁会喜欢这么老土的人？"

"哈，你不喜欢有人喜欢。"武汝大按捺不住，要把他那老土兄弟的秘密揭发予爱妻知道，"但不要跟别人说啊！"

"不说！"

"你发誓？"

"怎的那么严重？哈，女人发誓你便信了么？"

"他不是从汕头来港吗？近日有人说起，他认识的一个朋友来了，不过是买假身份证，要四万多元呢。阿龙垫了一万元出来——你说，不是女朋友，肯这样做么？她怎样还？也许嫁给他算了。"

"你要她嫁便嫁吗？她不会做工储钱来还吗？人都到了，还肯嫁？"

"哎，跟阿龙不错啦。听说人长得好，平日粒声不出的。"

单玉莲没来由地生气：

"哼！她那么好，怎的你不要她嫁你？"

武汝大慌忙女娲补天似的：

"不不不，已有最好的女人嫁了给我啦！"

刚好到站，马上催促下车，免吵。下车前，单玉莲犹有不甘，装作不经意：

"她唤什么名字？"

"不清楚。好似叫阿桂。你自己去问阿龙。"

"谁有这闲工夫？"

下车后,二人前事不提。但"阿桂"二字,便深刻于单玉莲心中。

武汝大只为兄弟着想:

"过一阵另外请了司机,便放阿龙走吧。不要阻人好事,我也想饮新抱茶。嘻嘻!"

是的,二人上座,接受新妇敬茶。完全是叔嫂的关系,十分明确。

世情已演变至此了。

一切皆成定局。

也罢,单玉莲但觉安分守己,也是幸福。饮新抱茶哪天?想起自己也曾经此一"劫",总算过来人。不知武汝大那批嫁不出去的姐姐们,又该怎么嚼蛆吐粪,咬牙切齿,心焦如焚。

一边开了水喉冲洗猪肺,一边吃吃笑。

今晚煲个好汤。当个贤妻。

菜干不知怎的,带沙,要浸好一阵。那钟点女佣买不好。自己到底是地里出身的,一看就知道——不过,如今是少奶奶了,洗手作羹汤不过是偶一为之的伎俩。

听得武汝大进门了,还在厅中待了良久。有点不满,他怎不来好生抚慰奖励一下?哦,自己好歹是牺牲者,这般便演变为相对无言?逐一拧身子,出去质问。

客厅中有个男人的背影。

单玉莲开口:

"老公——"

那人转过身来。

那人转过身来。

那人转过身来。

她一见,心胆俱裂——他上门来了。单玉莲几乎瘫痪倒地。是她的奸夫!

武汝大便介绍：

"这位萧先生，这是我老婆。"

他起立，礼貌地一笑。他道：

"叫我 Simon 得了。"

单玉莲被这男人，刺激得脸色青了又紫。满客厅都是他的淫笑，他把她压在身下抽动时的逼问。她的心狂跳，生怕一开口，就进出来，秘密完全公开。武汝大知道了多少？整座房子摇摇欲坠。她的嘴唇僵冷了。男人真是卑鄙！

他热一阵，又冷一阵，再热一阵，她就手足无措了。Simon 简直得意非凡。这个女人怎么逃得过？妻不如妾，妾不如偷。

单玉莲勉定心神，惟有见机行事。便微笑点头。

武汝大很高兴地道：

"Simon 真本事，他不但知道'馨香'的饼正，还知道我们元朗的地方正，想借租屋和洞堂来拍外景，什么'妖孽'的相片。我们上次'食盘'那儿呀，原来很合他心水呢！"

Simon 只望着单玉莲，一直浅笑着，似有还无。

她只好尽情掩饰：

"萧先生做盛行？"

他面不改容：

"Designer。"

武汝大连忙与有荣焉：

"很出名的 designer，选港姐也找他做形象顾问的。你要借地方，很易商量，我去讲一声便成了——难得与你做朋友呢。"

说时不免有点虚荣了。可见名比利的诱惑大。像武汝大这般的乡巴佬，有了钱，还不是想交给知名人士，好晋身名廊？

这个久历江湖的名家，便又回敬：

"Nice to meet you！"补充："你们两个好衬！"

武汝大心满意足地笑了：

"也算是这样了。"

"武太又端庄贤淑。"

听得这武太，只觉被掌掴一记，只敷衍地一笑了之。武先生就不同了：

"过奖过奖。你什么时候需要地方，打个电话给我们吧。老婆，你看着办，落力些帮手招呼人。"

单玉莲又微笑点头。

Simon 大声地跟武汝大开玩笑：

"我不会放过你的！"

二人便送客出门了。

到了门口，Simon 附在单玉莲耳畔，阴恻恻一笑。轻轻道：

"我不会放过你的！"

乘人不觉，把那张"备忘"塞进她纤手里，手指在她掌心一拖而过，她整个人抖颤一下——最轻微的动作，一如静夜在门上细细一叩的回响，最是震动。

他用最体贴而狡猾的声音道：

"是你教我怎样找到你的呀！"

单玉莲又羞又急又恼，怎么会？好似是自己故意留下的线索，勾引他上门来了。当下红晕鲜艳，蔓延至耳背脖间，又自肉体蒸发出来，漾于空气中。幸好天晚了，世上无人发觉，急把纸团起，扔掉。

——但，世上有一个人，把以上一切，悉数看在眼内，虽不动声色，武龙心下有点明白。她跟他，有没有？

有没有？

妒火猛冒地烧起来。他要她安分守己，她答应他安分守己。所以他才不碰她。淫贱的女人，放置在哪个地方哪个时间，都是不安于室的，如果侦知她"有"……武龙紧握拳头。他都不知道会怎样做——明明是自己的东西呀！

第二天下午，单玉莲悄悄自己驾车出外了。

武龙依旧不动声色，但叫了一辆的士，跟踪在后。

车子停了。的士驶过一段路，也停下来。他见到她进了一座建筑物。

单玉莲按动了"九四一三"，门启了。她迳自进去，是个不速之客。

Simon 只穿一件黑底及白色竹叶的日式睡袍，见来人是单玉莲，有点意外。他方把可卡因悉数用力一吸，双眸半开半闭地，带点胜利的感觉，望着这个紧张的女人。

——她不惯偷欢。

又遭自己这般的惊吓，生怕被人拉去浸猪笼么？他像一块莫名其妙的巨石，投进她死水心湖。好了，如今又不知如何地送了上门，开门见山地质问他：

"你究竟想怎样？"

她质问得很凶，看来极度地不满。声音有点抖颤，若不胜情的抖颤。

Simon 懒得回答她。只是一步一步地，把她逼近至墙边，逼得她无从逃躲——也许是她借题来见他一面？谁知道？她只是被他左手抵住这边的墙，右脚撑着那边的墙，把一个动弹不得的小女人，围困在里头，又乱又急又热的私欲中。

她有点恐慌地望着他，眉心蹙聚，眼内闪着惊惑的光芒。气息开始急速。男人撩开她的衣裙，把手伸进去，轻轻揉擦。单玉莲半个身子一软。他突然住手。

一切动作停止。

Simon 笑：

"你问我究竟想怎样？——我什么也不想！"

他看着她的反应，像玩弄一头无法自主的、软弱的小动物。

他义正辞严地演说：

"我是 professional 的 designer，我不过想借一个最适合的 location，做好我的 project 罢了。没什么。你别当作是大件事好不好？"

单玉莲羞愤交集：

"我不知你有什么居心！"

他失笑了：

"我有什么居心好呢？你教我吧。"

Simon 开始狂妄了，脚步轻浮地把屏风一拍，屏风后，有个女人的头半掩映地伸出来！一头长长的黑发，很年轻，很面善。哦，原来又是在发型屋的时装杂志上见过的模特儿。单玉莲愕然。

这是 May，模特儿大赛的落选者。她记起来了。

他家好似收容站，所有不得志的女人都来投靠。

May 望着单玉莲，歪着嘴角邪笑，向 Simon 道：

"Simon 你连良家妇女也干上了？吓死她了。放过她吧，积些阴德。"

说毕，妖娆地笑起来，带三分嘲弄。莫非她把一切都看在眼内？单玉莲只觉自己多此一举了。

男人笑了：

"你这淫妇也吃醋了，对不对？天地有阴阳，人分了男女。女人不给男人骑，难道给女人骑？你跟她来吧？"

那女人犹在笑，她比她放任，单玉莲浑身不安。

Simon 目光淫乱，对她道：

"为什么你要给我？都是前生注定，今生来还。我没有强奸，就算我强奸了你，强奸了嫦娥、织女、玉皇大帝的女儿，我也不怕折堕。哈哈！因为我经常助养保良局的孤儿，明日便去多加一名，积阴德！哈哈！"

惹得 May 很开心：

"Simon，你日行一善，好心有好报。保良局的家长中也有很多你这样的人吧？——Come on my dad！"

他开门，"放"她走。

"你很紧张吗？不要太'紧'啦。Relax！"

单玉莲来错了。她恨自己老土。竟败在这般的小女孩手中！

单玉莲像一团被扔掉的废纸般，下楼，离去。

武龙目送着她，不知发生了什么事。抬头，顶楼的某个窗口，有个男人半裸上身，探首望着她消失。目送她，良久，方才不见了。若有三分情意。

武龙马上认出他来了！

这双狗男女！

而那一天也来了。

元朗的古宅和祠堂中，忽地来了一支摄影队伍，由 Simon 领着他自信地改造过的一众佳丽出现了。她们踏足这朱红的大门，马上嗅到鸟粪的味道，也见到它们一小撮一小撮星罗棋布，青春少艾都觉得有趣而讨厌。不过她们只是来一天，每人扮演一个古人，明日又告脱阱，回复自由身。是以不知人间险恶。

佳丽们虽没有什么名分，均为落选者，但亦很势利地分了等级。落选港姐比落选亚姐高一级，落选亚姐又比落选新秀、未来偶像、环姐之类高一级。最没地位的，反而是其中一名得奖者，她是友谊小姐，最没"杀伤力"的才赢得友谊。故，大家不怎么放她在眼内了。

李萍自恃 Simon 待她不错，讨得他欢心，比较优越，不待众人发难，已先自挑选造型。May 又自恃青春，与她不大和洽。每个女人，都以为自己曾经买住男人的心，千般贴恋，万种牢笼，不外指望他垂青，然后排众而出吧。

大家同一条船上，也不好明刀明枪，于是大家便在笑语。只听得 May 在赞赏：

"李萍，你扮杨贵妃最合身了，唐朝的女人都比较珠圆玉润呀。"

李萍也回敬：

"你多高？五呎三有没有？不扮苏小小就太浪费了，来，我帮你！"

她们都在"十二妖孽"——杨贵妃、苏小小、妲己、西施、卓文君、赵飞燕、貂蝉、潘金莲、鱼玄机、武则天、红拂女、王昭君的戏衣中间逡巡。

忽然有人发觉：

"阿 Moon 还未到？她说自己开车来的呀。"

Moon 从未参加过任何选美活动，她的出身是天桥上的模特儿，高班马，正室的身份，自然瞧不上一众成分不好的竞艳者了。

"她是阿姐嘛！"

"嘿，阿姐又怎样？我们这里她最老，已经廿三岁了！"

女主人身份的单玉莲，本来地位超然地打点招呼，听得廿三岁已是最老的了，一怔。呀，青春的霸气！她觉得自己再也没有好日子了，她的廿三岁呢？

May 竟若无其事，向她甜甜地笑，咧着一只虎牙。故意问她：

"武太，那个阿婆有没有一百岁？"

太婆！

权威的太婆今天情绪异常激动，本村秩序一向良好，民风纯朴，今日，美好的氛围，竟被一群狐狸精来破坏了，一个一个，穿红着绿，油头粉面，还做出各种妖艳的言行，眉梢眼角，要多败德便多败德。

她在那边角落，用仇恨而又凄怆的眼光睨着这边，一壁在咒诅：

"你们这群狐狸精，走呀走呀，来完一个又一个，搅坏风水，神主牌也要落帘呀！"

几乎没拎出木屐来打小人。

同村的男丁，却因众"妖孽"之诱惑，都偷偷地窥望，取笑，面红耳赤。

单玉莲非常客套地答她：

"没有，九十九罢了。"

"哇！"这女孩尖叫，"比我们大四五倍有多！喂喂喂，你们看，好像还扎脚的，是出土文物呢！"

她身边的另一个女孩，便在私语：

"这样老还不死？日子怎样过？照我看，三十岁之前死就最好了。我还有大概九年，你呢？"

大家都招摇她们无价的青春。单玉莲念到自己也快要三十岁了。

不识时务的 May 便大声问：

"我二十了。你们谁比我小的举手！"

气得李萍面色一变。

单玉莲在这个危急关头，生怕人问她，只好溜掉。青春的世界，现代的社会，开放的社交，完全没有她立足之地。

溜得到哪儿呢？此处是她的"家"。即使住在外边，她的丈夫还是喝这儿的井水长大的，生为武家人，死为武家鬼。三十岁之前是最好的死期？——小女孩真势利！

才一转身，不意见到在那水井旁，武龙正跟一个女人在聊着。莫非她是阿桂？就是那个买了假身份证，来投靠武龙的灿妹？武汝大说"也许嫁给他算了"的那个阿桂？

她看来已经没有灿味了，烫了发，穿着窄得拥抱着双腿的牛仔裤，身材裹在窄 T 恤中，玲珑浮突。来得香港，可见也是有办法的江湖女。难怪死抓住武龙不放了。

一见这阿桂，怒从心上起，恶向胆边生的她，非常地不高兴。

双方未曾交谈过一言半语，已经不喜欢了。像是前生的夙怨，是吗？越来越不自在。

武龙见到她了。

他正想领她过来，单玉莲视若无睹旁若无人，转身就走，才不要见她。

（潘金莲听见桂姐来，把角门关闭，炼铁桶相似。才不要见她。

西门庆吃她激怒了几句话，回来便要用马鞭打潘金莲了。她被逼褪了衣服，地下跪着，只柔声大哭。

他无法可处，且不打她，却问她要一绺儿好头发，说要做网巾，她不虞其他，便由他齐臻臻剪下来，用纸包放在顺袋内。

谁知他竟用来回哄桂姐。桂姐走到背地里，把头发絮在鞋底下，每次踩踏，不在话下。金莲自此，着了些暗气，心中不快，恼得难以回转。头疼恶心，饮食不进。）

就是这个女人。

她又来跟她争夺所好了。

单玉莲但觉今天是末日。所有的冤家都济济一堂——走投无路，被人一手生生抓住了。

Simon 用力一扯，单玉莲又落到他手上去。

那个友谊小姐一手一套的戏衣，正在趑趄：

"Simon，阿 Moon 迟到呢，剩下这两套，我穿哪一套？"

摄影师问：

"要不要等齐人才试位？"

Simon 把单玉莲扯过来，不问她意向，已信手拈来戏衣：

"我有一个现成的，何必等她？"

先把一套放在她身上端详。再拎另外一套比划。亏那友谊小姐真是忍耐，给她什么也就接受什么。到底跻身这个"集团"是不容易的。堆埋堆得最后，便要忍让点。

单玉莲气恼了。

为什么要任凭他摆布？不肯就范，手一挥，拨开他。只推说：

"我不来！"

"Shut up！"

Simon 向她暴喝一声。

全场都静止了。

欺善怕恶的女人们，都是这样犯贱。他命令着助手，权威地道：

"给她化妆！"

"阿 Moon 若赶来了，怎办？"化妆师担心地问。

"谁是阿 Moon？"Simon 一脸寒霜，"从此没她的份！"

"化哪一个？"

"潘金莲。"

单玉莲听见这三个字，好奇地问："潘金莲是谁？"

"你不要理是谁，我叫你扮你便扮！"

单玉莲噤声。

开始上妆装身了。

先把脸搽得雪白，嘴儿抹得鲜红。然后戴上两个金灯笼坠子，贴着三个面花儿。

镜前，把头发梳理好，打了个盘鬂鬏髻，结成香云，周围小簪儿翠梅钿儿齐插，排草梳儿后押定型，斜戴一朵红花。

再给她穿上沉香色水帏罗对衿衫儿，短衬湘裙碾绢绫纱，五色挑线,裙边大红光素缎子。缠了一双假小脚,穿红绫高底金云头高鞋,上绣金丝玉簪宫折桂……

Simon 持着一杯好酒,增加灵感。一壁品尝,一壁惊艳。众人非常地诧异,看不尽女人的容貌,越来越像,越来越像。

款款而立,那小脚伶俐巧妙地袅娜而过,细步香尘。一回首,红馥馥朱唇,白腻腻粉脸,燕懒莺慵,风情万种。

镁光追随着她的一颦一笑一举一动,杏脸桃花,简直是金莲再世。

摄影师正向 Simon 示意,他的眼光独到。但 Simon 目无余子。

是她! 就是她!

淫心辄起,伺机攻其无备。

他随手拈起一柄道具扇。红骨、洒金、金钉川扇儿。身上带了药,撒在酒中,把杯子一荡,仰头把酒喝尽。

单玉莲风流地倚墙而立,由得 Simon 动手帮她整装。

也不是整装,而是一忽儿用扇柄儿撩弄她香腮,一忽儿把钮儿解了又扣,一忽儿"嚓"地打开了洒金扇面,道具上面书了一行字:"红云染就相思卦"。又"嚓"地合上。

他用扇儿拨过她的手。

她暗地里纤指便抓住扇柄儿。抓住它。柔力一扯。这小小的鹊桥,把二人引渡至一个没人到之处。

她尾随他。

二人俱如古人,便被绵绵花债所驱,来到"翰文阁"。

离开了临时布置的布景道具林,上了一所大楼梯,在祠堂的后进,有个阁楼,便是清朝以下,梦想荣登状元榜眼探花金榜上的书生,苦读之处。

当中悬了一个大匾,金字"翰文阁"。两旁对联只道:"忍一时,风平浪静";"退一步，海阔天空"——古老的书房和现代的监狱，都用作互勉之语。对联已因残旧，略有剥落。但因后人勤加揩拭，倒也窗明几净。

四壁是无以名之的颜色。当中放了花梨大理石大案，文房四宝俱全，倒是荒疏已久。紫檀木架，间以玉石及木雕摆设。古瓷花瓶，已无花影。朱红窗框，天天晒着太阳，有点褪色。座上还有个烛台，半残红烛，带泪静坐。一片昏沉，朝生暮死的味道。

这书房最宝贵的，便是它拥有的书了。

整齐地矗立在架上，一一以背相向。书脊上的名号，也就是书房的名气。

正大光明的文化遗产。经历千百年手泽，它们都目睹世道跌宕兴衰。

《论语》《尔雅》《诗经》《周礼》《礼仪疏》《说文解字》《春秋左传》十二卷、《古注十三经》《周易》《尚书要义》《毛诗训诂传》《史记》《韵镜》、唐诗、宋词、元曲、《通志堂经解》《旧雨楼汉石经残石记》一卷……

空寂无人。

只剩古老的书魂在呼吸着这败坏的空气。

男人和女人一进来，随即关上门栓。

一个是醉态颠狂，一个是情眸眷恋。二人便马上地搅作一团，翻来倒去，忍一时……怎么忍？

只是当单玉莲瞥到满架的线装书后，心中一凛。书，庄严如审判之公堂，阴冷肃穆。书就是一众智者，众目睽睽，旁观她白昼宣淫，千古第一淫妇。

但她来不及抗拒了。

因一番纠缠，玉体掩映在古人的衣衫中间，看得到一点，看不到一点。

Simon 只觉欢娱最大的刺激是"偷"。当下把裤链子一拉开，把她的头扯按下去，他命令：

"你替我呃！"

她跪下来，慌乱中仰首看他，他像一家之主地高高在上，她一定要问：

"她们也肯呃么？"

他用力地按她。单玉莲不来，一定要他答：

"你不要找她们了！只要我一个？"

"好。只要你一个。"

"你发誓？"

"哈！"他笑起来，"男人发誓你便信了么？"

不容分辩，他塞进她口里去。她惟有把舌头伸出来。幽怨地……

他很受用，一壁还在得意：

"对了，就这样——与你那武先生有干此事么？"

她除了摇头，只有摇头。屈服于他淫威之下。

她是欲的奴。他是治奴的药。

她肯为他做任何不堪的事。此一刻，她只盼望天长地久。

古代的女人，为了牢笼汉子之心，使他不往别人房里去，也千方百计。用柳木一块，刻自己和他的形象，书着二人生时八字，用七七四十九根红线扎在一处，上用红纱一片，蒙住男像眼，使他只见她的娇艳。用艾塞其心，使他只爱她。用针钉其手，他就不敢动力打她了。还有，用胶粘其足，不再胡行他处。做妥一切，暗暗埋在睡的枕头内。又再朱砂书符一道，烧火灰，搅在艳茶里，哄他吃了，晚夕共枕，鱼水同欢——天长地久，真是费尽苦心。

然而怎拴系得住浪荡子？他们总是觉得"船多不碍港，车多不碍路"。信誓旦旦，到头来都是空言。只在要你的一刻，格外施展，比较用功。

他只顾将她两股轻开，一手提起一足，一手兜起腰肢，极力捉着，徐徐插入，垂首观看重衣掩映下，自己出入之势，不知人间何世。她在他身下，只按捺住，不敢发出任何声音，因这哑忍，便咬着唇，甜蜜而苦楚的滋味。她只张开一线的眼神，看着这个男人。不知不觉，非常地感动而软弱。

她的眼泪流下来。

她含糊地道：

"——我今日——要死在你手里了——"

她的头痛苦地两边摆动。

就在此刻，望向窗前，对面的窗，正正有个人影。一惊——

那是无意中走过的武龙。神推鬼恐，他也在此刻，望向窗前，竟正正地见到二人，激烈而赶急的奸情。那么忙逼，生怕被揭发。终于他见到了！

想不到是真的！

武龙炉火中烧，狠狠地看着这过程，紧握拳头，奋力击打在硬墙上。

单玉莲心头一快。

他见到了！

她发现他其实是痛苦的。当下，自己的痛苦化作欢娱，在这"翰文阁"，她剧烈地扭动，双手乱抓，把烟黄而又珍贵的线装书，古代的瑰宝，子曰诗云，全抓落一地，书页散乱。她又进入一个荒淫的世纪，变得委婉地放荡，痛苦地快乐。她报复地，做给他看！

继续。不要停！

她要他恨她。

你不爱我，恨我也是好的。恨也需要动用感情！

不料，她见到窗外有另外一个人影。

如不合情理的记忆，回来了。她在动荡之中，看见那个人影——他是西门大官人。

他自狮子楼下堕。

缓缓地、缓缓地下堕，至街心。

血花四溅。

架上的书也散乱了。

缓缓地、缓缓地披了她一头一脸一身。

一页一页，上面都刻着："淫妇"、"达达"、"淫妇"、"达达"……一切都是浮游昏晕的感觉。

但她意识到——他死了！

她凄厉地喊：

"你不要死！"

她拼尽全身力气推开他。他牛吼似的一声，喷得她湘裙都湿濡了。他喘息：

"你干什么？死就死啦！"

"我怕死！"

"哈哈！" Simon 狂笑，"牡丹花下死，做鬼也风流！"

她只觉心惊肉跳！十分不祥。

Simon 见她脸上阴晴不定，只管整理好衣装。自己也静下来，无端地有点悲凉。

"我不怕死，我怕老。好日子不长，飕一声又飞去了，一个人老了，就会后悔怎么没有把握。你怕老吗？"

像一张网，忽地把因果牢牢缠着。要把握并不长久的好日子！过去了，如何追得回呢？不管是否得到，起码追过呀。

单玉莲催促他离去。让一切匆匆还原。

他抬头望着她：

"不知为什么，我有时挂念着你。"

门就在此时被踢开了。

武龙自那边屋子，终于忍不住，赶过来，破门而入。但见二人已然分开，像什么也没发生过。

Simon乘机脱身：

"得了得了，就可以拍啦，不用催得那么紧急。"

又向单玉莲叮嘱：

"就照刚才教你的姿势拍照好了。装了身便快点埋位。"

他施施然地，一手轻轻推开武龙，大模大样出门去。

武龙揪着他的衣领，怒目而视。正待发作。Simon不慌不忙地拨过他的手。濒行，在他耳畔道：

"怎么气成这个样子？你是她条'仔'么？一看就知了。"

然后他很体己地补充：

"你也不想害死她吧？她肯的，你问她去。你情我愿。好了，Enjoy yourself！"

武龙惟有把重拳收回，为了她。事情闹大了，她怎么办？真会害死她。

待他一走，武龙走近单玉莲跟前。

他的拳头依然紧握着，因为妒火，满脸通红，内心激动，鼻翼张得很大，也很急促。他咬牙切齿地骂她：

"原来你那么贱！"

单玉莲的目光没与他接触，只道：

"我——好像控制不到自己——"

"你自己贱，用不着找借口！"

她听得他两次骂自己"贱"，猛一抬头，终于她真正地面对他了——他妒忌了！愤怒的眼神如一头兀鹰，又像受伤的雄狮。他"肯"妒忌了，此刻，她觉得他特别英俊，这才像一个男子汉。她自虐地，竟希望他对她暴力一点，即使自己的本质不好，贱，但总是身不由己的。她要他救她。

　　她整个的心神，突然地，被他一双怒火乱焚的黑色的双眸吸收进去了，难以自拔。如果她更堕落些，他就更着紧些吧。

　　她勇敢地说：

　　"我是为了你！"

　　他一点都不领情，只盘诘：

　　"你喜欢那男人？"

　　她望着他，故意道：

　　"是！"

　　冷不提防，武龙咬着牙，用力地，打了她一记耳光。单玉莲痛得眼前金星乱冒，他的影子模糊。

　　武龙怒道：

　　"我看不起你！"

　　单玉莲抚着脸上的五个指印，她的红唇抖颤着，新仇旧恨汹涌上心头。她的神态开始凄厉，有一种嗜血的冲动。嘴角挂着血丝，那腥甜的味道……为什么她半生里要遭人白眼？人人给她白眼，那不要紧，但她最渴望给她青眼的这个男人，也看不起她。

　　她什么都不管，反手便还他一记耳光，再一记，再一记。出手十分地重——像报复。很久很久之前，他也在批斗大会众目睽睽底下，这样地打过她。在她掌掴他的同时，她的心无法抑止地疼。血和汗在她脸上融成一种绝望的颜色。

　　她怒道：

“我也看不起你！”

她一边流着泪，一边把她心底的怨恨都发泄了：

“如果你有种，你早就和我一起走。你有没有这样想过？凭良心呀，你没胆！你只是像只缩头乌龟！”

武龙道：

“走？到哪儿？你以为到处有革命胜地吗？戏可以这样做，人不能这样的。成世流流长，饿死未天光！”

单玉莲凄怆地，心疼如绞：

“我有说过跟你一世吗？以后是以后，我不相信那么长远的东西。做一日和尚撞一日钟，以后各行各路，也没法子，我又怨得了谁？——不过，你连动也不敢动！”

她歇斯底里地，不容他插嘴：

“你没胆，于是扮伟大。每次都有冠冕堂皇的借口，每次都有！我的命不好，本分的东西都成奢望。但起码我敢爱敢恨，你呢？我看不起你！”

武龙见自己种种牺牲，只换来这样的羞辱，他不是不含冤莫白的。他只好转身出去，难道要跟失去理智的旧爱解释么？大丈夫，做了就得认了。怎可拖泥带水。

单玉莲只掷来一句话：

“你要另娶吗？我跟另一个好给你看！”

武龙不肯回过身来，他也抛下一句话：

“如果你再跟他有路，对不起我大哥，我就杀了你！”

单玉莲哈哈大笑：

“你杀我吧！如果你憎恨我就杀我吧，用不着借了大哥的名堂来办事！”

武龙悻悻然地走了。

他也不打算揭发她。宁教人打仔，莫教人分妻。如果武汝大根本不知情，庸人是幸福的，何必戳破他的好梦？

单玉莲但见人去楼空。这"翰文阁"寂寥空旷。她坐下来，任性地哭一场。好，你去娶另一个女人吧。你看不起我，我就长命百岁，看看你们凭什么缘分可以白头偕老——我不相信你们可以！

她梦断魂萦，半生已过，不如意事常八九，可与人言无二三。

孤寂地，跌坐在一个陌生的书房中，一切都是散乱的书。

她从未见过这么多的文字和学问。

咦？

在方正严谨的经史子集后头，原来偷偷地藏着《金瓶梅》。

它"藏"身在它们之后，散发着不属于书香的，女人的香——古往今来，诗礼传家，一定有不少道貌岸然的读书人，夜半燃起红烛，偷偷地翻过它吧。到了白天，它又给藏起来了，它见不得光。它是淫书。

如今因着这一番的风月，它宛如出岫的云。书页被掀得多，纸张昏黄，残线已断，一页一页的，四面八方，溃不成军。

《金瓶梅》是明历丁巳年的本子。兰陵笑笑生所作。这本子，由一群一群起棱起角的方块木刻字体组成。字很深奥，单玉莲看不懂。只是，一定有什么东西激荡地流过纸面。

她的脑袋忽地空洞洞的，好似用来盛载一些意外。

她听到好多声音：悲凉的琵琶和筝，弹奏起来。娇娆的女人唱着小曲。渺远的木鱼。更漏。滴答地。房檐上铁马儿动了。是他人来了。门环儿也叩响。银灯高点新剔。不，是风起雪落，冰花片片的微声。心上戳了几把刀子。声音混作一堆。

妙年妇女，红灯里独坐，翡翠衾寒芙蓉帐冷。她也一无所有，她在字里行间，微微地笑着，伸手相牵。

单玉莲有种骨血连心的感动，她把自己的手交给她，如同做梦一般，坐了过去。拈起纸来，是渺茫的一个故事。

火花在心中一闪，照亮某些隐秘的角落。她开始看清楚——

《金瓶梅》？

八岁的时候，她就见过了。不过还没走近，红卫兵们一手毁掉了。那书被火舌一卷，瞬即化为灰烬，从此下落不明。

她一直都没见过它。

她以为它不会再来了。

但它出现了。

一个赫赫盛世中，某个女人的半生惆怅，让她知道了。

她被驱使去看自己的故事⋯⋯

武汝大得悉今天 Simon 率领群莺来拍照，一关了店门，便拎了几大盒新鲜出炉的老婆饼，自"馨香"赶回老家了。

进了祠堂，方知节日似的热闹。除了他大婚那回，就数这次是盛况。

那么多女人，姹紫嫣红开遍，荡漾一村好颜色。水银灯打在回廊上、楹柱旁、女人身上，美丽动人。目不暇给。

武汝大看傻了眼。

一见 Simon，便亲切招呼：

"我老婆招呼得周到么？"

他恭维道：

"太好了。没话说。"

"嘻嘻。"武汝大很高兴家有贤妻。所以他觉得一众美女不正派。他笑：

"好好的一个女人，好人好姐，为什么要扮得像妖孽？"

Simon 笑：

"都是历史上的名女人呢。"

武汝大小眼珠一转，道：

"给你这般多的名女人，你应付得了吗？你掂吗？"

Simon 只是饶有深意地一笑。不语。

"掂？"

"搅不掂，不如别做男人了。"

武汝大别有心事。

"喂，老婆那么正，你好艳福啦。"Simon 戏弄他。

"是呀是呀。"武汝大只得如此答，"不过——"

Simon 见他欲言又止，便微笑地套他的难题：

"大家一场老友，你怎么说？"

"不是不掂。"武汝大道，"不过间中不太受控制。我们一场老友才说呀，她真是很攞命的。"说完便四下一看，不让风声泄漏。

Simon 念着，就算是"造福人群"吧，会心地俯首在他耳畔：

"一会儿散 band 了，你跟我来车上，我送你一点礼物。"

武汝大恍然，色喜。引为知己：

"哦，好呀好呀！"

果然，Simon 在美女卸妆、外景收队之后，在他车上取过一包东西给武汝大。

武汝大神秘而又喜悦地接过了。

Simon 跟他笑道：

"这是'国宝'，日本一个和尚给我的。你知道么？有牛黄、人参、蛤蚧、蝮蛇，还有淫羊藿。"

听得一个"淫"字，武汝大非常感激。

"运了到日本，改名'活力 M'，才再外流。"Simon 叮嘱，"不可以吃柿、羊肉、汽水。睡前服。如不信，拌饭给猫吃，劲得猫嚙也怕了它。"

说毕朝他一眨眼睛，便见武龙领同一个女人也正出门来。

他看武汝大：

"不怕他见到？"

武汝大见是兄弟，便道：

"不怕，他是我亲信。"

Simon耸耸肩，天下无一处是净土。这村野风气也很开放呀，原来大家都是"襟兄弟"！当下又朝武龙一眨眼睛，驾车去了。

武龙早看他是对头，又见他交了一包东西给武汝大。他看来非常地感激，一言不发把东西收好，目光流露谢意，像目送一位恩同再造的莫逆之交离去。几乎没鞠一个躬。武龙半怒半疑。

武汝大只一送客，便问其他人：

"喂，我老婆呢？"

武龙也是送客，阿桂来了香港几个月，今天央着来看热闹。元朗的同村亲友，约莫也知道这个人，当初是武龙在汕头的旧相识，此番使点法子，辗转来了香港，目迷五色。她对他亦有几分投靠，正直的一表人才，人虽穷，不过也肯垫了一万元给她买个假身份证，心下便多方笼络，以博取他及四下人们的好感。

看了一天，十分惬意，武龙送她离开——如无意外，也是有发展之可能。

武汝大见无人知悉单玉莲身在何方，好生奇怪，便追问：

"阿龙，我老婆呢？"

他只好告诉他：

"在书房。"

武汝大见阿桂走后，怪责他：

"请人吃顿饭嘛，死牛一边颈！"

然后得意洋洋，步履欢快地寻妻去了。

轻轻推开书房的门，只见单玉莲坐在地上，一手叠好散乱的书册，刚聚精会神看至开篇："……那妇人笑将起来，说道：'官人休要啰苏。你有心，奴亦有意。你真个勾搭我？'西门庆便双膝跪下道：'娘子，作成小人则个！'那妇人便把西门庆搂将起来。当下两个就在王婆房里脱衣解带，共枕同欢。一个朱唇紧贴，一个粉脸斜偎。罗袜高挑，肩膊上露两弯新月；金钗斜坠，枕头边堆一朵乌云。誓海盟山，搏弄得千般旖旎；羞云怯雨，揉搓得万种妖娆……"

武汝大一手抢过，会心微笑：

"哦，看淫书！"

她正看到着紧处，便被他破坏了：

"嘻，《金瓶梅》，阿爷及阿爹都不准我们看的呀。越不准，越是要偷看，不过字很深，咸得来又不明，大家都费事查字典。终于没心机看。"

单玉莲用渴望的眼神望着他：

"故事说的什么？"

"唉，好老土的。"武汝大给娇妻从头说起了，"说一个很姣的女人，嫁了给一个很矮的男人，后来联同一个很咸的男人，毒死了他。谁知那个很矮的男人，有个兄弟，是一个好劲的男人，杀了那对奸夫淫妇——故事便是这样了。"

单玉莲一听，只觉闷不可当。忽见武汝大手上的纸张，有"淫妇"二字，一怔。便道：

"你说得一点也不好听，我自己看！"

武汝大忙收藏在身后：

"不！"

"给我！"

他其实很开心。但游戏一番——小孩子才有这般玩法吧：

"乖乖的，先吃饭再看。太婆会骂的。乖！"

单玉莲不依：

"先给我！"

武汝大焉敢不从，只念：

"哗，发达啦，今晚一定很浪漫了。"

又淫书，又春药，他的好日子来了。

单玉莲后来在书房待了一阵才走。

一家团团围坐吃晚饭，挨过坐立不安光景，二人便留在武汝大丁屋过一夜。

"睡吧。"

武汝大催她。催了又催：

"睡吧，老婆。不要看书啦，又不是要考试。你随便挑几页正的看就算了。"

过了一阵，她还不来。他再催：

"老婆！老婆！灯光很刺眼呀，关灯明天才看吧？"

"那我出厅看！"单玉莲不知如何，一定要得知来龙去脉似的。

武汝大爬起来，扯住她。她被回目吸引，一手拨开这痴心的男人。

他只涎着脸，谄媚地道：

"老婆，给我倒杯水？"

单玉莲拨开他乱摸的手，一跃而起：

"讨厌！我只肯倒杯水给你，其他不要想！"

武汝大心中一荡，暗思暗笑：

"一会儿非大振夫纲大展鸿图不可。"

单玉莲一拎暖水壶，没开水。雪柜中也没冰水，只有"可乐"和"七喜"，便倒了一杯"七喜"，回房递与他。

武汝大胸有成竹地向着她演说：

"你今晚不可以推我，说什么很累呀、头疼呀、不方便呀、想睡觉呀……总之不可以推。我要据一次给你看。这是'活力 M'，知道吗？'活力 M'——是 Simon 送给我的国宝！"

说毕，把紫色的小丸，一把塞进口中，大口地喝水，一冲顺喉而下。喝过之后，方表情古怪地问：

"汽水？"

单玉莲气他胡言，便把剩余的"七喜"，也灌喂他喝下，然后白眼相加：

"谁高兴侍候你？别诸多作态。"

武汝大急了：

"就快了，我起了就唤你。"

她用力把杯子搁在床头。迳自出到厅中，继续看书去。因为她刚见的回目是："淫妇药鸩武大郎"。

白纸黑字是这样写道：

"……那妇人将那药抖在盏子里，把头上银簪儿只一搅，调得匀了，左手扶起武大，右手便把药来灌。武大呷了一口，说道：'大嫂，这药好难吃！'妇人道：'只要他医治病好，管什么难吃易吃！'武大再呷第二口时，被这婆娘就势一灌，一盏药都灌下喉咙去了。武大哎了一声，说道：'大嫂，吃下这药去，肚里倒痛起来。苦呀！苦呀！倒当不得了！'这妇人便去脚后扯过两床被来，没头没脸只顾盖。怕他挣扎，便跳上床来，骑在武大身上，把手紧紧地按住被角，哪里肯放些松宽。正似油煎肺腑，火燎肝肠。心窝里如雪刃相侵，满腹中似钢刀乱搅……"

"哎——"

单玉莲正看到此处，忽闻武汝大痛苦怪叫。她一惊，呻吟与白纸黑字重叠着。她弹跳起来，下意识地瞪着自己的手，手上的书。四下大大变样，脑海中有一个诡异而又不肯相信的念头翻腾着。

武汝大无休止地怪叫：

"哎——"

就像一个将要打开的哑谜，一个恶毒的咒语，解放群魔的已撕裂一角的符。

她浑身哆嗦，不知所措。

黑夜变得狰狞，她的疑惧扩张，接近吞噬了整个人。

啪啪啪地，各间屋子的灯火通明，所有家人飞奔而至。

这真相越来越清晰，她越来越不愿意面对。不祥的事件，将会陆续发生么？

——这真是她的末日？

一切都与死亡挂了钩。不，她不想死！

然而，这里面有什么奥妙呢？可不可以逃避呢？

武龙冲进来，忙问：

"什么事？"

武汝大在地上痛苦打滚，浑身冰冷，牙关紧咬，喉管枯干，双手掩住下腹，只断续地道："我——中毒呀，死了死了——是'活力M'呀——阿龙，Simon给我——的药——呀！哎——汽水——"

那批村妇马上张罗急救，一个姐姐灌他冷水，一个姐姐搓之撼之，有两个，便以万金油白花油乱涂。慈母以为他中邪，还奋力捏他中指，加速他的昏迷。

单玉莲站在一旁，手足抖颤。武汝大的娘亲一壁狂喊："仔呀仔呀！"一壁用常人想象不到的仇恨目光来刺杀这不祥的美得过分的新媳妇："一定都是你害死他！汝大他以前冬天冲冻水凉也没事的。现在亏成这样，呜呜呜！"

她的大姑奶一见杯中是"七喜"，便过来扯她头发，乘势发难："你还给他喝汽水？"

武汝大在混乱当中，闭气瞑目，全无反应——他死了！

"你赔一个仔给我！赔一个仔给我！"

武龙一跃而起，狂打了单玉莲两记耳光，怒骂：

"你与Simon合谋？我去找你奸夫算账！"

单玉莲抓着那书，百口莫辩：

"不是呀，我没有呀，你们信我啦！"

举家一齐痛哭，几代单传的武汝大，成箩神主牌都倚靠他，还没添上一儿半女，便呜呼哀哉，魂归天国去了。

哭声把半失聪的太婆也吵醒了，迈着小脚碎步入来丁屋，被威猛的武龙一撞，四脚朝天，几乎也魂归天国。

单玉莲追出来。

一到门外，黑夜如银幕，豁然大开，她见到了——

她不由自主地略一止步。

寒夜，树梢有飒飒风声，如湘裙悉索。气氛近乎恐怖，片段却阴险地潜入她的心底。

她的记忆回来了。她的前世，一直期待她明白，到处地找她，历尽了千年的焦虑，终于找到她了，她是它的主人。它很庆幸，等了那么久，经了土埋火葬，它还是辗转流传着，她没有把它荒弃在深山村野。她见到它，两个灵魂重逢了，合在一起。她的命书。

这四个男人——

张大户。

武大。

武松。

西门庆。

她恍然大悟。是的，今生她又遇上了。谁是谁？为什么？若不是一种夙世的因缘，又怎会——互相纠缠着？无论如何地逃避，都迫不得已走到一处。

她甚至可以预知将会发生什么事。因为这些都曾经发生过。

她想：武龙必撞上狮子楼，逮着西门庆，拳打脚踢，一意寻仇，以祭武大遭毒害之灵。终而把他送往窗外，坠楼惨死。好了，然后回归，一手揪了自己，一边道："哥，你阴魂不远，今日武二与你报仇雪恨。"便揪她头发，快刀直插入心窝，一剜，剜了个血窟窿，鲜血直冒，他必把自己胸脯剖开，扯出心肝五脏，供在灵前，血淋淋的，又在后方一刀，割下头来……

她全部都记得了。

如今武大死了，若西门庆死了，下一个必轮到自己。自己来世上一趟，所为何事？——对了，是为了"报仇"。报仇呀！不让他再杀她一次，她要杀他，才遂心愿。自己蒙冤受屈，近一百万字的故事，到了结局，竟是一首诗："闲阅遗书思惘然，谁知天道有循环！可怜金莲遭恶报，遗臭千年作话传！"

可怜金莲遭恶报？

不！

不不不！她不要赢得世人可怜，她也不要遭恶报。今生，她是单玉莲，一个经历过波折，练就了心志，可以保护自己的女人。她是一个现代人，怎可让悲剧重现？

及时制止，把命运全盘扭转。

不是我亡，而是你死！

"报仇"二字，忽地金光灿灿，成为她照路的强灯。她追出去。

狂喊：

"阿龙！你不要去杀他！"

——制止他杀他，把故事切断，就在这里中止吧。只要 Simon 不死，她就可以不必死。若他死了呢……

　　她没工夫想下去了。

　　武龙截了一辆的士，如箭在弦，绝尘而去。

　　单玉莲即回头开了自己的红车，也尾随不舍。她要比他快，通知 Simon，他的克星来了！她急抄小路，直铲下坡。

　　在幽冥之中求生。

　　她认定这是她惟一生路。因为，武大死了——

　　元朗，夜色昏暗，像提早举行了丧礼，丁屋内一片愁云惨雾。武汝大的娘亲和六位姐姐，加上太婆，这阴盛阳衰的小天地，如今连惟一的男丁也不在了。一众女人心乱如麻心如刀割，哭得稀里花啦，涕泗交流。

　　有人拨了"九九九"，十字车马上驶来了。

　　两个白衣白裤的人，扛着担架下车，见惯生死，只木然地问：

　　"哪一个？什么时候？什么原因？谁最先发现？他有没有病？……"

　　正问着，忽闻一声长叹，是很难听的，没礼貌的长叹。

　　像急饮了一瓶汽水之后，"嗳——"的吁气声。猪叫一般。

　　周遭变得一片死寂，大家被这声音吓呆了。

　　闭气瞑目的武汝大幽幽叹口气，便醒转过来。

　　不醒犹自可，一醒之下，登时药性大发，那躲在裤裆里的东西，暴怒起来，露棱跳脑，凸眼圆睁，横筋暗见，色若紫肝，约有六七寸长，比寻常粗大一倍有多。热不可耐。

　　他还不知自己刚才死了一阵。春情勃发，不可收拾。眼中看不清四下皆是人，只一直喊着：

　　"老婆！老婆！我起了，快来！"

一如电影跳接至下一组镜头。

太婆眼见如此羞家，便转面挥手，骂：

"啋！啋！啋！"

待得武汝大完全清醒了，方见一屋子都是人影绰绰，红肿着眼，一众面面相觑，哭笑不得。

武汝大惟有弓起肥胖的身子，尴尬地笑：

"很夜了，大家早抖吧。"

呀，竟还有两个目瞪口呆的陌生白衣人？

他很无辜地，一直弓着身。

根本不知道，他是好心人，好人有好报。命不该绝，死里逃生，鬼门关一转，从此功力大增，英雄到处找寻用武之地。只追问：

"我老婆呢？"

单玉莲也根本不知道，冥冥中今生的情节急转直下，悲剧竟变成荒谬的喜剧。武汝大没有死，那么下一个死的会是谁？

武龙像一头蛮牛似的，来到这他永远不能忘记的地方。那儿是奸夫淫妇幽会的阳台，他认得——他还半裸上身，在窗口目送过她离去。

如今这二人竟还合谋，把她丈夫谋杀，好明目张胆地寻欢。

像他大哥一生忠直，把钱和人都毫无保留地交予她，讨她欢心。爱她，换来这样的下场！她一定也提出过离婚，他一定不肯，所以二人才干出这勾当。要不在如此文明先进的社会，怎的牵涉到生死大关？

自己又为什么来呢？他已丧失理智了。这是愚蠢的行径，不知从何而来的力量，驱使他在半疯狂状态下，与这对头人算账。

——是借口吗？

其实是为了自己吗？

武龙眼里闪烁着无以名之的怒火，只有孤注一掷的赌徒，才可以如此地愤怒。他仿佛听见自己的心狂跳，蓄锐待发。

一闯进门，二话不说，即与那不知就里的 Simon 恶斗。

他失去常性地对付他：

"你以为这样就可以得到她吗？有我在的一天，你不用妄想！杀人要填命！我要为大哥报仇！"

纠缠间，把屋子里的屏风家具都推撞，那个百子柜，应声倒塌，一格一格，盛载东方的春药、淫器，膏丹丸散油，来自中国、日本、印度……的，正人君子圣贤们"不可说"的淫乐之源，五色纷纭，都如天女散花，迎头而下。

武龙恨透了这个淫魔！

（武松撞到楼上，把那被包打开一抖，拔出尖刀。西门庆吃了一惊，叫道："哎呀！"便跳起在凳子上去，一只脚跨上窗槛，要寻走路。说时迟那时快，武松却用力略按一按，托地已跳在桌子上，把些盖碟儿都踢下来。西门庆见来得凶了，便把手虚指一指，早飞起右脚来。武龙只顾奔前，见他脚起，略闪一闪，恰好被踢中右手，那口刀踢将起来，直落下街心里去。

西门庆见踢去了刀，心里便不怕他，左手虚照一照，右手一拳，照着武松心窝里打来，却被武松略躲个过。就势里从胁下钻入来。）

单玉莲的车子，左边车头灯已经撞毁，便是刚才直铲下坡时，一时煞掣不住。但又无法检视，只颠簸着，也急驰至此。

镰形的新月正放出奇特的光，如一把弯刀。冷伺着停下来的机器。

寂静主宰了这个城市的某一角落。

她车子停下来，有点惊诧这意外的如死般的凄寂，好似希望和光明都灭绝了。乌云已蹑足过来，把新月一手捏碎吞噬。

是迟了？抑或还早？

心肠肺腑都化成气体，随鼻息呼噜而出。只有一只无知的置身世外的由甲，在黑暗中，视若无睹地爬过去，指爪似乎有嘶嘶微响，格外分明。她连自己眨眼的声音也听得见呢。

前景如一团黑雾。

她也得面对。

便开了车门，伸脚出去，探首外望，人在街中心。

——突然地，电光石火地，一声惨叫自高空如旱天雷般轰响。一个可怖的人影，在楼上急剧地坠落，霹雳一下，撞在她车顶，顺势落在地面上。车子和人一齐震栗。

她眼前有千百颗火星闪着夺命的光芒。迟了！迟了！她凄厉地喊："你不要死！"

如同得病似的发冷发抖，半窒息地见到那倒在血泊中的Simon。

她的命运重复了？

在这急难关头，她惊惧得马上要上车逃生，不想地上这物体绊着她。顾不得一夜夫妻百夜恩了，她只知飞奔上车。用剧烈抖颤的手开动机器。

武龙此时也飞奔下楼了。

一见单玉莲，即大声叫住。

车门关上，她半句也听不见，只埋首软盘上，拼命求生。她的"大限"到了。

车子只变得桀骜不驯，又不停咳嗽，单玉莲惶急得很。他来了！他走近了！

——终于开动了。

武龙在车子急驶之际，强横地拦截，伸张两手，攀上车头。

他目露精光。二人恐怖地，隔着一道透视的玻璃对望着，他只在拍打叫喊……

他不肯走。

单玉莲什么也不管，用力一踩油门，车子全速前进——她也不知道要到什么地方去，只知要脱离眼前凶手的魔掌。

武龙一直紧攀着车头。

一个急转，欲把他抛跌。他一时失手，正待倒地，明知车子会得辗过，武龙一手抓着车门。太快了，乱闯的车子闪进一条窄巷，失去控制。车身一侧，武龙被夹在石墙和车子中间，"吱——呀——"的一声响，人成了肉酱……

车子不知不觉，把武龙挟带着，便在石墙上拖过，肌肉筋骨嘎嘎地一塌胡涂。

终于在墙上划了一道很粗的血痕。

因在黑夜，这血痕颜色更加深沉。

单玉莲只道车子前进得甚艰涩，往外一瞧，登时魂摇魄荡——

一边哭喊，一边使尽蛮力，死命把武龙给拖出来。血污染了一身，头发散乱，形同疯妇。

是这可怕的铁铸的怪物把他播弄成这样子么？本来好好的一个人，像遭千军万马踩踏过，白腻腻的膏状的物体，断指断肢，血腥，"呼"一下扑面袭来，味道奇诡，渐成尸臭。她想伸手去遮挡一下。

她咬紧牙关，发狂地想把他砌回原形。

她想撕扯车子，想咬人。

心疼得四分五裂。

这就是她心中的男人么？这个世界偏生容不下他了——如何开始，如何动手，先搬抬哪一部分？

他几乎已是肉酱。

她抱着他，不敢用力，只是肝肠寸断地哭喊。他曾像个巨人一样，遮天蔽日地立在她面前。

她无意识地唤他：

"阿龙！阿龙！阿龙！"

他听见了。知道自己快要死了，心魂已经远飏至一个遥远的地方去。不，一定得费力把自己招回来。那么接近——他在她怀抱之中。她的气息，她的眼泪，避无可避。

他从来都没这般地快乐过。是一种奇特的快乐。耳朵嗡嗡地响，听着她唤他：

"阿龙！阿龙！阿龙！"

他想把手伸出来，但已找不到自己的手了。在某一个夜里，他竟然这样地死去了？这是一个万丈深渊，他站在危殆的边缘上，正向后退却，一不小心，他就说不出心里的话来。

忽然，天地澄明起来。

他前所未有地爱着她。断续地，用尽全身每一分力量，勇敢地向她说出来：

"——我是——真心地——喜欢你！如果——可以从头——"

单玉莲听了，只觉这话自她一边的耳朵，穿过她的脑袋，又自另一边耳朵冲走了，抓不住了。像一颗子弹，她中弹了，脑袋蓦地爆裂，血肉模糊。

她在黄泉路，孟婆亭，讲过什么？她自己讲过什么？——

"我要报仇！"

单玉莲霍然而起，狂呼：

"我不要报仇！你别死！我要救活你！从头来过！"

她奋力把这堆尚存一息的血肉，塞进车厢中。二人一身狼藉，车子只向医院飞驰。

心爱的男人！

单玉莲但觉她惟一心愿，是救他。

只要他活着，什么也不计较，只要他活着！

人车又匆促地上路。车头灯已经坏了，车子也溃不成军，但她勉强地开动。香港那么热闹，何以此刻阒无人声？是人人都躲着，不愿意牵涉他人的恩怨爱恨之中么？

一片黑。不见天，不见地，不见人。

单玉莲只在车头的玻璃上，见到自己焦灼的颓败的影儿。

她的影儿。

她也曾有过无忧无虑的天真美好的日子呀。一切都懵懂，笑得很纯，很甜，很清秀。十四岁？还是十五岁？被卖在张大户家，不通人事，只与另一个女孩同时进门，在家学习弹唱，一个学琵琶，一个学筝，白白净净的两个女娃儿。大人调教着，唱些前人写就的词儿，似是而非，轻张檀口，艳艳的小红唇儿，人家的惆怅，还带着孩子气。呀，头一个会唱的小曲儿，唤作"折桂令"呢：

"我见他戴花枝，笑捻花枝。朱唇上，不抹胭脂，似抹胭脂。逐日相逢，似有情儿，未见情儿。欲见许，何曾见许？似推辞，未是推辞。约在何时，会在何时？不相逢，他又相思，既相逢，我反相思。"

那时，她连一个男人也未曾有过——那真是一段天真美好的日子呀！

为什么她要长大？

为什么她要遇上他们呢？

做人真是难！

她在车厢中，凄楚地向着黑沉沉的天地惨呼：

"我什么都不要记得！你们放过我！"

车厢中忽起一阵阴凉的风，不知原由，风乍起，车上那《金瓶梅》，一页一页一页，开始漫舞纷飞。

一页、一页、一页……

"自幼生得有些颜色。"

"大户每要收她。"

"不要武大一文钱。"

"打扮油样，沾风惹草。"

"叔叔万福。"

"我与你拨火，只要一似火盆来热。"

"不识羞耻。"

"风风流流，从帘子下丢与奴个眼色儿。"

"乐极情浓无限趣。"

"见了武大咬牙切齿七窍流血。"

"淫妇药鸩。"

"常言妇女心痴，惟有情人意不周。"

"就是那个妙人与他的扇子。"

"琉璃钟，琥珀浓，小槽酒滴珍珠红。"

"枕上言犹在，于今恩爱沦。房中人不见，无语自消魂。"

"他知妇人第一好品萧。"

"妇人眼里火极多。"

"误了我青春年少。"

"实指望买住汉子心。"

"淫妇！我丢与你罢。"

"达达！你不知使了什么行子，进去又罢了，可怜见饶了吧。"

"又见武松旧心不改。"

"这段因缘，还落在他家手里。"

……

……

……

　　……

　　这些木刻的字，一如古代的符语，越舞越乱，一页一页，封悬在四周的玻璃上。

　　看不见前景。

　　单玉莲被前生的记忆苦苦缠着，无法摆脱。它们似女人的指爪，要抓住她！

　　她伸手出来，左右上下地狂拨开去，不要，不要，不要！

　　"我什么都不要记得！"

　　车子轰然一撞，眼前一黑。

　　她被抛出来，滚撞至不知什么地方去，书又被一把烈火，焚毁了。那男人，末了死在她手上。

　　以后发生的事，单玉莲完全不知道。

　　她的故事完了。

　　但其他人的故事还在继续着。

　　是这样的。原来是这样的。

　　假如没有因果报应的话，便只是一些过程和片段。世上没有惊天动地的大事，有的只是民生小节。

　　武汝大没有死，他的体能竟变得很强劲。

　　Simon 没有死，他半身不遂，再也不能人道，享受不到人生最大的欢娱。

　　武龙死了，他是死于意外。

　　——假如大家相信因果报应呢，才会恍然顿悟：

　　武大是个好人呀，他前世被鸩杀，死得不明不白，今生应该得到补偿，给他一些"奖品"，世道方才公平。

　　西门庆骄奢淫逸，沉迷酒色，享尽人间美女，专一嫖风戏月，粉头都归他手上？妒煞天下男儿！所以他今生只受用到三十岁，武功也就废了。当然此人并无杀人之心，罪不致死，命也就留下来。

武松虽一介武夫，亦一条好汉，但前世连杀二人，出手狠辣，今生也应赔上一命了吧。

然而今生过了，来世又将如何？

武大不忿遇害，他要报仇。西门庆不忿遇害，他要报仇。武松不忿遇害，他要报仇。冤冤相报何时了？

难怪黄泉路上有孟婆亭醖忘汤了，难怪亡魂喝过三杯，前事浑忘，好再世投胎，重新做人，不知有多快乐。

孟婆说得真对！

元朗祠堂畔，这几天都有警方人员来调查，落口供。问的不外是武龙生前的琐事，死因还待研究。而肇事现场的生还者，尚未清醒，所以她说不上来自己干过什么。此中的兰因絮果，世上没有任何人知道。就像密封的私函。

与此同时，人民入境事务处也派员上门来了。

众人都很愕然。

他们来调查一个唤阿桂的女人。

大家当然知道阿桂，不过她只是阿龙的朋友吧，事发时她有不在场证据——但，来调查的人，到底把她带走了。因为他们收到一封告密信。

信中揭发这个女人，循不正当途径，非法购买假身份证，企图留在香港。

揭发者的笔迹，是女性笔迹；但其意图，并不清楚。

阿桂很伤感地随他们去了。历尽了艰辛，惟初来甫到，香港是怎样，她还没看真，不明不白地，便被解回大陆去了，好不甘心！走的时候，她淌着冤枉的泪。是谁那么毒辣？

谁知道？

单玉莲也记不起来了。

她躺在病床上，保持着微笑。

天气开始热了，她额上渗出一点细汗。武汝大用纸巾印了又印，生怕伤害她白嫩的皮肤。他天天来，陪着她。捧着半个西瓜，一匙一匙地喂她吃，不断提醒她今生的事，刺激她，快点恢复记忆。他娓娓地道：

"记得吗？那时你穿着桃红色的裙子呢，捧着半个西瓜吃。我一看见你，就知道我是走不掉的了——这就是缘分。为什么你今生会同我一起呢？这是不能解释的，没得解释呀。

"西瓜甜不甜？明天还吃不吃？

"你快点好过来。你好了，我带你去坐海盗船，摇摇晃晃的，你就会记起我了！我是你老公呀！……"

单玉莲永远保持一个纯真无邪的微笑。

她很快乐。

武汝大也很快乐。

这个好心肠的男人，终于可以完全拥有她了。

终于，

这，

才是，

天长地久！

满洲国妖艳

川岛芳子

第一章

深秋。

北平，北池子，东四九条胡同三十四号的大门外，来了十名神秘的大汉。

周遭死寂，呼吸不可闻。金风有点凄紧。聒噪的蝉声随着敌人铁蹄，为风雨吹散了。阶下开始有死去一季的蝈蝈悲鸣。

这座古老的公馆房子，朱红青蓝大宅，黑夜中益显森森然。如一袭过时的重装，遮天盖地困围着，里头的人喘不过气。

门坎很高，红漆金环，厚重结实。

一名大汉敲门环，好一会，有人应了，才开一条缝，众无声一拥而入，把应门的老佣人堵在门上，二人把药喷向两头狼狗脸上，顷刻控制了局面。

老佣人吓得目瞪口呆，不敢声张，竟尔双腿一软，跪了下来。

房子有三进，精锐的十人小组闪身到了后花园。院内有悉悉逃跑声，其中二人，迅速急步出去，手枪一举，这日本男人便颓然，垂下头来就擒。

"在哪儿？"大汉用眼神表示了疑问。

老佣人默默带到了后进，指一指左边的房间。

大家都很明白：目的物在内。

这批"行动组"人员，也知此行艰险。他们一接到上级命令，已经展开周密的监视与部署，掌握一切资料，对目的物了如指掌。一宗热切渴望着的任务：是因为中间神秘传奇的色彩吗？

到了最后关头，面临揭晓了，会不会在此一刻，发生意料之外的变化，功亏一篑？久经训练、神情安然自若的大汉，心头也一阵乱响。山雨欲来风满楼。

其中一人轻轻地撬开这房间的门。

漆黑一片。

大家面面相觑，迅雷不及掩耳，四个人已散至角落，借着室外微弱的灯光，隐约见房间正中，有张特大的铜床。

一顶红罗绡金帐软软撒下。

床上影影绰绰。

她在床上吗？

这是她吗？

来人听过她很多故事了，似天人妖艳，但狠毒如魔头。震惊中日的名声，令这只紧握枪柄的手渗出冷汗。

他轻轻逐步向前，掀开罗帐，后面的同僚，已一手开启电灯掣——

忽地，帐内飞扑出一团毛茸茸的东西。

"吱——"地尖叫着。

众大吃一惊，枪声马上响了。

"砰！"

大汉在高度戒备中。

枪声响过，那"东西"仍非常不甘心地咧嘴龇牙，吱吱怪叫。

倒身血泊中的，是一头可爱的小猴子。

它横死了。眼睛半张着，像人，怪异地瞪着不速之客。

帐内有微微的抖动。

一个女人惊呼：

"阿福！——"

事情太突然了，女人犹在梦中，灯光刺得睁不开眼，她欠身半起，一手揉着眼睛，一边问：

"你们是什么人？干什么？"

罗帐被掀开一道缝。

自这缝中，忽涌出一股奇怪的味道——像发霉，像养伤的动物。这不是人气，是又腥又臭的、毫无前景的味道。

大家忍住了恶心的感觉，聚精会神，等待女主人亮相。

先是一只手，手指瘦长，指骨嶙峋，久未修饰，苍黄一如鸟爪。

这道缝又再被掀开一点，现出半张脸。

是一个四十多岁的女人。

她骨瘦如柴，短发蓬乱，颧骨高耸，非常憔悴。

这是一朵扭曲萎谢的花吧？——抑或，找错人了？

大家表情惊愕，一时间，不知所措。

这是她吗？

"行动组"的头领，不可置信地：

"你是？——"

她反问：

"你找谁？"

头领望向其中一名大汉，然后三人悄然退后。那大汉上前，手枪指向女人：

"背转身，请脱衣！"

女人抬头，才知这"大汉"原来是女的。

她仰面通视之。

她知道为什么——即使他们认不出她来了，但自己身体上的特征，无所遁形。对方机智、慎密，完全有备而战。

连她左边乳房上，有颗小小的红痣，都知道！

派来的人，竟还有女人乔装的。哼！什么东西？在她跟前卖弄这个？

脱衣？不！她脱衣，永远怀有目的，有所为而为。她珍爱小巧玲珑的肉体，婉约微贲的乳房，一颗小红痣，如一滴血色的眼泪。说不出来的魅力。

男人的舌头曾经倾倒地舔在上面，痒痒的。从前。

她怎么肯为了屈辱而脱衣？

既然逃不过了——

处于窘境，无心回头，女人牙齿一咬，颓败的脸上，一双眼睛仍然给她最好的明证。进出无限庄严：

"不必多说。我就是金璧辉司令，川岛芳子！"

一个黑布袋套上她傲慢的头。

眼前一黑。

她的大势已去。

给国民政府的特务逮走时，曾经军装革履，华衣重裘的川岛芳子，身上只一件浅蓝色薄薄的睡衣。

所有家当，一一被充公。

自一九四五年九月，自每起超短波广播中听到日本天皇裕仁低沉而缓慢的"玉音放送"后，终于相信：她的日子真真正正过去了。重要的文件，白纸黑字，马上付诸一炬，只是她有一个很精美的百宝箱，里头每一件首饰：珍珠、钻石、玛瑙、翡翠、琥珀……绚丽夺目，价值连城。一副项圈，由上千颗大小不等的钻石镶嵌成一凤凰，在灯下晶光闪耀，振翅欲飞。

——有一帧美艳不可方物的照片，曾发表在报上头版。脸很白，眼神锐利但妩媚，她最爱给自己的照片签名。字体反不像本人呢，工整而小巧：

川岛芳子。昭和九年摄影。

昭和九年？那是民国廿三年，一九三四年，芳华正茂，凤凰的项圈，正好与她一身旗袍相衬。满洲国刚成立不久……

这帧照片，此刻又再发表在报上头版了。

小贩拎着一沓"号外"，不停叫卖：

"号外！号外！汉奸川岛芳子明日公审！公审汉奸！"

报上这样印着：

北平七日电：河北省高等法院，定于明日公审川岛芳子，被告之起诉书，内容概略如下：

（一）……（二）……

起诉罪名有八大项。总而言之，便是"汉奸"。

小贩是个毛孩子，局外人，这消息随着他朗朗而兴奋的叫卖声，传遍了大街胡同。他踩过被扔弃在地上的日本国旗，老百姓又向之吐唾沫。

一个半疯狂的中年汉子，失去一条腿、一只眼睛，与他撞个满怀，大家都没怒意，疯汉近乎失常地喜悦：

"和平了！胜利了！日本鬼子给打跑了！乐死啦！哈哈哈！"

小学生放学，人人挥动手中一面小小的青天白日国旗，迎向燃放中的鞭炮。鞭炮的残屑漫天漫地乱撒，盖过号外上的艳照。

伴着她的，只有地摊子上摆放一些日式"遗物"：和服、扇、首饰匣子、精致的高屐，以及明治维新后，年青女子流行梳着"文金高岛田"型假发……从东单到北新桥道旁，贱价地拍卖，象征一个时代的结束。

因为，国民党兵、美国兵和头戴白色钢盔的军警，已经取代了嚣张跋扈的日本宪兵了。

盼望已久的日子终于到来，中国的苦难暂且小休——虽然苦难从没有停止过。

但"公审汉奸"已是老百姓间非常兴奋而哄动的节目。他们憋久了，如果手中有石头，一定狠狠掷向任何一个曾经当过东洋鬼子走狗的汉奸。

"听说她长得很迷人哪！"

"害死好多中国人呀！"

"才一个女人，个子小小的，怎那么厉害着？"

"咱多带几块砖头去！"

"打倒汉奸、走狗！"

他们无意识地把胸臆的郁闷都发泄出来。转瞬又欢天喜地嚷嚷，因为，街头舞着狮子呢——像过年过节。

但北平还是很乱。没有一天安静下来。

物价飞涨，纸币不值钱，没有人相信金圆券，只有大洋，还是价值的标准，所以大家的日子也不好过，人心惶惶。

只好寄情于热闹。

这天下午二时，法院后花园给拨作临时法庭公审。

因为女主角是川岛芳子之故，挤来看热闹的人数达五千人，秩序混乱。公物被踩坏，玻璃被打碎，当局虽是故意做出杀鸡儆猴的好戏，但还是控制不了局面，开庭后不及半小时，就在人群的闹嚷及打架声中，宣布延期。

群众十分失望，鼓噪更甚。

都是来一睹芳容的，全被拒诸门外，有人把手中的砖头扔向法院，一掷，马上逃掉。老百姓后来四散回家。

除了女主角，还押在第一监狱——她的"家"。

三天后，正式开庭审讯。

川岛芳子穿着白毛衣、绿西服裤，短发经过梳理，人一般干瘦。但经了一年来各地奔波提送，尘埃落定，终被押上被告一栏。

法官严正地宣读：

"所谓'汉奸'，即于中国协助日本，与日本共谋，违抗本国，犯叛逆罪之卖国贼。立法院对定罪者之惩办，乃处以死刑或无期徒刑。"

川岛芳子一边听，一边不以为然，根本没把法官放在眼内，只待宣读完毕，突地把头伸到他面前，法官一愕。

"法官大人，"她好整以暇道，"我可以抽根烟吗？"

法官示意，庭警递她一根烟，芳子衔着烟，望了法官一眼，他只好给她点了火。

女人倨傲地先狠狠抽一口，徐徐喷出白雾，只待兵来将挡。

法官出示一本书，封面是大号铅字印着：《男装丽人》，村松梢风著。

"你知道这本书吗？"

"不知道。"

"你认得这书的作者吗？"

"哦，从报纸上得知的，他是日本著名小说家吧？"

法官沉住气：

"这本小说，有你亲自提供予作者的，关于与日本人勾结，策动满蒙独立的卖国资料。"

"哎——"芳子懒懒地答，"法官大人！你也说是'小说'了，你该看过《西游记》《金瓶梅》吧，这些小说里头，一样有妖魔有淫妇，难道你也——拘控么？"

哄堂大笑起来。

"希望被告态度庄重点！"法官恼羞成怒了，"这是在法庭上讲话。"

芳子马上表现得庄重：

"我对什么样的人，讲什么样的话。希望你们找一个庄重点像样点的人来问我。"

她目中无人地，又再抽一口烟。

法官并没发作，只道：

"与你一同于北池子被捕的秘书小方八郎——"

她听到涉及他人的名字，马上辩护：

"小方只是挂名的秘书，事实上他是个一无所知的忠仆，他很善良，你们不应该逮捕他。我一人做事一人当。"

"好，不谈这个人，然则川岛浪速、头山满、松冈洋右、河本大作、近卫文麿、东条英机、本庄繁、土肥原贤二、宇野骏吉、伊东阪二、板垣征四郎——"

芳子静听这一连串日本男人的名字。

日本男人。

她半生就在这些日本男人手上，度过来度过去，终致一败涂地么？

不！

芳子慢条斯理，但一字一顿地声明：

"我不算'汉奸'！"

她睨着法官，看他反应。

然后，再用日语，一字一顿地：

"我是日本人！不是中国人！"

堂上哄然有声，喋喋私议。

她不肯承认自己是中国人！

——是中国先不承认她吗？

那一年，她七岁。

第二章

女孩头上给结了个白色的丝带结。

母亲哄着，让侍从为她穿好一件白绸做的和服。

"我是中国人！"爱新觉罗·显玗哭喊，企图扯开这披在身上的白色枷锁，"我不是日本人！"

在她天真纯洁的小心灵中，大概也有种本能，得知将来的命运，远在她想象之外吧？虽然她什么都不懂，惟一想做的、可做的，只是不要穿这件白绸和服。

母亲是大清肃亲王善耆的第四侧妃，是他所有妃子中，最年青貌美的一个，头发特别长。肃亲王对这廿九岁风华的女人，至为宠爱，当然，对她诞下的王女——他廿一个王子、十七个王女中，排行十四的显玗，也另眼相看。但她泪流披面，童稚的喊声：

"我不愿意到日本去！"

母亲痛苦地一再哄着：

"好孩子不要哭。"

她牵着她的手，来到父亲的书房座前。

她实在有点怕父亲。

虽然他穿一身的便服，但仍一派王者风范，不苟言笑，看上去很凶。显玗和她的兄弟姊妹们，往往离他远远的——一旦那么接近了，非比寻常。

大清皇朝其实算是"灭亡"了。

因为袁世凯势力的逼迫，宣统皇帝身不由己，王族们，匆促由北京城逃散至各地，一些蛰伏，一些仍伺机复辟。肃亲王早已看透袁世凯的野心了，他不信任汉人，反而投向日本人势力，尤其是在八国联军包围了紫禁城时，单身到神武门的浪人川岛浪速家。他用流利的中国话，劝服守兵，让他们明白顽抗的结果，终令这富丽壮观的皇宫遭受不必要的炮火洗劫。后来，紫禁城是兵不血刃地宫门大开了。

肃亲王与川岛浪速围坐炉火之旁，笑谈大势，抱负甚为一致，意气相投——留得青山在，大清皇朝是不会灭亡的！

在流亡的王族中，惟有善耆，从没死过心。他还打算到奉天，与张作霖共同树起讨袁大旗，不过在他脱离北京城的第十天，宣统皇帝正式把临时共和政府全权移交，等于退位了。

善耆只好逃到日本的租借地旅顺，另图大计。

他十四王女显玗格格，是他计划的一部分——不，是计划的重心！

寄寓旅顺的王府很大，楼房是俄式，红砖所造，位于山岗上密林中，房间二十八个。肃亲王的书房在二楼。

"来，跟父王说保重，再见。"

她怯怯地，抬起泪眼。

这是她生父，一个上百人大家族中的头头。

如果大清皇朝仍在，肃亲王家便是八大世袭家族中占了首位。他是第十代肃亲王，性格强，具威望，深谋远虑，指挥若定，即使是一家子吃饭吧，都靠钟声指挥，齐集在大饭厅，庄严地遵循着守则。

她平日总站在角落看他。

如今他在跟前，审视这七岁女孩：

"哈，显玗穿起和服，果然有点英气。"

他沉思一阵，又道：

"不过从今天起，我为你起字'东珍'，希望你到了东洋，能被当作珍客看待。"

显玗不明所以，只好点了一下头。

"东珍，"肃亲王道，"为什么我要挑选你去？在我子女中，惟有你，看来最有出息。我将所有希望寄托在你和川岛浪速身上！"

父亲书房中，法国式吊灯辉煌耀眼，沙发蒙着猩红色天鹅绒罩面，书橱上有古籍、资料、手稿、文献，散发纸和墨的香味，甚至梅兰芳"贵妃醉酒"的上色剧照……但父亲只递与她一帧照片。灰黯的、陌生的。

那便是川岛浪速。

一个浪人，对中国东北之熟悉，对满蒙独立之机心，甚至远在中国人之上。

照片中的他，浓眉，双目深邃，身躯瘦削，非常书卷气。穿着一袭和服，正襟危坐，远景欣然。

"这便是你的义父。他会好好栽培你，策动我大清皇朝复辟大计，你要听从他教导。

为了这个计划，川岛浪速也真是苦心孤诣了。他不但与肃亲王深交，还曾蓄发留辫，精研中国史地，即使他年轻时策动过满蒙独立运动不果，但一直没灰心过。他以为"东洋存亡的关键地区，全在于满洲"。

满洲。

是的，东北一块美好的地土！

这也是肃亲王觊觎已久的鹄的。

川岛原比肃亲王大一岁，但他灵机一动，便说成同年生人，五奉之为兄，交换庚帖，共结金兰之好。那天，还穿了清朝客卿二品的官服，与肃亲王并排，坐在饰有藤花的日本屏风前合照留念。

谁知显玗落在他手中，会被调教成怎的一个人物？

但一切的故事，只能朝前看。事情已经发生了——

肃亲王把一封信交给女孩，嘱她代转：

"将小玩具献君，望君珍爱。"

马车来了，大家为可爱的、双目红肿的"小玩具"送行。

一九一三年，她无辜地，只身东渡日本去。

王府的院子，繁花如锦，有桃树、杏树、槐树、葵花和八重樱。是春天呢。

依日本的年历，那是大正二年。

在下关接她的，果然是照片中的男人，他看来眉头深锁、心事重重的样子。

显玗，或是东珍，随着这本来没什么情感，但今后必得相依的义父回到东京赤羽的家。

他又为她改了名字。

这趟，是个日本名字——

川岛芳子。

她签着名字，说着日语，呷着味噌汁。

川岛浪速之所以皱眉，是局势瞬息万变。

在他积极进行的复辟运动期间，一九一五年一月，日本竟对中国提出了"二十一条"要求，态度强硬，不但中国人反感，部分日本人也批判。但袁世凯接受了条款，且龙袍加身，粉墨登场称帝，改元洪宪。

大家还没来得及喘息，次年，皇帝又在一片倒袁声中下台了。

下一场戏不知是什么？

川岛浪速原意是结合内外蒙古、满洲（奉天、吉林、黑龙江三省的东北大王国），再把宣统皇帝给抬出来……

此举需要钱，需要人才，需要军队……

川岛芳子不过是个小学生吧。孩子应得的德行调教几乎没有，反而正课以外的熏陶，越来越使她憧憬一个"满人的祖国"。

背后的阴谋，她如何得知？即便知道，也是懵懂难明。

只在校园放小息的时候，跟同学玩耍。

男孩的头发都给剃去，整齐划一，穿棉布上衣，斜纹哔叽裤子。女孩则一身花纹绫子上衣，紫缎裙裤。

小学体操课有军事训练呢！男孩听从指令，互相用竹枝攻守，大家以中国人为征服目标——如果"进入"了中国，可以吃鲜甜的梨子，住华丽的大宅，中国的仆从是忠心的。

小憩时，大家又在玩战斗机的游戏。

芳子扮演战斗机，向同学们轰炸，四下所到之处，要他们纷纷卧倒。

一个男孩不肯卧倒。

芳子冲前，"呜呜！隆隆！"地压住他，年纪小小，又勇又狠。

男孩被压，大哭起来。

"哭什么？"芳子取笑，"战事发生了，一定有死伤！"

她的一个同学，忽然狡黠地问：

"芳子，究竟你家乡在哪儿？"

另一个便附和：

"是中国？是日本？吓？"

芳子受窘。她的国籍含糊不清，一切都混淆了，成为小女孩的负担。

她灵机一动，只聪明地答：

"我家乡在妈妈肚子里。"

然后转身飞跑。

跑!

——又跑得到哪儿去?

还不是异乡吗?

到底不是家乡。真糟，连妈妈的样子也几乎记不起来，努力地追忆……

女孩的泪水只不由自主地在眼眶内打转。不是因为伤心，而是，一种没有归属感的凄惶。

远处的体操场飞来一个皮球，落在她脚下，当对方还未走近来捡拾时，芳子蓦地拣起，用尽全身力气，扔到更远的地方去，狠狠地。

她男性的气质，在这些微妙的时刻，已经不自知地，初露头角。

她还是跑回川岛浪速义父的身边，别无去处。

背后是同龄东洋小子的揶揄：

"芳子! 芳子! 支那的芳子!"

她不要再上学了。

她根本不爱课堂中同游共息的正常学习生活。

转了多间小学，换了家庭教师，上着浪速规定的日课，日夕被灌输复辟和独立的思想……渐渐，芳子长大了。

而在千里以外的中国：袁世凯在一九一六年死去，不管他是病死，受刺激而脑溢血，抑或遭暗杀，总之，川岛浪速等伺机待发，部署举兵的"扶清讨袁"行动，马上失去了目标。如鼓足了气的皮球被扎上一个小孔。肃亲王也郁郁寡欢了好一阵。

谁知第二年，安徽督军张勋也发动了复辟清室的运动，才十二天就以失败告终。事情弄得很糟。民国六年虽改为宣统九年，不了了之。

他俩的后台，蒙古巴布扎布将军苦战横死了。辗转几年，军费弹药付诸东流，一事无成。美梦哪堪一再破灭？

即便他落魄了，但——

他还有一枚未走的棋子！

女孩长至十四五岁。

夜里，她倚在新居的窗前看着满天星斗。

落脚的地方又由东京赤羽，迁到信州松本，浅间的温泉区。

星星好像有颜色，密缀在一条宽阔的黑腰带上，有黄色、蓝色、银色、红色……她盯着它们，良久，一种孤寂无聊的感觉扰乱了少女的心，思绪不定——

但，只要她一想到"大清皇朝还有我呢！我一定要为祖国做点事！"以此自勉，又再热血沸腾起来。川岛浪速在她身上的心血没有白花。

她有机心、肯吃苦、任性妄为、大胆而有主见。

但那天噩耗传来了。

芳子是松本高等女子学校的插班生，在学校的纪录并不好，高兴就上课，不高兴就溜课，我行我素。

浪速来找她的时候，她正自课堂逃出来，跟校里的勤杂男人聊天，嬉笑，打发时间，但不予甜头。

"芳子！"

只见义父神色凝重，心知有异。

他搂搭着她的肩膊。她虽然瘦小，但有力。浪速告诉她：

"芳子，又有一个坏消息，你要坚强——你父王，二月十七日，因为糖尿病，在旅顺逝世了。"

芳子用心地听着。

"又"有一个坏消息？是，于肃亲王去世前一个月，她的生母已不在了。据说是身怀第十一个孩子，但为了专心照顾肃亲王，喝了堕胎药，结果意外身亡。

母亲去了。

父亲也去了。

自此，她仿佛一点家族的牵挂也没有了。

孑然一身。

"芳子，你不要伤心。记着，我们要继承你父王的遗志，复兴清室！"

说真的，这是她亲人的死讯呀，不过，芳子咬着牙，她没有哭。她很镇定、庄严，如一块青石在平视、默然。

幼受训练，芳子已经与小时候有显著的分别了，不再是个爱哭胡闹的小玩具，她是"无泪之女"，等闲的事，动摇不了她。

川岛浪速正正地望定芳子，饶有深意：

"大家都在等着你长大成人！"

是的，生父壮志未酬，养父空言奢想，只有她，是未绽放的一朵花，未揭盅的一局赌。

虽然自幼成长于动荡不安的乱世，帝制与革命的夹缝，稚龄即只身东渡，为浪人之手抚育，她的"骨肉情"几乎湮没了，但还是以肃亲王十四格格的身份，回北京奔丧，从而为政治活动铺好远大光明之路。

亲王的灵柩由旅顺运送至北京，扛灵柩的、诵经的、送葬的、抬纸活供品的、戴孝的……队伍很长。等最后一辆车离开家门出发，到达火车站，整整用了一天的时间。

亲王葬礼，规格仅次于皇帝。还是有他的气派。

奔丧之后，芳子更加无心向学了。便乘机休假。两边往来。长期缺课，校长表示不满，正在有意勒令退学的边缘。

芳子并不在乎。

她开始恋爱了——

像个男孩子般，穿水手服，戴帽，骑着马呢。这样的恋爱。

不过，她长着一头披肩长发，在马背上，迎风招摇。

山家亨，松本第五十步兵联队少尉，像其他年青军官、军校候补生、浪人、爱国志士、激进派，以及"黑龙会"成员……形形色色的人物一样，曾经登门拜访过川岛浪速，参加过集会，高谈阔论，畅述时局。

在天下国家大事之余，男女之间的追逐，却不知不觉地，令这两个人抽身退出。

芳子已经十七岁，她独特的魅力是一点女人的霸气——不过，到底是个女人呀。

山家亨的骑术比芳子精湛，总是用一个突然的动作，便把芳子抛离身后，然后他缰绳一勒，马蹄起人立，像在前头迎驾。

作为军人，策马的花式层出不穷，身体经常离开马背，令人捏一把汗。

人和马的头都昂得高高的，自豪地飞驰着。

芳子有点不甘，虽然对这男人满心倾慕，却不想差太远了。她也仿效他，身体放轻，离开马背——谁知，失手了。

几乎翻跌堕马之际，山家亨急速掉头，伸手救她一把。

她很感激。

近乎崇拜地，向他微笑一下。然后策马直指前方。

二骑驰骋半天，方才倦极知还。

川岛浪速在浅间温泉的房子，经常高朋满座。

在玄关，只见一大堆靴子、鞋、手杖、帽子、大衣……

谁在里头，说些什么，芳子漠不关心。她眼中只有山家亨，其他一切视若无睹。

山家亨把情人送回家了，便道：

"明天见。"

说来有点依依。芳子突然带着命令的语气：

"你不准走！"

她转身跑到厨房去。

出来时，经过大门紧闭的客厅，人声营营，她只顾拎出一盒点心，一打开，是红豆馅的糯米团。

"我亲手做的大福。"

她吃一口，又递与男人。

他皱眉：

"又是红豆馅？"

"我喜欢呀！"

"太甜了，我喜欢栗子作馅。"

芳子摇头，只一言不发，把吃过一口的大福，一个劲儿塞进他口中，望定他吞下。

"我不喜欢栗子馅的。不过——下次做给你吃吧。但你今儿晚上把这盒全干掉！"

山家亨一看，有八个！真无奈，但依从地收下了。

芳子很满意。她自小独裁，对她所爱的人也像置于掌心。基于天赋，却很会撒娇。

芳子腻着声音：

"我下次一定用栗子作馅。或者下半生都这样做呢。"

她睨着他，这比她大上近十年的男人：

"你要证明我是个好女人。"

山家亨闻言一笑，马上立正，行个军礼：

"你是松本第五十步兵联队少尉山家亨先生的好女人！敬礼！"

芳子一想：

"松本，不过是个小地方……算了，你得全吃光呀，我会盘问你的！"

说着，便进屋子里。

才几步，她忽回过头来，妩媚向他人叮嘱：

"明天见！"

目送山家飞身上马，远去。他像他的马：矫健、英挺、长啸而去。

她脸上泛起甜蜜的笑容。

几乎便忘记了在中国驰骋的壮志——只要跟心爱的情人依依相守，远走高飞。伺候一个男人，像世上所有女人一样……

"芳子！"

她听不见。

"芳子！"

室内有人叫唤，把她的灵魂生生牵扯回来了。

她笑靥还未褪呢。应了一声，把木门敞开——

所有人都把目光集中她身上。

赫见举座都是男人！雄赳赳，满怀壮志的，十多个。她又陷入男人的世界了。

川岛浪速身畔，还坐了个头发及胡子尽皆花白，看上去脸容慈祥的客人，原来他就是"黑龙会"的头子，头山满。

他向芳子端详一下，不怒而威。

为实现日本帝国主义的大陆政策，他与川岛浪速的看法是一致的——

中国人是五千年来为旧文明所腐蚀透了的民族，其社会的结合力完全消失殆尽，四亿民众犹如一盘散沙，中国人自私、利己、短视，具浓厚的亡国性格。故日本应在中国领土上确立国家实力，处于优胜地位，先占据满蒙，巩固立脚点，扶植大东亚主人公之势，不让列强瓜分中国。尤其是虎视眈眈的俄国。

而"解决满蒙问题"，正是这一阵大家议论纷纷的中心。

就像川岛浪速耿耿于怀的大志：

"希望有一天能够以满洲的天作为屋顶，满洲的地作为大床，在中国四五千年的兴衰史上，有自己的名字！"

芳子只向座中各人点头为礼。

有一双眼睛，一直带着暗恋，窥视着她。

与其说是"一双"带着暗恋的眼睛，毋宁说是"大部分"吧。

这些年轻的志士，或许都是芳子的暗恋者，把他们的青春岁月，投放在国是之上，醉翁之意：芳子是年方十七的清室王女，血统高贵，貌美而骄矜，同时有着不自觉的放荡——即使为政治需要而追求，到底她有这种吸引力。

可惜座中对手，还是以这不大作声的男子最强，人为的吧？

川岛浪速问：

"芳子，认得他吗？"

她目光停在这年轻人脸上，他长得英俊温文，一直望着自己，眼中闪着一点光彩。他还是没作声，但一张脸，叫人一眼看中。

似曾相识呢。

"他是蒙古将军巴布扎布的次子呀。"

——就是甘珠尔扎布！

她记起来了。这蒙古王子，还是跟小时候一样呢。

芳子在小学生时期已认识他了，两个人的父王要做大事，小孩子倒是青梅竹马。各奔前程后，他进了日本陆军士官学校受训。

不过虽然他长大了，长高了……芳子忽噗嗤一笑。有一天，大人给他俩拍合照，要按快门时，芳子顽皮地耳语："你出'石头'，我出'剪刀'，作个划拳状！"——但这人，从小就腼腆怕事，不爱胡闹，把手收好，结果照片出来了，只见芳子一人出"剪刀"。

他看来还是一样呢。脸有点臊红。

川岛浪速又道：

"记起来了？多年没见，正好聚旧。他已在军校毕业了。"

"哦？"

浪速旁观芳子的反应。

莫名其妙，芳子只觉事有蹊跷，可能会发生一些什么？她不知道。

这样刻意安排重逢场面，似乎透着奇怪。

不过芳子心不在焉。

那须发皆白的人物，头山满，若无其事地，举杯喝了一口清酒。

这天是一九二四年十月六日。

为什么日子记得这么明确？——因为这天发生的事，令川岛芳子的一生改变了。世上原本没有这样的一个女人，在短短的二十年中间，叱咤风云，也穷途沦落，末了死于非命。像一个绚丽但惨痛的不想做的梦，身不由己，终于芳子成为人人恨之入骨的魔女，成为政治牺牲品。

如果这一天，在历史上给一步跨过去，什么都没发生过，说不定，她会长寿一点。

……这是命吗？

开始时，不过浴后光景——

川岛浪速把芳子唤到他书房去。

如往常一样，他有什么高见，芳子总是第一个听众。

也许他想把白天商议的事情，好好阐述一番，然后让她明白，投身政治运动，知己知彼。

芳子把浴衣覆好，把腰带打个结。

书房燃着小火炉，一壶水静静地开着。浪速喜欢把柚子皮扔进火中去，发出果子的清香。

他没同她谈家国事，只问：

"芳子，你有没有想过结婚？"

她很意外，便道：

"没有——"

"这在本国而言，已经算是迟了。"

"本国？你是指——"

"当然是中国。"

芳子一怔：

"但，我是日本人呀。"

浪速马上接道：

"你是想跟日本人结婚吧！"

芳子一时语塞，没有他老练的心计，连忙摆手：

"没有。恋爱是恋爱，结婚是结婚。"

浪速步步进逼：

"山家亨？他不过是个少尉。"

芳子不服气：

"少尉不久可升作少佐，以至中将、大将……任何人一开始也不过当少尉吧。"

"当然可以——"浪速笑，"如果一帆风顺，大概要四十年。"

这倒是真的。芳子不语。

"你是大清皇朝十四格格，要做大事，不要沉迷小孩子游戏，你心中有父王的遗志吧：——忘记自己是'公主'，而要担承'王子'的使命。"

"我的使命是什么？"

就是等她这样通切地一问。让她明白自己在事件中的重要性，一个关键人物！

川岛浪速半命令式地道：

"嫁给蒙古王子甘珠尔扎布。结合满蒙兵力，越过兴安岭，攻陷北京城，建立一个独立的王国，以清室为帝——这些才是大事！"

芳子听罢，一愕。

哦，是这样的。

甘珠尔扎布！难怪了。

"这岂非'政治婚姻'？"

她低首沉思着。他？不嫌恶，但也不能说特别喜欢。如果山家亨是八十巴仙，那么，他也在五十巴仙左右。但嫁给他？半晌无语，思绪很混乱，措手不及。

浪速深沉地，企图用眼神看穿看透这个女孩。

怎么衡量呢？

芳子心中一个天平，一盘珠算，也不能作出决定。一边是经国大业，一边是心头所恋。然而一旦结婚，嫁到蒙古去，她女性的历史势必改变。

她还只是个初恋的少女呢。

川岛浪速的眼神并没稍移半分：

"婚姻面对政治，实在微不足道。"

他口中这样说。

芳子没听进去，很难决定呀。她浴衣的领子敞开一点，无意地，雪白的颈项露出来，是细致的线条，上面有着看不分明的绒毛。衣襟斜覆着，险险盖住低洼的锁骨，如一个浅浅的盛器。她刚发育的身子，委婉纤巧，看似细小，但总是有想象得到的微责。人是稚嫩的，荒疏的……

如电光石火，川岛浪速心头动荡。他已五十九岁了，芳子才十七。作为义女，尽管继承思想行事，但她不一定甘受自己摆布，成为傀儡。也许不久之后，她灿如孔雀，展翅高飞……

她之所以迟疑，是因为，她不肯豁出去。还有些东西，要留给心爱的人吧？

他几乎想一口把她吃掉。

把她吃掉！

川岛浪速哑着嗓子：

"贞操对于女人，也是微不足道的！"

但闻此语，芳子一时未能会意，她手足无措，这是怎么一回事？

从来没想过会发生这样的事——她的义父，抚育调教她成长的长者，一念之间，对她举动非分粗暴，她从来没防范过他呀！

浪速猛地扯开她浴衣的下摆，刚挣扎间，露出一个方寸地。她转身逃躲，他在身后把浴衣往上掀，搬到腰间以上，纠缠成结。

她的内裤是浅紫色的花朵……

半遮半露的身体，神秘而朦胧。

芳子又惊又羞，满脸疑惑：

"不要——"

但她躲不过了。

双腕被浪速强执着，一下子她已经是他的女人——

她的眉头紧皱，这反令他推动的力量更大。满室是烧明了的火焰，除了柚子皮的清香，少女的贞操在榻榻米上让义父夺去，是草的腥味。血冉于席间。

274

川岛浪速一边挺进，一下一下地，一边重浊地呼吸，说着严肃大道理，理直而气壮：

"你是王族，我是勇者——单凭王族不能得天下——仅靠勇者亦将失败——我们二人的血结合一起——根据优生学——所生的后代——一定是——人中——之龙——"

芳子一阵恶心。

……

第二天一早。

东方出现了浅紫色的微明——像芳子那被扔弃一角的少女内裤的颜色。

夜寒犹存，新的一天竟又来了。

绝望得太尽，反而没有悲哀。

她眼中光焰诡异而坚决。

对着镜子，用心地梳了一个高发髻，还别上梅樱藤花簪子，穿着心爱的淡红绸子和服，群山艳阳图样，绣上牡丹的宽幅筒带……

这样的盛装，却是独个儿到了远离市区的一间小理发店。

郊外小店来了稀客，店员连忙殷勤迎迓。

她递他一个照相机，让他为自己拍一张照片，是店外一丛盛开的波斯菊作为背景。

芳子神情肃穆，隆重而坚定地望着镜头，不苟言笑。

"小姐呀，请微笑！"

她没有理会。

镁光一闪。

面对理发店的大镜子，她把发髻拆下来，长发陡地披散。

长发又一绺一绺地，撒在她身上的白布上，撒在地上。有生命的东西，转瞬成了废物。陌生的理发师,动作特别慢,他还一边兴叹：

"可惜呢！"

芳子木然，很有礼貌但冷漠地道：

"谢谢你，都剪掉——我要永远地与'女性'诀别。"

"不过，"他仍一脸惋惜，"以后却得戴假发了。"

她不再搭理，只见镜中人，头发越来越短，越来越短……最后，剪成一个男式的分头。昨天的少女已死去，她变成另外一个人。

然后便走了。

空余那疑惑不已的陌生人。硬要改易男装？真奇怪。为什么呢？"诀别"？

山家亨兴致勃勃地来跟芳子会面。

乍见，他大吃一惊。

目不转睛地盯着，这是芳子吗？

他怔住了。

秋天的一个黄昏，芳子不穿花衣裳，她是碎白蓝纹布筒袖和服，足蹬一双朴木厚齿屐，头发离奇地短，是个男式分头。把情人约会改到竹林里，特别地肃杀而决绝。芳子变得很平静，只把剪发前的照片送给他，留念。

山家亨接过照片，仍大惑不解：

"你的头发——"

"一时错手，剪得过分了。"

他怎么会相信？

"发生了什么事？"

"我没话可说。"

"芳子，"山家亨抓住她双手，"你把真相告诉我！"

"好。我约你来，只想告诉你：我们分手！"

"分手？"

他惊讶如五雷轰顶——前天还是好好的，昨天还是好好的，才一夜，她变成一个男人，然后要他分手？

"不管你变得怎样，我不会变。"山家亨道，"一点预兆也没有，如何分手？即使战争，也得先派出探子——

芳子心灰意冷地：

"对，我是为了战争，为了满洲独立，不惜一切。"

他有点怜惜地：

"你不过是女流之辈。"

"女人也可以做轰轰烈烈的大事！"芳子板着脸，"这是我自己的意愿，没有人可以逼迫我！"

他开始动气了：

"每个女人都希望过平和幸福的家庭生活，你还去冒些什么险呢？"

她实在百感交集，是慨叹，是自欺，是义无反顾……总之，她必须坚定立场，语气强硬，不准回头。只负气地：

"我本性如此，命运也如此，没法子改变。你走吧！"

"我一直等着你做我的女人。"

她冷笑：

"我没有父母，也没有亲人，孑然一身，不打算当人家的女人——即使是死，也死在自己手上！"

山家亨一听，事情完全没有转圜余地？他愤怒而激动，脸红脖子粗的，毫无前因后果，只冲这句无情的话，他把手枪拔出来：

"那么你就死吧！"

她马上把手枪接过来，想也不想，就朝自己的左胸，开了一枪！

望着他——

他震惊地见她左胸的伤口鲜血冒涌，衣服染红了，一晕一晕地化开来，如一朵妖花在绽放……他急忙双手搂住，紧紧地拥着她。

芳子强调着：

"我再没有欠你了！"

她其实有异常的兴奋，血液沸腾着往外奔放，接触到他的手。她强忍着钻心的疼痛，牙齿把嘴唇咬破了，渗出血丝。身体即使簌簌地抖，她把一切深埋心底，只一个目标：不要昏过去！不要昏过去！

她也不明白这一枪。也许很久很久之后，某一天，才蓦然惊觉：她再没有欠他！她左边乳房上一颗小小的敏感的红痣，连那强奸她的川岛浪速，也没曾知悉这秘密呢！

渴！

她渴得像一辈子都没喝过水似的，一身的水分都流干了，整个人干涸得喷出火。

是迷离恍惚的炙痛。

芳子极度疲倦，因为在梦中，她走着一条奇怪的路，路一下子变长，一下子又变弯，总是没有尽头，想找个人来探问，地老天荒只她一个人，永远走不完。

似乎睡着，似乎醒来，挣扎得特别辛苦。

她没有死。

在病床上，脸色苍白，非常虚弱地，获救了。

如今仍是秋天吧？是秋天。白天所见过的，橙黄柚绿，枫叶快将变红，秋色多缤纷。但在医院中，一片寂寞的白——失血的，失恋的。

天渐凉了。

医生来巡视时，告诉她：

"山家先生来看你多天。不过你一直没醒过来。"

"由明天起，"芳子用微弱但肯定的声音道，"谢绝一切探访。"

医生还没反应，她已接着说：

"因为，我还要做手术。"

"哦，手术已经做好了。"

芳子不作任何表情：

"我是说——结扎输卵管的手术。"

医生吃惊地望着她：

"什么？"

"是。"芳子坚决地，"我自己签字负责。"

"这不成，二十岁才成年，而且我并不——"

"如果你不肯的话，我明天再自杀一次！"

她义无反顾地"命令"着医生。

然后，把脸转过一旁，双眼合上，不再张开。

把灵魂中的阴影驱逐。

永远！

她个子不高，但一身是劲——全盘用在决绝上。

不知什么时候开始，她喜欢吟诵这样的一首诗：

　　有家不得归，

　　有泪无处垂，

　　有法不公正，

　　有冤诉向谁？

死不了，就必得活着，前尘"清算"了事，她竟没有责难任何人——这反而非常恐怖！如同上来一趟，为了"偿还"的鬼。

一九二七年十一月，川岛芳子与甘珠尔扎布，在旅顺的大和旅馆举行了婚礼。

那是日本关东军参谋最力的一件大事。

川岛浪速没有列席。

这件大事，已经没有他插手的余地了，因推展顺利，军部主持了大局。浪速无意地在最关键的时刻推了一把，即再无利用价值了，大家只觉由他隐遁最好——这是他一点也想不到的吧？

关东军的策划：武的，河本大作等在自北平开往奉天的铁路中站皇姑屯，安置炸弹，暗杀大元帅张作霖，把这个原来控制了东三省的霸主除掉。

文的，是促成了这对满洲人和蒙古人的婚姻，结合两族势力。

一个一个的大人物出现了：

关东军参谋长、军官、黑龙会成员、外国大使、肃亲王府的家长、支那浪人，甚至清室遗老……

遗老们，都不穿洋装，把他们的长衫礼服自箱柜中找出来，民国虽成立十多年了，原来其中还有不肯把辫子剪掉的，故意把长辫自礼帽中拎出来示众。诉说自己的精忠。

也有裹过小脚的夫人，由三四个婢仆搀扶着，出席婚礼，贵妇们，有着白瓷般明净的肤色，眉弯目长，优雅而高贵。但她们都是不中用的女人，她们连走路也摇晃不稳，因为她们的脚被恶毒的风俗残害畸形，蜷成一团，迈不出大门。

芳子冷冷地笑着。

她不是这些女人中的一个。

她是异常的能者，即使她是女人，但要做一个女人中的男人，集二者的长处。

新娘子穿着中式的彩缎礼服，是旗袍，袖口和裙边缀满花边，头上披了迤逦至地面的婚纱。敷了粉，脸白得没有表情，雪堆的人儿，静定地坐着，嘴唇显得格外艳红，耳环玲珰累赘的，耷拉到肩上了。所有新娘子都这样，由一身长袍马褂礼帽的新郎倌在身旁相伴，一起拍摄结婚照片留念。

她坐着，他站着。

觑个空档，甘珠尔扎布在芳子耳畔细语。他很开心，抑制不住：

"你答应我举行婚礼，我很意外。"

芳子冷漠地道：

"我也很意外呢。"

"以后你要什么，我都答应。"

"我什么也不要，"她说，"只要自由。"

"自由？"

她有点看不起她的新郎倌呢。

"你的父王效忠我的父王，而我，只效忠于清室，所以我得拥有自由做很多事情，完成伟大的使命。"

"但，你是我的新娘子呀——"

只因为他爱她，多过她爱他，所以他不愿拂逆，只呵护着：

"我没意见。"

几个颤危危的遗老上前恭贺新人了，活到这把年纪，竟成亡国奴，他们都很遗憾，死不瞑目呀——幸好满洲出了一个能干的女子，名儿响，人漂亮，他们把全盘希望寄托在芳子身上：

"恭喜恭喜，真是一双璧人！"

"我们大清皇朝有十四格格呢！"

芳子傲然地点头还礼。

"自古英雄出少年！"

"我们梦想实现为期不远！"

……种种赞美渐渐冉退。

是塞外风沙把它们卷走。

她嫁给他时，二十岁，他廿四。

作为蒙古王子，婚后，他把她带到家乡去。

离开大城市，到了蒙古草原。

最初，在一望无际的草原上驰骋，壮阔威风。但草原生活，却是落后的。

住惯了大城市，天天面对黄沙浩瀚，一片死寂，不羁的芳子苦不堪言。

这是一个大家族，除了婆婆，还有大小姑子、叔子、侄子们……相处亦不理想。与丈夫吵闹，每回，都是他退让的。

多么地窝囊，男子汉大丈夫。然而忍气吞声委曲求全的是男人！——他那么地爱她，招来更多的看不起。凭什么冲锋陷阵去？

芳子无法适应一个已婚妇女的正常生活，无人倾诉，有口难言。在倔强孤立中，她演变成一个家族中的怪物。

什么"满蒙独立"？

什么"重振雄风"？

什么"复兴清室"？

——她看透了自己所托非人！这不是她的"归宿"。

只好寄情于其他男人身上吧。

结婚？对她而言，意义不大呢。

即使甘珠尔扎布为了讨她欢心，迁回大连圣德街居住，她还是住不下去。

她与面目看不清的日籍男友同乘汽车出游。她与穿西服男子跳舞。她在旁人窃窃私语中夜归。她拈起一份小报，上面有花边："芳子小姐之浪漫生涯"，一笑。

她与丈夫貌合神离地出席宴会。

……

终于有一个晚上。

甘珠尔扎布再也找不到她了。

她不在中国。

她到了日本。

大连圣德街的公寓，地板上遗留一个被弃的结婚指环。

经过三年的婚姻生活，以及婚姻生活以外的熏陶，川岛芳子已变身为一个成熟而又美艳的少妇。

她又只身东渡，但这一回，却是自主的，因为她要面见川岛浪速。

他很诧异。不过装作若无其事。

赤羽的屋子，志士们会聚畅谈的中心，已经卖掉了。浪速隐遁到一个偏僻的地方——他的雄心壮志，因时不我与，早进退维谷，其实已算是"退"了。

"三年未通音讯，我以为你还在蒙古大草原呢。"他边逗弄一只小猫咪，边逗弄她。

芳子道：

"我以后也不会到蒙古了。"

"你跟他——离婚？"

川岛浪速很意外，即使他退了，但这个策划，其实一点成绩还未见到，事情竟尔变了。

"不是'离婚'，是我'出走'！"

强弩之末的浪速闻言，怒气陡生：

"你这样冲动，如何为'黑龙会'建功？自从前年关东军在皇姑屯炸死张作霖之后，满洲建国指日可待，现在你一个人跑回来，大事就半途而废了！"

芳子发出冷笑，她不是傀儡！心底有新仇旧恨：

"我做事不会半途而废，也不肯向恶劣的环境屈服。我回来，是要与你好好算账——甘珠尔扎布不是大器，白牺牲了我三年青春与气力。所托非人，是个人耻辱，我不愿再提。要做大事，还得靠自己！"

"靠自己？你有什么？"

"钱！"

"你有钱？"

芳子凛然望着这个自她父王身上得过不少利益的男人，他一生也差不多了。当初，为什么是落到他手上，而不是其他人？

"我记得，"她道，"父王的遗产中，有一座大连的露天市场，交由你收取租金和佣金，这是一笔为数不菲的账目。"

"哦，是的。"他眯睐着一只眼睛，带着一点嘲弄，原来是这个！在江湖日久，他的奸狡并没写到脸上来。他只看着小猫咪：

"这笔财产，你也知道，作为运动的经费，早已用得差不多了。而且，你要拿钱，态度是否应该有点改善，才比较方便？"

芳子气得太阳穴突突地跳动，紧握着双拳，双目燃烧着，但她努力克制。

"——这是人情世故呀……"

目光溜到她脸上。

没等他说罢，她拂袖而去。

头也不回。

这男人路子断了。

还有另一个吧？

"牡丹"酒馆来了稀客。

女侍领着芳子，走到其中一间房子前。

轻轻地叩门。

有人声，没人应。

女侍不及向她礼貌地通报，木门被芳子一手敞开，纸糊的窗格子也坏了。

映进眼帘的，是半醉的山家亨，他英挺的面目，模糊了，在温柔的灯光下，她完全认不出他来。

这个男人，头枕在艺妓的大腿上，艺妓，艳眼虽把她缠得紧紧的，浑身都是破绽。她的官粉擦到脖根，衣襟却微敞，露了一大截背肌，颈背之间，白色油彩给画了三角形的图案，微汗令它半溶。

她哺他喝酒。

清酒烫人，她用嘴巴衔一口，慢慢地，哺到他口中。他的手伸进她衣襟内，搓捏着。

两个人猥琐地调笑。

两把洒金点的舞扇在摆动，原来一壁还有两名半裸的艺妓，给他歌舞助兴。

一室放浪形骸的、野兽的气味。

山家亨缓缓地抬眼，赫见来客是芳子。迷惘中，只道是幻觉。

半撑而起。

他唤：

"芳子？——

她恨极，又掉头走了。

听说他跟自己分手后，一蹶不振，日夜沉溺艺妓酒色。还亏空公款，欠了一身债项……

听说是听说，还有一线生机，如今亲眼目睹，她的希望也幻灭了。

——虽然掉头走了，但脚步还不很快。

只是，山家亨一起一跌，却又醉倒，再也无力求证，她有没有来过。

在门外稍稍驻足的芳子，一咬牙，终于决定，不再恋栈这个地方，这个男人。

一个无权，一个无钱。

中国人的话太有道理了，千百年流传下来的，是所有摔过跤的人的教训：

"大丈夫不可一日无权，小丈夫不可一日无钱"，是这样的。

她惟一拥有的，可靠的，过滤净尽，不过是自己！

难道就此倒下么？

不。

她又有另外的路子了。

这天下午，她穿着一件黄色的旗袍，短发梳得优雅帖服，坐在一个男人的对面。

芳子拈起茶杯，高贵地呷了一口茶——一派淑女风范。

对面的男人，是日本著名的小说家村松梢风。

她没经约见，迳自来访，一坐定，即好整以暇地道出来意，并没转弯抹角：

"我想把一个精彩的故事卖给你，作为小说的题材，用以换取路费。"

他有点愕然，但蛮有兴趣。

"这个故事的主角，"她说，"是已故满清肃亲王十四格格，川岛芳子。"

"哦！"他闻名已久，连连点头。

芳子继续叙述要点：

"是传奇的半生呢：她嫁给一位蒙古王子，但已经离婚。过去她曾与松本一位青年军官恋爱，但以悲剧告终。她的私生活浪漫，出卖给你，无论如何，也值两千元的稿费吧？"

村松梢风沉吟：

"是'男装丽人'的风流史，果然是好题材！但——"

"你要考虑什么？"

小说家也很坦白：

"我怎么知道你提供的资料，是真是假？而且涉及当事人私生活……"

芳子豁出去：

"你不用怀疑，因为——这是我本人的故事！"

他一听，惊愕：

"你就是芳子小姐！我久闻大名呀！"

还待寒暄，她已经不耐烦跟他应酬了：

"我只需要二千元！"

要什么，不要什么，她太清楚了。

绝处逢生。

芳子又打开一条活路。

《男装丽人》先在杂志上连载，再出版单行本，轰动一时。

小说家大都有渲染的本能，芳子传奇的半生，经了生花妙笔，极尽形容，更加吸引。

书很畅销。

但芳子又已离开日本了。

她得到"赌本"，对于此行，孤注一掷。

山家亨接到一封专函，一打开，跌下一沓钞票，足足一千元，还有一封信：

山家先生：

　　当你收到信的时候，我已经只身返回中国的上海，重出江

287

湖，决定闯一番事业。我将所有的钱，分给你一半，用以还债。希望你振作。男子汉大丈夫，不应沉迷艺妓，一事无成。我们都要尽己力而为。成功与否，则是天意！

芳子

至于川岛浪速，她不告而别，并打算从此也不再回到他身边。他一定心里有数。

只要翌日醒过来，发觉他的小猫咪，冰冷地躺在玄关上……

是一头俏丽的白猫呢，头顶正中只一抹淡淡的黑。那么温柔、无辜，多半是雌的吧——川岛浪速惯常利用女人，刺探情报、勾结外力。他爱养着女性的动物！

它被一根绳子勒住颈脖，一用力——

芳子已经望到美丽的上海了。

她嘴角闪过一丝顽皮的笑容，川岛浪速受此惊吓，肯定长久也治不好，还没有见血呢，她把愤怒发泄在不见血的报复上。

船泊近码头了。

如烟的晨雾仍恋恋地笼罩在黄浦江上。黄浦江！上海滩！这冒险家的乐园。驳船匆忙地行驶，在江面穿梭，担任一个重要的角色——是一个从中渔利的角色，最后的胜利一定属于两面都应付裕如的人。

她只不过杀死过一头小猫咪吧。

冥冥中，这竟是一切杀戮的开始。

火轮在发出吼叫，芳子迎着晨风，深深地呼吸着，前途未卜，但前途在自己手中。

上海的钟楼，呀！她一眼就看到，真是吉兆！

黎明，上船的、下船的纷纷扰扰，总是人欢气盛，整个码头充血沸腾。十里洋场,什么人物都会得出现,并不惊奇:中国人、日本人、美国人、俄国人、法国人……谁对这土地有野心的,都来分一杯羹。他们的身份,既有商人,也有毒贩,还有传教士和学生。

一九三一年,这一年,中国面临很大的劫难!

传教士在派发传单,上面画了洋人耶稣像,钉在十字架上,大字印着:"爱上帝!"

往来的人一手接过,还没细看,学生们也在派发传单,没有图画,没有人像,只密密麻麻的手抄油印字:"爱国!"

有些人什么也不爱,只爱钞票,因为上帝会惩罚世人,国家会漠视子民,只有钞票,不会辜负主子,谁拥有它,谁就可以招手叫三轮车,或雇个苦力帮他搬抬行李……

川岛芳子早已习惯孤身上路。南边的上海,人地生疏,但她一点也不心慌,只掂量先到哪儿落脚。坐了几夜的船,精神还是很好。正拎着一个小皮箱,举目四望——

不远处来了两辆三轮车,是两个小伙子踏来接船的。

他们把一个一个的大箱子,搬抬到车上去。每个箱子,上面用油彩给写上大大的"段"字。

她好奇地多看一眼。小伙子冲她一笑。

原来这是戏班子的戏箱呢。

"段",一定是角儿的姓。

那些搬搬抬抬跑腿的,一定是尚未成名的小子了。

小徒弟,蛮能干的,身手十分灵活矫捷。几个人中,一看便分出了谁是师哥,谁是师弟。师父不在,担任指使的角色,自是师哥们了。

只见那人展着顽童式的笑容,毫无怨言,师兄一说,他答应一下便干活去。而且非常俏皮,喜欢表演——四平大马把箱子扛上了肩膊，起霸，迈开台步，走边……

师哥道：

"这箱是戏衣，小心点！"

"得——令！"他还拉腔呢。

芳子见他两道浓眉，眼神清朗，一脸朝气。久未见过这般纯真好动的小伙子，仿如刚出窠的小鹰，充满活力，振动翅膀。飞，还是飞不了的，很嫩，才二十出头吧。

忽地，一个瘪三欺芳子姑娘家，又单身站着，举目无亲似的，乘势把她的皮包一把抢走。

芳子一怔，正待大喊。

那瘪三已经飞跑，他把那小伙子撞倒，戏箱翻跌，漏出袍甲戏衣，一地都是。

咦，一个弱女子竟为歹人所乘，他像个英雄似的一跃上了三轮车向前追上去。

车子当然比人快，他马上追上对方，一追一逃，一番搏斗，连码头的几辆人力车也撞个人仰马翻。

那瘪三身手怎么及他？几个回合，就把皮包给夺回来。

他把原物递还芳子，挺殷勤的。

这位身穿洋装的小姐，打扮得很清秀，个子也娇小，恐怕受惊了吧？

"小姐，不用怕，你瞧瞧数目对不对？"

芳子把皮包打开，拎出一沓钞票，她的家当都在里头了——全是日元。

小伙子一见，抓抓头皮：

"吓？是日本人呀？"

没来由的，当下有点失望。日本人！

但他以有限的日语，跟她道：

"沙唷啦哪！沙唷啦哪！"

芳子把皮包阖上，微笑：

"谢谢你。"

他一听，竟又大喜，喜形于色：

"吓? 真好！原来是同胞！"

他又抓抓头皮，希望继续谈下去，有什么话题呢?

"小姐，呃，你是来上海打天下的? 我也是呀，我——"那边厢，师哥们见他见义勇为太过分了，物归原主便了，犹在磨蹭老半天。便在远处大声唤他：

"阿福！阿福！贼抓了，还不快来干活? 英雄难过美人关呀? "

他一听师哥们唤他小名，浑身不自在。

窘极了，不是因着"英雄难过美人关"，而是"阿福"。他讪讪地道：

"你没听见? "

"听见了。"

"呃，唤'阿福'，还真挺土气的。不过——我可是有艺名的！ "

芳子微笑，这人真是耿直可爱。

他不知道自己是谁，有眼不识泰山，所以中间完全没有功过，不会互相利用。这感觉很奇怪：是人与人之间，简单的往还。

"谢谢你，'阿福'！ "她强调，"再见。"

这是乱世，人与人，分手之后许没机会再见了，不过是萍水相逢吧。

她不太热情，但礼貌地转身走了。

这小伙子，一壁暗骂师哥们：

"狗嘴！看我不接你们！ "

一壁却不得不由她走了：

"小姐——"

芳子回头望他一下。

他非常率真地祝福：

"记住了'守得云开见月明'呀！"

"好，大家都一样！"

她这番是头也不回地上路了。

他耳畔犹有师哥们的怪叫嘲笑：

"哎唷，这小子，睡歪枕头想偏心！"

他不在意，只有点惆怅，小姐已失去踪影了——她是来寻亲？抑或来找工作？抑或？……

在上海打天下，真是谈何容易呢？

上海跟中国任何大城市都不同。

它特别摩登，特别罪恶，特别黑暗，特别放荡……

什么都有：豪华饭店、酒家、夜总会、跳舞厅、戏院、百货公司、回力球场、跑马厅、脱衣舞场、鸦片烟馆、妓院、高级住宅区、花园……背面是陋巷和饿殍，为了生活而出卖灵魂肉体自尊青春气力的男人和女人。

租界是外国人的天堂。黄浦公园入口处有"华人与狗不得入内"的告示牌。

但上海是个"魔都"——不但革命精英在上海建立据点，各国、各界，特别是军政界的要人，都集中此地。所以它是"魔女"的机会。

三井物产株式会社，举行了一个舞会。

芳子找到目标了。

华尔兹是靡靡之音。

在盛大的舞会中，宾客都是日本上流社会的名人。"三井物产"，是三井财团对中国进行经济侵略的机构之一，在上海，成立了廿多年。每年一度欢宴，军政界要人都会出席——尤其是今年。

他们对中国的侵略，不止经济上了……

芳子第一次亮相，是一个艳装女郎。她的舞姿精彩极了，鲜妍的舞衣在场中飞旋着，一众瞩目，身畔围绕着俊男，她换着舞伴，一个又一个……

是华尔兹。显示了一定程度的，身体上的吸引。

水晶灯层层叠叠，如颤动的流苏，辉煌地映照着女人。

女人的目标是宇野骏吉。

她打听过他了：

宇野骏吉是日本驻上海公使馆北支派遣军司令，权重一时的特务头子。

她在眼角瞥到他。

五十多岁了吧，看来只像四十，精壮之年。个子颇伟岸，眉目之间，隐藏着霸道。头发修剪得很短。硬。穿洋装的日本男人，摩登、适体。他有时仰天纵声大笑，对方有被玩弄于股掌之上的寒意。

芳子转身过来，有意无意地，在他面前经过，一言不发，看他一眼。

他也不动声色，只是盯着她。

二人未曾共舞。却交了手。

当他正欲开口寒暄时，她已飘然换上另一个舞伴去了。

然后，麦克风宣布了：

"各位先生，各位女士，今晚'华尔兹皇后'的得主是……川岛芳子小姐！"

大家热烈地鼓掌。

但，没有人上台去领这个奖。

川岛芳子不知去向。

宇野骏吉摇晃着杯中晶莹透明琥珀色的美酒。微微地抬眼，不着痕迹搜索一遍。

一直到晚宴完毕。

他若有所失，不过依旧仰天纵声大笑，与同寅欢聚。

第二天，他正埋首桌上的文件时。

一下叩门声。

宇野骏吉抬头：是她！

事前没有任何招呼，不经任何通传，一个女人，迳自来到司令部。她一进来，便坐在他对面。

昨天的她穿洋装，今天，却一身中国旗袍，是截然不同的味道——中国女人的婉约风情，深藏贴身缝制的一层布料中。

他也打听过她了：

"芳子小姐，昨晚怎么半途失踪了？"

芳子笑：

"应该出现的时候我还是会出现的。"

宇野骏吉也笑：

"有点意外。"

又朝她眯眯眼睛：

"受宠若惊。"

"难道我出现得不对么？"

宇野骏吉站起来，走向酒柜，取出一瓶三星白兰地：

"得好好招呼才是——要茶抑或酒？"

他已经在倒酒了。

芳子微微地抬起下颏，挑衅地：

"要你——宇野先生，当我的'保家'！"

不卑不亢，眼角漾了笑意。

她对镜试了各式各样的笑意，一种一种地试着来，然后在适当时机使用。今天使用这一种。

"有人欺负你吗？"

"没有。"她道，"不过不想太多不知所谓的男人来纠缠啦。你知道，人的时间很宝贵。尤其是女人。"

宇野骏吉失笑：

"女人倒是多了这门子的烦恼，尤其是芳子小姐，'格格'的身份是你的本钱哪！"

"叫我'芳子'。"她煞有介事地，"我打算叫你'干爹'呢。"

当二人周旋时，芳子很含蓄地、自信地动用她的"本钱"，即使她唤他"干爹"时，也是一点尊敬的意思也没有。

他只说：

"可以拒绝么？——父亲跟女儿之间，稍作过分，已经是乱伦了！"

芳子嗔道：

"什么'乱伦'？这种话也好意思出口？"

宇野骏吉哈哈狂笑。

芳子白他一眼。

"只跳个舞就好了。"

"哈哈哈！"

他是个阴险而奸诈的人，她不会不知道。但他精明、掌握权势——她迷恋的，是这些，她要男人的权势作自己的肥料！

司机驾着车，向郊外驶去。

远离了喧嚣的闹市，天下的林子都一样。茂密的叶子由黄转绿，鲜花只灿烂一季。

汽车驶至林子中，戛然而止。

芳子有点愕然。

车厢内，二人沉默了一阵。

来时，宇野骏吉只问：

"你住哪儿？"

她答：

"正要托人帮我找个住处呢。"

谁料车子蓦地停在意外的地方——一个树林中。

他的呼吸有点儿急促。

芳子心里有数。男人对女人最终的目的，难道是大家喝杯三星白兰地吗？

司机木然，没有反应、尽忠职守地坐得很正直，如同蜡像。

芳子突然轻轻哼起一支曲子。

那是一支什么曲子，一点也不重要，反正如怨如慕的声音，像怨曲，也像舞曲。是她昨夜舞过的华尔兹，靡靡之音。

她道：

"干爹，陪你跳个舞？"

她没有正视他。只在转身下车时，飞快地瞟他一眼，闪过异样的光芒。

下车的时候，腿伸长一点，故意露出她的袜带来。

她向林子中款摆而去，像一个舞者，转到对手的跟前。

宇野骏吉下车了。

她只轻轻搭着他的肩，跳了好几步，非常专心致志地跳着舞。

芳子强调：

"只跳个舞就好了。"

宇野骏吉陡地，把手枪拔出来。

芳子吓了一跳。

她不知就里，望着这个男人。

手枪？

他眼中有咄咄逼人的威严。但又炙人。

芳子后退几步，背心撞在一棵大树上。

宇野骏吉的手枪，顶着她腹部。

他一手掀开她旗袍下摆，把裤带生生扯断……

她不知道是在这儿的。光天化日，莽莽的树木。太阳正正地透过婆娑的叶子间隙，洒满二人一身。天地尽是窥望者。

措手不及，突如其来的窘迫，怎么会在这个地方？

她挣扎着。

手枪用力地顶撞了一下——

芳子只好缓缓地闭上眼睛。她是块附在木头上的肉了。

她脸上有一种委屈的、受辱的表情。

因为这样，他更觉自己是头野兽，一个军人、大丈夫……

宇野骏吉毫无前奏地侵略她。

像所有男人一样，于此关头，不外是一头野兽。她逼着扭动身体来减轻痛楚。

芳子很难受，她咬紧牙根，不令半丝呻吟传出去。在露天的阳台，一个半立的姿态。明目张胆。

那根冷硬的金属管子，已不知抵住何处，但它在。一不小心，手枪走火了，她就完了！

真恐怖！

她如一只惊弓小鸟。

他在抽动的时候，感觉是强奸。她也让他感觉是强奸，为满足征服者的野心欲望，她的表情越是委屈和受辱——他满足了，就正中下怀。她引诱他来侵略。

有一半窃喜，一半痛楚。她嗅到草的腥味，是梦的重温，但她自主了。

到了最后，当男人迸射时，像一尊千里外的炮在狙击，她以为自己一定盛载不下的——她按捺不住，发出复杂而激动的号叫！……

"呀——"

炮声响了！

战场上的人也在号叫。

一九三一年，九月十八日夜，十时二十分，关东军以板垣征四郎为首，策划了满洲九一八事变。日军的工兵，按照计划，用炸药把沈阳以北柳条沟的一段铁路炸毁，令列车受到破坏，又嫁祸中国士兵，以此为借口，挑起事端，向中国驻军所在地北大营方向开火，司令官本庄繁下令：发动突击。

日军明目张胆地，长驱挺进，正式侵略中国！

东北军在蒋介石国民政府"不抵抗"的命令下，撤至关内。

——这是日本帝国主义经过精心策划，长期部署下，重要的一着。

自九一八起，日军大举侵华了。一九三二年，辽宁、吉林、黑龙江、热河四省，全部沦陷。满洲落在他们手中，为所欲为。

不过，他们需要一点堂皇的包装。

年近五十，长着一撮小胡子，眼睛附近肌肉略松弛，但仍一脸温和恭顺笑意的土肥原贤二，关东军大佐，到了天津，面见了溥仪。

这位蜗居在天津协昌里"静园"的末代废帝，复辟的美梦一直随着局势跌宕。清室灭亡了，但日本人总是郑重地安慰他："请皇上多多保重，不是没有希望的！"他一些遗老忠臣伺候在身畔，没肯离去。但是，中国人却不停内战，今天甲乙联合反丙，明天乙丙又合作倒甲，江山"统一"无望，越来越不像样。

溥仪除了沉溺在花大钱，月月给后妃买钢琴、钟表、收音机、西装、皮鞋、眼镜、钻石、汽车……以外，还沉溺在扶乩和占卦中。

他得到的预言，总是"入运"、"大显"、"掌权"……之类的慰语。

终于他盼到了！

土肥原贤二先问候了溥仪的健康，就转入正题：

"是张学良把满洲闹得民不聊生，日本人的权益和生命财产得不到任何保证，不得已，方才出兵。关东军只是诚心诚意地帮助满洲人民建立自己的新国家——这新国家需要领导人。"

他还强调：

"天皇陛下是相信关东军的！"

溥仪却坚持：

"如果是复辟，我就去，不然的话我就不去。"

他微笑了，声调不变：

"当然是帝制，这是没有问题的。"

日本方面实在急于把皇帝弄到东北去。当然迎合着溥仪的心意，只要他一到满洲，就是一个傀儡——但没有人可以预知。

在十一月的一个黑夜里，一艘小汽船靠岸了。

那是"比治山丸"，是日军司令部运输部的，负责把溥仪自天津受监视的情况底下偷运出来，到了营口。

岸边静幽幽的，夜色苍茫中，只见几个黑影子，在紧张地等候着。除了远处传来一两下懒懒的犬吠声外，没有半点生命的动态。

川岛芳子陪同宇野骏吉屏息地望着靠岸的一个黑点。身畔是宇野的副官、几个宪兵，和一个长得颇俊俏，但嘴唇抿得紧紧、一脸坚毅能干的特别随从，他是中国人，孤儿，自小接受日本军方培训，以机智冷静见称。

他是小林。

小林的任务很重要。他也聚精会神地盯着小汽船泊岸。

为日本人办事的中国青年？芳子打量他一阵。

船上走出几个人：郑孝胥父子等几个溥仪的忠臣、日本军官、约十名士兵。溥仪走在最后，他穿了一件日本军大衣和军帽，经过乔装，看来很疲倦，是偷渡时有过一番惊险吧。不过总算着陆了。

接船的人赶忙上前恭迎。

宇野骏吉向他行个军礼。

"皇上一路辛苦了。现在我们先坐车到汤岗子温泉，过一两天，就到旅顺去。"

溥仪一上岸，四下一看，来迎接的人就只是这些个？他还戴了墨镜，脸色一沉，整个人很灰黯。

只是眼前忽一亮，出现个美艳的女子。

她一上前，马上表露身份：

"皇上吉祥！"只差没跪安，"肃亲王十四女儿显玗会为皇上效力！"

溥仪见到自己人，方有点喜色：

"——哦？记起了，算辈分是我堂姊妹。"

芳子闻言大悦，在所有日本人面前，她仍是最尊贵的一个。但掩饰得很好，不动声色：

"不敢当。显玗有个日本名儿：川岛芳子，方便复辟大计奔走之用。"

欺身上前在皇上身后的，是王室中人，他们大清皇朝，就倚仗这几个了。芳子的野心表露无遗。

宇野骏吉也不怠慢：

"请皇上放心，建国大业就交托我们吧。"

一众护送溥仪至早已预备好的马车前。

他有点不开心地，对芳子道：

"想象中会有万民欢呼摇旗呐喊的场面呢——"

"皇上，"芳子坚定地，像个男子汉，"日后一定会有！"

她向那特别的随从交待。像下达命令：

"小林，好好保卫皇上！"

他忠心耿直地应：

"是！"

溥仪上车去。他偷渡之前一天，陌生人送来的礼品，是水果筐子，里头竟发现两颗炸弹呢。离开天津，溥仪也就惊魂甫定——而那炸弹，谁知是哪方面的人给送去？说不定就是日本人，只为要他快点到东北去。

目送他们的马车远去，宇野骏吉来至芳子身畔，两个狼狈为奸的男女，相视一下：

"奇怪，皇后婉容并没有一起来！"

芳子又回到她从前的故地——旅顺了。

当日的离愁别恨早已淡忘。七岁之前，那是她童年；二十岁之后，那是她大婚。

旅顺不是家乡，只是寄寓。她小时候与兄弟姊妹们，三十多人呢，一起等待杏树开花。一起捉麻雀、摘小酸枣。一起学习汉文、日语、书法……只一阵，她被送走了。再回来时，结婚，未几离婚……

命运的安排就是这样怪异。

她又住进大和旅馆。楼上封锁，是溥仪等几个人占用，在"登极"之前，相当于"软禁"。但日本人对他仍相当尊重。

豪华的旅馆，偌大的酒吧间，只得两个人，时钟指示着：三时。凌晨。

守卫们在大堂站岗。

宇野骏吉和川岛芳子彻夜未眠。他手绕在背后，踱着方步，她倚坐高椅上，思索一个问题。

关于婉容，这末代皇后。

宇野骏吉沉吟：

"任何一出戏，舞台上都得有男女主角。"

"建立满洲国，怎么能够用'一出戏'来作比喻。"

芳子觉得，戏会得闭幕，但复兴清室，永垂不朽。

各怀鬼胎的两个人，还是要合作密谋大计的。

宇野岔开话题，回到皇后身上：

"你猜，皇后怎么没有一起来？"

"根据情报，"芳子道，"是她不想来。"

"是皇后不想来？抑或皇上不想她来？"

沉醉于"重登九五之尊"迷梦中的溥仪，心中什么也没有，只有"复辟"两个字。在天津期间，任何人，军阀政客或者洋人，只要表示愿意为他活动，他是来者不拒，有钱便给钱，没现钱时便拿出宫中的珠宝、古董、字画作"赏赐"。

溥仪身边的皇后、妃、贵人，根本只是摆设。长期受着冷落，夫妻关系就是主奴关系。

淑妃文绣，忍受不了，提出离婚。皇后婉容，正白旗人，十七岁就进宫了。"皇后"的身份，是不易去掉的礼教招牌。她心胸日渐狭隘，容不下其他女人，自己又不容于男人，迷信得疯疯癫癫的，苦闷之极。抽上了鸦片，瘾很深，且传出"秽闻"……

身为一国之后，也不过是悲剧角色吧。芳子笑：

"不管怎样，我们一手策划的大事，缺了女主角，场面太冷落了。"

宇野一念。没看芳子一眼：

"如果有人肯冒险，跑天津一趟，把皇后偷偷运出来——"

芳子抢先表白：

"我自信有这个能力。"

"这样危险的事，何必要你去？"

"我等这个机会，等好久了。"

"不，难道说我手下无人吗？"

宇野骏吉故意地说。

芳子向他撒娇：

"我只不过帮干爹做事吧。I'll try my best！"

又用日语再说：

"我会倾全力而为！"

他赞扬这自投罗网卖命的女人：

"你不单有间谍天才，而且还有语言天才呢，我没看错人！"

他来至芳子的座椅前，看着她：

"芳子，没了你，就好像武士没了他的刀。"

"哎——"芳子摇晃着他的身体，"干爹的台辞太夸张了。是'台辞'，对吗？"

"只要女人听得开心。"

芳子拦腰抱着这站在她面前的男人，头微仰，正正地看住他的眼睛。挑逗地，良久。

忽地，她用力一搂。

把脸紧贴在他的下腹。

嘴脸在上面逡巡，隔着一层军衣……

她闭上眼睛，梦呓一般低吟：

"我以为，女人生存的目的之一，是尽量令男人开心——"

外面的世界，黑漆死寂，只有这旅馆的酒吧间，灯火通明，华灯灿灿，暖气融融。守卫在外木然地围困着她——这么无边无际的一张大床。

芳子把他军裤的纽扣解开。稍顿，用她细白的牙齿，试图将拉链给缓缓地往下拉……阴险地轻咬了一下，男人马上有反应。

这一夜过得很长、很长。

在旅顺，芳子也有机会见到自己那些渐渐成长的弟妹们——她被送走时，他们还没出生呢。

不过，她赢不到家里人的手足情。可悲的是，芳子已经被目为一个"异族"，明里很客气，可是她的所作所为，太瞩目了，不正当，哗众取宠，兄姊只觉是个脱离常轨的坏女人。

"你们最好躲着她一点！"

父王十周年忌辰，王府的院子里建了纪念碑，没有把她请来。

芳子只管穿雪白毛皮齐腰短大衣，窄裙子，高跟鞋，上了个浓妆，十分显眼，上到了大街，百米之外就能引来行人的目光了。同日本男人的关系也被议论着。

不久，她的妹妹们，都被家中兄长送到日本的学习院去，就是为了不让她们走得太近。

芳子为此很不高兴。

自己那么地努力，就是不肯由着王府中各人如庶人一般沦落地生活着。英雄造时势呀。一奶所长，或同父异母的，竟然没有体贴和感动。她得不到关心！

是一个"异族"吗？

不，只有自己是"大器"。

一定得干出成绩来，要不父王就白盼望了一场。

"静园"在天津日租界内的协昌里。

它身上挂了个招牌："清室驻津办事处"。

溥仪之所以唤他们居停为"静园"，不是求清静，而是"静观变化，静待时机"。主人在的时候，它是一座小型的紫禁城，仍是遗老们口中的"行在"，也有人来叩拜、值班，园子里仍使用宣统年号，对帝后执礼甚恭。

这天，忽地来了一辆小汽车。

小汽车驶至"静园"的大门外，稍驻。

大门外是些小贩、路人、司机……平凡的老百姓，不过哪些是便衣，只有会家子心里有数。

大门内守卫看来颇为森严。

一个贵族太太下车了。

她穿烟红色绣金银丝大龙花纹旗袍，高跟鞋，披一袭黑色的毛里大斗篷。雍容华贵，由一个穿着只有惠罗公司、隆茂洋行等外国商店才供应的上等英国料子西服，领带上袖口上都别了钻石针的绅士陪同着，作客。

她挽着他。

大门口的管事打量二人一下，含笑迎入。

他俩内进，门外还漾着密丝佛陀的香氛。这对贵族夫妇，便是川岛芳子，和她亲自挑拣的小林。

小林很荣幸，得到这个重大的任务。

来前，芳子命他陪她跳舞："轻松一下才做大事吧！"

他陪她跳舞，听说陪了一个通宵，内情无人知晓。

他们终于见到婉容皇后了。是里应内合的部署。但这个女人是皇后吗？——

芳子一怔。

躺在床上的，是个脸色苍黄，眼窝深陷，一嘴黑牙的女人。

她的反应很迟钝。抽一口鸦片，闭上眼睛，幽幽叹口气，享受烟迷雾锁的醉乐。

床前站了来客。她懒懒地，又惺忪着，看她一眼，她知道她来意。

"皇后吉祥！"芳子道，"芳子带了你最喜欢的礼物来。"

她呈上一个镂花的名贵金属匣子，推开一道缝，上等鸦片烟的芳香溢出。

"芳子见过一次就记住了，在天津大概不好买。"

婉容冷冷地：

"我不打算离开天津！"

"皇上记挂你呢。"

婉容闻言，冷笑：

"嘿！我但愿像文绣，她离婚了。离婚？我跟她不同——我是皇后，她不是！"

说罢，她神经质地眨巴眨巴眼睛，吐一口唾沫星子。"啐！"

忽地，又呜咽起来：

"但我被这包袱压死了，不可以回复当一个普通人！"

芳子乘势坐到床沿上，颇为体贴：

"每回见到你，总是不开心嘛。"

她又靠拢一点。

"我不是不开心，"婉容诉说，"是不安全——我的男人是皇帝，他却保护不了我！"

她有点歇斯底里，心中有复杂情绪交织着，前半生过去了，她仍是枯寂无助，被遗弃的人。她感觉四下是个锅炉，烫得走投无路。她激动地大喊：

"行尸走肉的皇后！有什么好当的？你们让我在这里静静地把下半生过完就得了！"

婉容狂哭，肩头颤动，绝望而痛楚地，眼泪成串滚下，有点神经失常。

一下抽搐，回不过气来，床上的鸦片烟具和烟灯，被碰倒了，帐子燃着了。

芳子马上取过枕被，把小火扑灭，从容地，只觉这是个最好的时机。

自焦洞中望进帐子，是一个失常的皇后。她抖颤喘气，像个小动物，受惊的。

芳子只镇静地，瞅着她。婉容泪眼犹未干，被她的神情慑服了。

婉容喃喃自语：

"没有人，我身边没有人！给我'福寿膏'！"

芳子慢慢地，用她那袭黑色毛里的大斗篷，把婉容整个地包裹着。

毛里子，茸茸的，温和的，有芳子的体温——即使她贵为皇后，也不过是无助而纤弱的小女人。

芳子就比你强多了，她想。

像哄小孩一样：

"有我嘛。乖！不要哭。我送你到安全的地方去，带你到上海去玩儿好不好？上海精彩呢，没人日夜监视你，都是可靠朋友。"

婉容躲在她怀中，低吟：

"每天一早醒过来，好像有五六十个人在看我呢！凶巴巴地瞅着，宫中黑暗，我怕得出了一身的凉汗。你带我走吧！"

她好像藤蔓，直立不起来，无依无靠，忽地贴在一道石墙上，她毫无选择余地。

婉容静止了一会，芳子由她，直到婉容动了一下，把她的翡翠耳坠子除下来，缓缓地为芳子扣上。

婉容温柔地，望着芳子耳珠子，上面晃荡着一点青翠。

芳子嘴角浅浅一撇，但她抚慰道：

"你摸摸。"

婉容微笑：

"凉凉的。"

芳子就势抓住她的手，贴在自己耳珠子上不放，有点扎人。婉容眼神慵倦了，好像要放任地一睡不起。她很安全而且放心，世上再没有更温暖的地方……

芳子望着这无辜的小动物：

"你听我的话就行了。什么都不用担心。"语气是一道可靠的命令。

她搂紧这个女人，嘴唇凑上去，轻轻软软地吻着她。

婉容只觉一阵神秘、妖异的眩晕，眼睛舒缓地闭上，双臂完全瘫痪。

芳子的嘴唇开始用力了……

以后，婉容便言听计从。第二天，她依照安排，叩芳子客房的门。

她见到扮演芳子"丈夫"的小林。

地毯上一片呕吐狼籍，"病人"装作很虚弱的样子，嘴角还延着血丝。

芳子高声地向婉容道：

"谢谢皇后费心！"

故意让外面听见——谁知道谁的底细呢？都是尔虞我诈，没有人猜到仆从之中，有没有便衣。

芳子又像个贤慧的太太，走进走出，忧虑地把"病况"告知女佣人：

"我先生水土不服，加上他胃部有旧患，现在复发，还是拜托你们安排送医院去吧。"

事件张扬了。

同时，客房内的小林，迅速与婉容把衣服对调换穿。小林久经训练，仍能镇定地小声跟她道歉：

"请皇后包涵失仪之处！"

芳子在门关上之前，还焦灼地吩咐：

"我帮他换件衣服，救护车一到，马上通知我！"

然后，芳子在仆从远观下，演着一出戏。

她陪同皇后婉容回楼上的寝室去，一直恭敬地：

"皇后请回，才拜访几天，蒙你会见，不好意思呢，把地方弄得一塌胡涂。"

她把婉容送回房中，门关上后，背影回过头来——原来是小林的乔装。

"她"往床上一躺：

"芳子小姐请放心，天一黑，我自有办法逃出去。"

芳子陪尽小心的"戏"演过了。她回身望着小林，脸面变得冷酷，像要升的月光，一股寒意。

已掣枪在手。

小林大吃一惊，如一截木头，愣愣地半躺半起，那寒意，自脚心往上直冲，思维完全停顿。怎么会？

芳子迅雷不及掩耳，取过枕头，用来作垫子，灭声，放了一枪。血无声地，自雪白的枕套往外涌渗。

小林马上死去。

芳子根本不打算留活口。不择手段地，为建立"个人"的功迹。

收拾一下，锦被盖在他身上。

芳子对着体温还未消散的尸体：

"可惜！长得那么英俊！"

一步出皇后的寝室，芳子脸上，又回复紧张担忧的表情了。

急步下楼，忙着追问：

"车子来了没有？"

大门外来了救护车，两个扛着床架子的白衣人，把"病人"小心地搬放上去，"他"大衣的领子竖着，又用围巾缠着半张脸，急速喘气。

芳子愁容满面，照顾着她"丈夫"。

即使在日租界内，也有形迹可疑的人呀。所以车子驶出"静园"，还不是安全的。

婉容一动也不敢动，只信赖着芳子，一直紧紧握住她的手。

救护车也是自家的布局，高速平稳地前行。芳子静定地注视路面情况。驶到一些路口的铁丝网前，她暗中打个招呼，便马上通过。出了日租界，表情更冷酷。

"芳子，我们到了上海，住哪儿？"

婉容问。

芳子木然回答：

"我们是去满洲！"

她吃惊：

"满洲，还是日本人手上？"

芳子不答。

"我不去！"婉容慌惶地，"你骗我去满洲干么？皇上也许已被他们软禁，受着折磨。"

"你是皇后，就要做皇后的分内事！"

婉容望着这个自信十足处变不惊的芳子，疑惑地：

"那是什么？"

芳子按住她半撑的身子：

"皇上会在长春登基，你今生今世都是他的人。"

婉容挣扎着，她自一个罗网掉进另一个罗网中去了。

"我不去！我信不过你们，你——"

但无法继续了。芳子用上了药的手帕蒙上她嘴脸，婉容昏迷过去。

芳子无情地，目光坚定前望。

救护车驶离市区，直向荒僻的村路驶去。

"静园"开始不静了。

小林的尸体被发现。

神秘车子拼尽全力追踪救护车……

——不过芳子早着先机。

停在一间村屋前。

她把昏迷了的婉容半拖半抱曳下地来。

村屋旁山边正有一队送葬的队伍。

一口大棺材、仵工、送葬者全在默默等候着。

"目的物"来了。大家又无声地，把婉容放进棺材中去。

救护车驶入一个隐蔽的地方，用树枝树叶给掩盖好。

芳子迅速无比地更衣。不消一刻，她已是个愚昧的村妇，哭丧着脸。

队伍准备妥当。四个仵工扛着大棺材。一个老头在前头撒纸钱，唢呐和鼓手奏起哀乐，孝子和未亡人都哭哭啼啼地，上路了。

行列缓缓前进。

几辆追寻皇后行踪的神秘车子呼啸地，只擦身过去。

他们堂堂正正地出殡，没有人对村野送葬的行列起过疑心。

队伍十分安全地，把婉容偷运出天津，自水路，送至旅顺去。

芳子立了大功。

日本人意气风发，不可一世。

帝后都齐了，东北二百万平方里的土地，三千万人民，也在手上了，就等他们一声令下——

不过溥仪开始惶惑不安，他们受到封锁、隔离，俯仰由人的生活也就算了，最烦恼的，是关东军参谋板垣征四郎跟他说的一番话。

这个剃光了头的矮个子，青白着一张没有春夏秋冬的脸，慢条斯理地道：

"新国家名号是'满洲国'，国都设在长春，改名新京。这国家由满、汉、蒙古、日本和朝鲜等五族组成。而日本人在满洲花了几十年的心血、大量的宝贵生命才得到的，法律地位和政治地位自然和别的民族不同……"

占据溥仪全心的，不是东北老百姓死了多少人，不是日本人如何阴谋地统治这块殖民地，要驻多少兵，采多少矿，运走多少油盐大麦……只是想，不给他当"皇帝"，只给他当"满洲国执政"？他存在于世上还有什么意义？连八十高龄的遗老也声泪俱下："若非复位以正统系，何以对待列祖列宗在天之灵？"

多番交涉，讨价还价，日本人的野心不能暴露得恣无忌惮，便以"过渡时期"为名，准予一年期满之后改号。

终于才给了他"满洲国皇帝"的称谓。

——他还不是在五指山里头当傀儡？

但溥仪委曲求全，忍辱负重，把美梦寄托在屠杀同胞的关东军身上，不敢惹翻。

他等这一天，等得太久了。

芳子和大清遗臣等这一天，也等得太久了。

一九三四年三月一日，是登极大典的正日子。

溥仪要求穿龙袍，关东军方面的司令官说，日本承认的是"满洲国皇帝",不是"大清皇帝",只准许他穿"陆海空军大元帅正装"。溥仪只这一点,不肯依从——他惟一的心愿是穿"龙袍",听着"皇帝陛下万岁!万岁!万万岁!"双方遂在一件戏服上纠缠良久。

终于,当日清晨,改名新京的长春郊区杏花村,搭起一座祭天高台,象征"天坛"。

乐队奏出《满洲国国歌》。

溥仪喜孜孜地,获准穿上龙袍祭天,这东西,是他急急忙忙派人到北京城,从荣惠太妃那儿取来上场用,据说是光绪帝曾经穿过的。皇后也宫装锦袍,凤冠上有十三支凤凰。

遗老们呢,也纷纷把"故衣"给搜寻出来,正一品珊瑚顶,三眼花翎,仙鹤或锦鸡黼黻,还套上朝珠——是算盘珠子给拆下来混过去的。

这天虽然寒风凛冽,阴云密布,但看着皇帝对天恭行三跪九叩大礼的"文武百官",开心满足得很,一个一个肃立不语。

夹在日本太阳旗之间的,是大清八旗。打着黄龙旗的"迎銮团",甚至一直跪着。

在这个庄严的典礼上,溥仪感动之极,热泪盈眶。

芳子也在场。

亲自参与,也促成——她是这样想的——大清皇帝重登九五,她顾盼自豪。

思潮起伏,热血沸腾,心底有说不出的激动:

"满洲国,终于成立了!我们等了二十年,终于见到一个好的开始。是的,东北只是一个开始,整个中国,将有一天重归我大清皇朝手中。清室复兴了,一切推翻帝制的人,灭亡的日子到了!"

她傲然挺立。

神圣不可侵犯。

一直以来的"牺牲",是有代价的。

肃亲王无奈离开北京时,做过一首诗:"幽雁飞故国,长啸返辽东;回首看烽火,中原落日红。"——是一点不祥的谶语吧?

没有人知道天地间的玄妙。

但芳子,却是一步一步地,踏进了虚荣和权势的陷阱中去。

记得一生中最风光的日子——

芳子身穿戎装、马裤、革履,头上戴了军帽。腰间有豪华佩刀,以及金黄色刀带。还有双枪:二号型新毛瑟枪、柯尔特自动手枪。

革履走起来,发出咯咯的响声,威风八面地,上了司令台。

宇野骏吉,她的"保家"、靠山、情夫、上司……把三星勋章别在她肩上:

"满洲国'安国军',将以川岛芳子,金璧辉为司令!"

她手下有五千的兵了。

她是一个总司令,且拥有一寸见方的官印,从此发号施令,即使反满抗日的武装,鉴于她王女身份,也会欣然归服,投奔她麾下吧?金司令有一定的号召力。自己那么年轻,已是巾帼英雄——芳子陶醉着。

关东军乐得把她捧上去。

当她以为利用了对方时,对方也在利用她。这道理浅显。

但当局者迷。

从此,日本人在满洲国的地位,不是侨民而是主人。"非我族类,其心必异",所以他们要在政治、经济、思想、文化……上,以"共存共荣"的口号,加以同化。

日语成为中小学校必修课,机关行文不用汉文,日本人是一等国民,而新京的城市设计完全是京都奈良式的——横街都唤作一条、二条、三条……

来观礼的是各界要人，穿和服的、西服的、和中国服的，都有。这是一件盛事。

铁路、重工业、煤矿、电业、电讯电话、采金、航空、农产、生活必需品……的株式会社首长、财阀、军人、文化界、记者。

镁光不停地闪。眼花缭乱中，芳子神情傲岸，但又保持一点魅惑的浅笑，跟每个人握手，头微微地仰起。

然后，宾客中有递来一张名刺。

"北支派遣军司令部报道部宣抚担当中国班长陆军少佐"，多么奇怪的职衔。

她随即，瞥到一个名字：

"山家亨"。

山家亨？

芳子抬眼一看。

赫然是他！

他被调派到满洲国来了？

几年之间，他胖了一点。四十了吧，因此，看上去稳重了，神气收敛，像个名士派，风度翩翩的，一身中国长袍，戴毡帽，拎着文明棍。讲一口流利的北京话——从前打自己身上学来的呢。

前尘旧事涌上心头。

芳子有几分愧恨。自己已不是旧时人了，对方也不是——无以回头，这是生命中的悲哀。一如打翻了给"乌冬"作调料的七味粉。各种况味都在了。

山家亨只泰然地道：

"金司令，你好吗？"

芳子恨他若无其事，便用更冷漠的语气来回话。

"谢谢光临。"

——他一定知道自己不少故事，他一定明白自己的"金司令"是谁让她当上的。

他也许因而嘲弄着。

"你要证明我是个好女人"？前尘多讽刺。

芳子老羞成怒，但却不动真情，只飞身跃上一匹快马，不可一世地，策骑奔驰于长春，不，新京的原野上。

惟有在马背上睥睨，她就比所有人都高一等！

她是一个不择手段地往上爬的坏女人。也罢。

无以回头了。

她把他，和所有人，抛得远远的。

又到上海。

上海是她喜爱的一个地方——因为是发迹地。

满洲国成立之初，推展虽然相当理想，但日本政府和军部担心各国的反对，宇野骏吉曾交给她一个重要的任务。

她至今仍沾沾自喜。

关于"上海事变"。

上海老百姓抗日情绪已成暗涌，地下组织很多，芳子奉命收买一个"三友实业公司"的毛巾厂工人，袭击日本山妙法寺的和尚，制造死伤事件，然后，又指使为数约三十名的日本侨民，到毛巾厂进行报复。

就这样，原来是少数人的纠纷，酿成毛巾厂被放火烧毁，上千职工中有死有伤，这个传闻中的"抗日据点"被打击。日中两国对立，世界各国的注意力集中在上海，疏忽了满洲，东北的地盘更巩固，而武力的侵略也在南方展开……这便是一二八事变。

芳子觉得，作为间谍，乱世中的特殊分子，她是相当胜任的。

再回到上海，她脱去戎装，又是一个千娇百媚的跳舞能手。

天天在上海俱乐部狂欢。不能稍停地舞动，是因为血液一直在沸腾中，以致身不由己，难以安定下来吗？

但通过不分昼夜、不分对手的跳舞作乐，自不同的男人身上，确实得到宝贵的情报——

十九路军孤军作战。蒋介石快将下野。谁抗战意向坚决，不可动摇。谁可以收买，倒戈相向。国民党系统的银行濒于破产。中国停战的意愿。什么人肯作卧底……

日方不过出动一个女人，便事半功倍了。

"我可不是为日本人工作呢。"芳子却这样同自己说，"不过我的利益同日本的利益一致吧——但这是毋须向任何人解释的。"

她操着流利的中日语言，往来中日之间。一时是整套的西服，一时是和服，一时是旗袍，一时是曳地晚装。

一时是女人，一时是个"小男孩"。

对于长年处身风云变色的战场上的军官，这是一种特别的诱惑——不但征服女性，也征服同性。她如同歌舞伎中男人扮演的女角，总之这是日本男人的欲望。微妙地，为之冲动。

没见过她的人，听过"男装丽人"的传奇，越是着魔地想见一面。所以，因着这潜意识，初次的会面很容易便被俘虏。

所以，有时她身穿浅粉色友禅染和服，花枝招展地应天行会头山秀三之邀，在东京国技馆观看大相扑。有时，出现在银座七丁目的资生堂二楼，与巨富伊东阪二携手吃茶。有时，穿着茶色西服和大衣，分头式短发，头戴黑色贝雷帽，贵胄公子般坐汽车于上海招摇过市。

豪华公馆中，经常有魁梧奇伟的彪形大汉，恭敬侍候，说是保镖，也是面首——因为，她已无"后顾之忧"。

每天不到下午一二时，她是起不了床的。

她也爱在床上，披着真丝睡袍，慵懒地下着命令。

一个俊硕的男人，已穿戴整齐了。亲近到芳子小姐，是他的荣幸呢。

芳子道：

"事情已经成功，这个卧底不用留。"

她递给他一帧照片。

男人一直躬身倒退地出了房门：

"是！"

"过几天在戏院子给我消息。"

"我会自行出现的，金司令！"

"好。我干爹不在，明儿晚上陪我跳舞去。"

"是！"

他出去了。

在门外，碰到芳子的秘书千鹤子，这日籍少女，忠心周到地打点她身边一切。此等荒淫场面早已见惯，从来不多事。

她来，是完成了任务。

"芳子小姐。我来向你报告山家亨先生来上海之后的详细资料。"

芳子抬眼：

"先给我放贝多芬的《月光奏鸣曲》吧！"

音乐轻轻地流泻一室。

芳子伸伸懒腰。

真像梦幻的世界。

大白天，《月光奏鸣曲》，月光透过音乐，蹑手蹑足地洒得一身银辉。

这些日子以来，他做过什么？到过哪儿？同谁一起？是喜是悲？……

这样子打听着初恋情人的举动，有一种微妙的感觉，五内是起伏的，但她不动声色地吩咐千鹤子：

"说吧。"

——山家亨有一段时期萎靡不振，这是因为失恋。

后来他到了北京，从事文化宣传工作。有个中国名字：王嘉亨。

一九三〇年在北京与一位新闻记者的独女清子结婚。三年后生了女儿博子。

满洲国成立，他奉命到东北搞宣抚工作，发行了《武德报》、组织话剧团、策划文艺演出。颇有点权势。

他在新京、北京、上海、天津都有公馆。

最近，因宣传"五族协和，日满亲善"，预备在东北成立电影公司，挑拣合适的漂亮少女，捧作明星。幕后策划人是甘粕正彦大尉。

因工作关系。他与电影文艺界接触较多，生活排场阔气。女明星们为了名利，希望得到他欢心，都向他献媚、争宠。

传闻男女关系糜烂。

女人昵称"王二爷"。

……

女明星、男女关系、权势、亲善。

资料说之不尽，但芳子耳畔，只有一大串女人的名字，回旋着：李丽华、陈云裳、周曼华、陈燕燕……不知谁真谁假。

他抖起来了——但愿他萎靡下去，就好像是为了自己的缘故。但他没有，反而振作，活得更好。

芳子牙关暗地一紧，还是妒忌得很。

她仍不动声色地吩咐千鹤子：

"行了。"

唱片还没有放完。顽强地持续着。一室浪漫，围困一个咬牙切齿的女人。

男女关系？

她没有吗？

总是在微微呻吟中喘道：

"不准动左边！不行啦！"

她护卫着左边的乳房。

男人拥着看来娇怯的女人，这样问：

"是因为'心'在左边吗？"

"是因为枪伤的旧痕吗？"

"是因为……"

她不肯把手放开：

"不行啦！"

男人要是用强，就看见了——

在左边乳房上一颗小小的红色的痣。

半明半昧的灯火中，无意地发射妖艳的光芒，奇异地，激发他们的兽性。

令她身上的人，大喜若狂，如痴如醉，用手、用舌头或牙齿去"感觉"它。

她的魅力不止是外在的。

曾经共寝一次的男人都不会忘记。

为什么下意识地"不准"呢？是为他"留"吗？

——但他从此不在乎她了！

芳子脸色苍白。

她以为这只是昨夜风流，睡得不足的关系吧。

有一个晚上。

山家亨拥着艳丽的女人，她是上海的明星，还没进公馆，已在黑暗中热吻。

二人难舍难分地，他一手打开大门，把灯亮着。

一亮灯——

赫见一地都是被剪碎砸烂的东西：撕成一片片撒得凌乱的照片，他与女明星们的合照、以"王二爷"为上款的情书、照相机、酒杯、花瓶、玻璃……他的西装、和服，连内衣裤也不放过，总之，眼见的没有什么是完好的。

二人大吃一惊。

这个"灾场"中，川岛芳子好整以暇地，坐在一张沙发上，把手脚都摊开，当成自己的公馆一样，目中无人。

她这样嚣张凶悍，显然在等着山家亨多时了。

他识趣地，把女客半推半哄：

"你先回去，我明天给你来电话！"

女明星经此一吓，也急于离开。

哄走了女人，山家亨掩了门，跟芳子面面相觑。

看来她根本不打算为自己的作为抱歉。

"你的风流史不少呀。"她冷冷地道，"在公在私，也有很多'明花暗柳'来投怀送抱。"

他道：

"多半是公事。"

"训练女明星演戏？床上的戏？"

山家亨强抑：

"这是我的私事！"

芳子站起来，挑衅地：

"要的尽是中国女人呢。"

"——"

她突然大声地喝问：

"为什么你不要日本女人？"

"——"

他没有答。空气似乎很紧张，时间异常地短，但二人内心活动奔驰几千里，非常复杂，为什么他不要日本女人？

芳子冷笑，胜券在握地：

"嘿！——因为我是中国女人？"

山家亨闻言。他曾经矛盾，壮志未酬，容颜渐老，待事业进一步时，却得不到纯真至爱，简直是被作弄的一个人。

他也冷笑：

"你自视太高了！金司令。"

他作了个送客的手势。

"夜了，请回！"

芳子不肯让他讲这样的话,她不要听,只扑上他身前,贴得很近。

山家亨厌恶地，把这女人推开。

她有点不甘心。

在过去的日子里，要得到什么，只要热衷而有斗志，她的周围，都无意地散发如漩涡的牵引力，把追求的，卷送到核心，她的手中去。从来没有漏网之鱼，是这种满足的感觉，营养着她，为她美容。

她不甘心。

马上变易了一脸表情。

世上最了解他的是谁？她爱怜地轻轻抚摸他中年的、有点沧桑的脸：

"她们，有没有我一半的好？你说？"

从前的岁月，渐渐回来了。

芳子紧紧地拥着山家亨，送上红唇，把他欲言又止的嘴封住了。

他受不住引诱，一度，他以为她会成为他的女人，下半生，天天亲手作栗子馅大福。一度……

山家亨的手从她背后，改道游至胸前。

她像触电般，身体与他叠合，间不容发，水泄不通。良久，二人都没有动过——直到他开始动的时候，她是故意地，像蛇一样地缠着他，吊他的胃口，让他明白，这是多么难得的一个女人。她们并没有她一半的好。

她慢慢地，给他最大的享受和欢乐，给他死亡般的快感。她的身体就是一个饥饿地吮吸着的婴儿……

是男人教会她的。

他们取悦她，她又取悦他们。

到头来，千锤百炼的，送还予初恋情人——她反而有点看不起他了。

芳子突然发难，狠命一咬。

他的舌头和嘴唇被咬破了。

"哎！"

高潮过后的山家亨嘴角带血，怔住。

他用手背抹着甜而腥的血，意外的疼痛，他望定芳子，这个不可思议难以捉摸的魔女。

芳子轻狂地，仰天大笑：

"哈哈哈！——"

她推开山家亨，如同他方才厌恶地推开她。他嘴角受伤了，但，她也沾了血。

芳子由得血丝挂在艳红的嘴边，如出轨的唇彩。她裸着身体，放浪形骸，骄横邪恶地笑道：

"我不是善男信女！虽然我俩已经没有瓜葛，不过你是我的初恋，我看不过你太多新欢，你最好收敛些，如果惹翻我，什么事也做得出！"

她起来，就着月色，把衣服一件一件地穿上，在他面前，筑起一道一道的藩篱。他们的距离，就此远了。

他刚得到过最欢娱的享受，马上，他失去了。芳子拂袖而去。

山家亨呆望着她的背影。

血没凝住，悄悄地，自口子又涌出胀胖的一滴……

他想，堂堂男子汉，也是国家派遣来中国候命的，新生的满洲国需要"纯洁"、"忠心不二"的文化艺术感染，他是个重要的"中间人"，成立满映将是重要使命，作为机关主事人，莺莺燕燕，环绕在身旁，谁利用谁，一时也说不清，竟惹来这个女人猛燃的妒火？芳子可以放荡地人尽可夫，却容不下他左拥右抱——既是狂徒，又是小女人！

女人的事，太麻烦了。

日后不知她会搅什么鬼。山家亨心事芜杂地，坐下来。

直到天亮。

反而芳子一力把这个男人自记忆中抹去。

她如常地把白天和黑夜颠倒了。

往往早上才可以入睡，一睡如死，天昏地暗日月无光，直如石沉大海——只有在睡梦中，鸟语花香人迹杳然，没有任何人，世界澄明，没有家国、爱恨、斗争……回到童真的岁月。

最难堪是将醒未醒时，残梦折磨着她，恋恋不肯再去，头痛欲裂。芳子猛地拼尽力气把双眼一睁，夕阳西下了，又是新的一天。

她像幽灵般自帐子中钻出来，开始一天的玩儿。

节目很丰富：先吃过"早点"，然后纠众一起要乐、打麻将、甩扑克，各种的赌博。赌罢便喝酒、歌舞、唱戏、操曲子。上海不夜城，夜总会、舞场、球场……都通宵不寐。

这不是颓废,她想,买日为欢——每一天的快乐,是用她"自己"买回来的!

芳子对镜梳头,柔软的短发三七开,顺溜亮丽。脸色虽是病态地苍白,但淡淡地上了点脂粉,描了眉,抹了口红。

穿上心爱的黑缎子长袍、马褂、小袄,戴上黑缎子圆帽,一身潇洒男装。

随从五六人,伴着她,到戏院子去。

"金司令,您这边请!"

戏院子的经理和茶房恭恭敬敬地向芳子鞠躬,一壁引路。

一众浩荡地被引至二楼中央的包厢座位。在上海,老百姓都知她来路,鄙夷有之、憎恨有之、好奇有之——但她是个得势的女人,大伙都敢怒不敢言,途经之处,观众都起立,向她鞠躬。芳子表现得威风八面,不可一世,大步地上座。

坐定,跷起二郎腿,气派十足地看着舞台,四壁红漆飞金,大红丝绒幔幕已拉开,台上男扮女装的乾旦,正唱着"拾玉镯"。男人上了妆,粉脸含春,扭扭捏捏地把玉镯推来让去。

台下的芳子呢,扇着一柄黑底洒金折扇,一手放在身畔俊男的大腿上,又抚又捏,随着剧情调情。

大家都视若无睹。

——这真是个颠倒荒唐的人生大舞台!

观众在台下吆道:

"好!"

是因为角儿把"女人"演活吧。

一个小厮递来冒着热气、洒上花露水的毛巾给她抹手。

她认得这个人,是前几天派出去打听情报的手下。他原是俊硕的男人，装扮那么卑微，居然像模像样。

芳子眉毛也没动一根，接过毛巾，下面有张纸条，写着：

　　味自慢，靠不住。

她心里有数。

"味自慢"是她心目中"嫌疑人"之一。她故意对三个人发布不同的假消息，看看哪一项，泄漏予革命分子知悉……

政治必然是这样：尔虞我诈，你死我活——异己是容不下的。容下了，自己便无立足之地。

经理着人送上茶点了。

芳子若无其事地，抹过手，纸条揉在毛巾里头，团给小厮拎走。

"金司令请用茶，"经理阿谀地媚笑着，"上等碧螺春！"

"唔。"芳子待接过茶盅，一沓钞票自他手底送过去，他需要她的包庇。

芳子信手取过随从的望远镜，自舞台上的角儿，游走至观众席，再至包厢右面——她自镜筒中望定一个人，距离拉近了，是一张放大了的脸！

他经过乔装。

但芳子知道，那是背叛者："味自慢"。

她把望远镜对向舞台上。

那个人，呷了一口小厮送上的香茶，不消一刻，已无声倒下。无端死去。小厮与附近的"观众"把他抬走。

芳子若无其事地对周围的人闷道：

"没意思，我们走了！"

正起立，走了几步。

台上锣鼓喧嚣，座上大大喝彩。

芳子回头一瞥，台上的不是人，是猴！

完全是个人表演，角儿是神仙与妖怪之间的齐天大圣。他猴衣猴裙猴裤猴帽，薄底快靴。开了一张猴脸，金睛火眼，手抡一根金箍棒，快打慢耍，棍花乱闪，如虹如轮地裹他在中央。这角儿，武功底子厚，筋斗好，身手赢得满堂彩声。

他的演出吸引了她。

经理赔着笑：

"是'闹天宫'。"

她把那望远镜对准舞台，焦点落在他身上，先是整个人，然后是一张脸。

芳子只见着一堆脂粉油彩。有点疑惑。

角儿打倒天兵天将，正得意地哈哈大笑，神采飞扬中，仍是乐不可支的猴儿相，又灵又巧。

芳子随意一问：

"武生什么名儿？"

"云开。"经理忙搭腔，"他是上海最有名的'美猴王'。戏一落地，就满堂红！"

芳子向台上瞟一眼，像男人嫖女人的语气：

"是吗？看上去不错嘛。"

然后一众又浩荡地离开戏院子了。

就在大门口，有个水牌。

水牌上书大大的"云开"二字。

水牌旁边有帧放大的相片，是一张萍水相逢，但印象难忘的脸。

他红了！

码头上遇上的小伙子，当日两道浓眉，眼神清朗，仿如刚出窠的小鹰。才不过两三年，他就一炮红了。相片四周，还有电灯泡围绕着，烘托他"守得云开见月明"的神气。

看上去比从前更添男儿气概。

阿福？

不，今日的他是云开！

芳子心里有数地，只看了相片一眼，就上了福特小轿车，扬长去了。

日头还没落尽，微明薄暗，华灯待上。约莫是五六点钟光景。

川岛芳子公馆门外，她两名看来斯文有礼的手下，"半暴力"式请来一名稀客。他不满：

"我自己会走！"

方步稳重，被引领至客厅中，就像个石头中爆出来的猴儿。他根本不愿意来一趟，要不是戏班里老人家做好做歹，向他阐释"拜会"的大道理。

他来拜会的是谁？他有点不屑，谁不知道她是日本人的走狗，什么"司令"？

两名手下亦步亦趋，幸不辱命，把他"架"来了。

正呷过一口好酒，芳子抬起头来，见是云开。

她望定他。

云开定睛细看，大吃一惊，他怎么也想不到是她！只挨了一记闷棍似的愣愣站着。

是她？码头上他见义勇为助她把皮包自歹人手中夺回的物主，乱世中孑然来上海讨生活，清秀但冷漠的女子，她不单讨到生活，还讨到名利、权势……和中国人对她的恨——云开无法把二者连成一体。

情绪一时集中不了，只觉正演着这一出戏，忽地台上出现了别

328

一出戏的角色，如此，自是演不下去了。

这把他给"请"来的女主人，手一挥，手下退出。

她朝他妩媚一笑：

"坐！我很开心再见到你——有受惊吗？"

"有！"他道，"我想不到'请'我来的人如此威猛。"

"真的？"

云开耿直地表明立场：

"——关东军的得力助手，但凡有血性的中国人都听过了，金司令！"

他很强调她的身份。

女人笑：

"叫我芳子。"

"我不习惯。"

芳子起来，为他倒了一杯酒：

"我一直记得你。想不到几年之间你就红了！"

他没来由地气愤——一定是因为他不愿意相信眼前的女人是她。他情愿是另外一个，故格外地不快。只讽刺地：

"你也一样——我差点认不出你来了。"

他心里有两种感觉在争持不下，只努力地克制着。她看穿了。

"叫我来干么？"

芳子把酒杯递到云开面前，媚惑又体贴地，侧着头：

"请你来喝杯酒，叙叙旧。看你，紧张成这个样子。'起霸'？功架十足呢。"

云开但一手接过，放在小几上。

"谢了！"

一顿，又奋勇地补充：

"怕酒有血腥味。"

"这样子太失礼了，云先生。"

芳子含笑逗弄着这阳刚的动物，不慌不忙，不愠不怒。

云开无奈拎起杯子，仰天一饮而尽，然后耿直地起立。

他要告辞了，留在这个地方有什么意思？

"金司令我得走了。赶场子。"

"重要么？"

"非常重要！"他道，"救场如救火，唱戏的不可以失场，对不起观众哪。我们的责任是叫池座子的观众开心。"

她嗔道：

"不过，倒叫我不开心了！"

她没想过对方倔强倨傲，不买她的账。一直以来，对于男人，她都占了上风，难道她的色相对他毫无诱惑吗？

无意地，她身上的衣服扯开一个空子，在她把它扯过来时，露得又多一点。

云开没有正视：

"这也没法子了！"

他是立定主意拒人千里了？

芳子上前，轻轻拖着他的手，使点暧昧的暗劲，捏一下，拉扯着：

"我不是日本女人——我是中国女人呀！"

"金司令，什么意思？"

他被她的动作一唬，脸有点挂不住，臊红起来。

她一似赤练蛇在吐着信儿，媚入骨缝，眼睐着，眉皱着。忽地又放荡地笑起来：

"哈哈！你不知道么？中国女人的风情，岂是日本女人比得上？"

云开心上，有一种他没经历过的滋味在辗转，这真是个陷阱，万一掉进去，他就永不超生了。

见她步步进逼，云开一跤跌坐沙发上，急起来，一发粗劲，把她推开：

"金司令——"

"说吧！"她睨着他，"我喜欢听人说出心里的话！"

这根本是"色诱"！云开只觉受了屈辱，眼前是张笑盈盈的卖国的脸，他火了：

"心里的话最不好听！金司令，别说是你来嫖我，即便让我嫖你，也不一定有心情！"

云开一个蜈蚣弹，夺门待出，走前，还拱手还个礼：

"多多得罪，请你包涵！"

他头也不回地走了。

芳子维持她跌坐一旁的姿势，没有动过，目送着这憨厚的小子。他年轻跃动的生命——他刻意地，令自己生命中没有她。目中无人。他瞧不起她？

芳子原来还想问：

"你要知道我身上的秘密么？——"

她没机会了。

是一个混迹江湖跑码头的戏班小子坍她的台，让她碰了钉子。

芳子只阴险一笑，懒懒地起来，走到电话座前，拎起听筒，摇着……

云开在回戏院子的路上，只道自己做得漂亮。

他就是那大闹天宫的美猴王！

美猴王？想那戏文之中，玉帝因它身手不凡，拟以天上官爵加以羁縻，封"齐天大圣"，但它不受拘束，不但偷桃盗丹，还我自由，而且勇战天兵天将，什么二郎神、十八罗汉、青面兽、小哪吒、巨灵神，甚至妖娆女将……都在它软招硬攻下败阵。

他觉得自己就是"它"。

一路上还哼起曲子来。

到了戏院子，一掀后台的帘子，土布围囿着戏人的世界，自那儿"脱胎换骨"。

——他一看，愕然怔住。

整个的后台，空无一物！

什么都没有。

人影儿也不见。

云开勃然大怒。

乌亮的短发粗硬倒竖起来，头皮一阵发麻，一定是她！

他咬牙切齿，鼻孔翕动，脸红脖子粗的，如一呼待喷发的火山，气冲冲往回走——

他又挺立在川岛芳子的跟前了。

垂着的两手，紧握拳头，恨不得……

芳子只好整以暇：

"你回来啦？"

她一笑：

"云开，今儿晚上我是你惟一的观众，你得好好地表演，叫我开心！"

她就是要他好看，孙悟空怎么逃出她如来佛祖的掌心呢？

云开双目烧红，倔强万分：

"我们唱戏的也有尊严，怎可以呼之则来挥之则去？今儿晚上没心情演，你最好还我吃饭家伙，抖出去，金司令是个贼，忒也难听！"

芳子一听，马上变了脸：

"哼！在我势力范围以内，我让你演，你才有得演，拆了你的台，惟有在我府上搭一个——"

他更拧了：

"把班里东西还我！"

芳子冷笑一声，示意手底下的人：

"全都给拎出来！"

未几，乐器、把式、切末、戏衣……都抬将出来，还提了好些人：琴师、鼓手、班子里头扮戏的侍儿们。

她懒洋洋地：

"演完就走吧。"

"不！"云开盛怒，看也不看她一眼，傲立不惧：

"我不会受你威胁！"

芳子娇笑，瞅着他，像游戏玩儿：

"这样子呀，那我打啦——"

云开以为她要命人对付他，大不了开打比划，人各吃得半升米，哪个怕哪个？连忙扎下马步，摆好架势，准备厮杀一场也罢，他是绝不屈服的！

不过后进忽传来一声声的惨叫呻吟。

云开一听，脸色变了。

原来一个班中的老琴师被他们拉下去，用枪托毒打。

云开仍屹立着，不为所动。但他心中万分不忍，每一下落在皮肉上的闷击，都叫他脸上的肌肉抽搐。一下，又一下……

芳子再使眼色，又一人被拉下去。

毒打更烈。

他们没有求饶，是因为一点骨气。

但云开——

"住手！"

他暴喝一声。

面对的，是芳子狡猾而满意的笑靥。

她赢了！

你是什么东西？敬酒不吃吃罚酒，真是不识抬举。任你骨头多硬，到头来还不是乖乖地给我来一场"闹天宫"？

带伤的老琴师在调弦索。没有人作声。

这是场屈辱的表演。

云开抢起他一直相依为命的金箍棒——

他用尽全身力气紧握着它。

——真要表演给这女魔头一人欣赏？

一个班里的兄弟，过来拍拍他肩膊，表示体谅，顺势一推，他上场了。

锣鼓依旧喧嚣，但有在人屋檐下的怨恨。美猴王在戏里头所向无敌，现实中，他为了各人枪杆子下的安危，筋斗翻不出五指山。

芳子半倚在沙发上，气定神闲地恣意极目，目光在他翻腾的身子上的溜转，看似欣赏，其实是一种侮辱。

至精彩处，她鼓掌大叫：

"好！"

云开充满恨意，但没有欺场。凉伞虽破，骨架尚在，他总算对得起他的"艺"。

演罢短短的一折，她满意了。把一大沓钞票扔在戏箱上：

"出堂会，我给你们双倍！"

云开一身的汗，取过一把毛巾擦着，没放这在眼内，自牙缝中迸出：

"我们不收!"

"哎——"芳子笑了,"收!一定得收下!待会别数算金司令仗势拖欠你们唱戏的。哈哈哈!"

她与他,负气地对峙着。

说真个的,芳子自己何尝高兴过?她不过仗势,比他们高,压得一时半刻——但,到底得不到他向着她的心。

付出了大量的力气和心血,结果只是逼迫他一场,顶多不过如此。

但她不可能输在他手上。

这成何体统?

也许在她内心深处,她要的不是这样的。可惜大家走到这一步了。

芳子当下转身进去,丢下一个下不了台的戏。

她分明听到一下——

是云开,一拳捶打在镜子上,把他所有的郁闷发泄,镜子马上碎裂。摊子更加难以收拾了。

云开一手是淋漓的鲜血和玻璃碎片。

人声杂沓细碎,尽是劝慰:

"算了算了!"

"云老板,快止血,何必作贱自己?"

"在人屋檐下,怎能不低头?唉!"

"大伙明白你是为了我们——"

"谁叫国家不争气,让日本走狗骑在头上欺负?"

……人声渐冉。芳子一人,已昂然走远。

云开咬牙:

"好!我跟你拼上了!"

芳子昂然走远，到了热河。

热河省位于奉天省与河北省之间，它是一片盛产鸦片的地土，财富的来源。

满洲国成立以后，东北三省已在日人手上。热河，顺理成章，是他们觊觎之物。

一九三二那年七月，关东军官吏石本在北票、锦州一带旅行时突然失踪，日军用着一贯的借口，扬言是遭中国抗日义勇军绑架，为了营救，挥军进入热河省……

战役进行侵占，自营口、山海关，至热河、承德。不久，日方单方面发表了"热河省乃满洲国领土"的声明。声明随着空投炸弹，于南岭爆发。

无数头颅被砍杀，热河失陷了！

芳子作为关东军"中国童话"的女主角，金璧辉司令，遂率领着她手底下五千安国军，和一批超过十万日元的军费，插手热河局势。

大局没有定：持续好一段日子。

日本人都明白：没有一个中国人，打心里希望与那侵略国土的外敌"亲善"。什么"日满亲善"只是个哄骗双方的口号。

即使一省一省地并吞，抗日情绪更高涨，都是壮硕的中国男儿——

所以他们采取一个最毒辣的方式：壮丁被强行注射吗啡针，打过这种针，瘾深了，人也就"作废"。堂堂男子汉，一个个沦为呵欠连连的乞丐，凭什么去抗日报国？

川岛芳子正陶醉于她的权力欲望中，知悉中国男儿非死即废吗？

说到她手下的安国军，其实也很复杂，它不是正规军队，只募集而来，质素参差，什么人都有。作为总司令，只是一个"优美的姿态"吧。

热河被侵占而未顺服。

芳子顶着这个军衔，往热河跑了几圈。

她主要的任务，不外是向叛军劝降，于士兵跟前演说，满足表演欲。

她最爱于军营中，讲台麦克风前，发表冠冕堂皇的演说了。只有在此一刻，全场鸦雀无声地聆听。她慷慨激昂：

"热河其实是满洲国领土，应该归满洲国统治。我们军人到前线，不是为了征服，不是想发生战争，只为流离失所的中国人，得不到同情的满洲黎民做事，令他们有归属感，共同建设乐土，便是本司令莫大的欣慰！"

士兵鼓起掌来，芳子踌躇满志：

"今天，在这里的都是我亲爱的部属，对我有好感，又尊敬总司令的人，我对你们作战能力有期望——"

"砰！"

一记冷枪——

士兵之中，有人发难：

"卖国贼！"

芳子中弹部位是左边的胸部、肩膊，伤势不轻。

她疼极，但勃然大怒——自己部属所放的冷枪！

简直是双重的打击。

她勉强支撑着：

"抓——住他！"

手下往人丛中搜寻刺客。

是谁？

整个范围内的士兵都受到株连，全给押下去。

——这些杂牌军，什么人都有！流氓、特务、土匪、投机分子、革命党……芳子恨恨，终于不支倒地。鲜血染红她的军衣，没见其利，先见其害！

什么"乐土"？

连区区五千人也管不了。

芳子卧床。感觉特别痛——旧创新伤。痛苦已延长三十小时，药力一过，更加难受。左边的身体火烧火燎的，叫她浑身冒汗，如遭一捆带刺的粗绳子拴着，越拴越紧，陷入骨肉。

是以她特别倦。

医生见她实在受不了，便给她打吗啡。

当她睁开一双倦眼，朦胧地，见到一个人。

是宇野骏吉的副官。

哦，是他，总算有心呢。

芳子挣扎起来，但力不从心，一动，关节格格直响——也许只是心理上的回声。

副官在她床前行个军礼：

"金司令！"

她只觉雄风尚在，非常安慰。

"宇野先生派我来问候你的伤势。"

芳子微笑，强撑精神：

"小意思。"

副官出示一个天鹅绒匣子。

打开，是一副项圈。

由上千颗大小不等的钻石镶嵌成一凤凰，是振翅欲飞的凤凰。名贵华丽。

"这份礼物请金司令笑纳！"

芳子脸上露出感激的笑容。

她摩挲着它。

不枉付出过一番心血。

但副官接着说了一番话——

他若无其事地传达着上级的意思：

"宇野先生说，请金司令多点休息，好好养伤。工作会交给其他人帮忙，尽量不要添你麻烦。请不必挂心，即使你不在，一切也会上轨道……"

他说得很有礼貌，完全为她着想。彼此客客气气的。

芳子一边听，脸色渐变。

她掩饰得好，微笑不曾消失过，但脸色却苍白起来了。

心中有数——是"削权"的前奏！

宇野骏吉觉得她的存在，成为累赘了！

当她给满洲国完成了建立工程，也完成了相应的宣传、安抚、收买、劝降、收集情报等任务后，在军方眼中，容不下她一次的失手？

干脆中枪死去，那还罢了。

但不！

她没有死。

她是大清王室的格格，贵族血统，立下不少汗马功劳。一旦满洲国逐渐成形，新的国家崛兴，她的美梦就被逼惊醒了么？

她不相信现实是这样地冷酷——即使现实是这样地冷酷，她肯定应付裕如，因为，她会按自己信念干到底！

没有人能够把她利用个够之后，又吐出来，用脚踩扁！

不可能！

芳子维持她感激的笑容：

"替我谢谢干爹！"

副官告辞了。

她面对着那冰冷的凤凰，不过石头所造。钻石的价值，在乎人对它的评估。她川岛芳子的价值，仍未见底！

夜色渐侵。

在这通室雪白的医院病房中，一点孤独，一点空虚，一点凄楚，一点辛酸……渐渐地侵犯，令她无端地，十分暴戾。

她恨！

是那一记冷枪！

现实当然残酷，她要征服它，就要比自己"过分"，兵败如山倒，树倒猢狲散——得收拾局面。

伤势未愈，天天犹注射止痛，她已急不及待进行大报复！

她怒目切齿地在地下牢房，审问当天抓到的嫌疑犯。

大量受株连的，曾是她安国军麾下的士兵都被抓进来了。

牢房中呻吟惨叫声，一阵阵地传来，如同鬼域。

被抓的，各有"罪名"或"嫌疑"。宪兵看不顺眼的、不肯为皇军效力的、局子里宁死不屈的……最多是抗日革命分子。

亏他们想出这多花样的酷刑来。

他们用锥子和针，把囚徒刺成血人，遇上怒视大骂的，便把眼睛也刺上两锥子，任从鲜血冒得一脸都是，还在哈哈大笑。

烧红的烙铁，先放在水中，发出"滋滋"的声音，冒起的白烟，唬得被逼供的人发呆。那铁烙在他心胸上，马上焦烂发臭。

墙上吊了几个强硬分子，只绑起两手的拇指，支持全身重量，悬在半空，奄奄一息。

浓烈呛喉的辣椒水，强灌进口鼻，辣得人面孔涨红，渗出血丝。

灌水的把人的肚皮一下一下泵得鼓胀，到了极限，一个宪兵直踏上去，水马上自七孔迸漏出来，人当场死去。

即使是壮硕的年青男子，全身及双足被紧紧捆在板凳上，问一句，不招，便在脚跟处加一块砖头，一块一块地加上去，双腿关节朝反方向拗曲，嘞嘞作响，疼入心脾。

还有皮鞭抽打、倒吊、老虎凳、抽血、打空气针、竹签直挑十个指甲、强光灯照射双目、凌迟……一片一片模糊的血肉，中国人的血肉，任由剐割——只为他们不肯作"顺民"！

这些酷刑已在关东军的指示下，进行好些时日。

芳子来，急于抓住那刺客泄愤。

刺客是个廿多岁的男子，浓眉大眼，唇很厚，显得笨钝。

看真点，那厚唇是酷刑的后果。

他已一身血污，但因口硬不答，宪兵二人捉将，强撑开他嘴巴，另一人持着个锉子，在磨他的牙齿。每一下，神经受刺激，痛楚直冲脑门，尖锐而难受，浑身都震栗。

芳子一见他，分外眼红。

她一手揪着这人，太用劲了，伤口极痛，冷汗直流，她凶狠地问："谁主使你暗杀？"

他不答，奋力别过脸去。

她不放过他。

"说！你们组织有多少人？"

男子满嘴是血，嘴唇破损撕裂，牙齿也摇摇欲坠，无一坚固。

他根本不看她。

芳子大怒，用力摇晃他，高声盘问：

"在我势力范围以内，不信查不到！"

她有点歇斯底里，咬牙切齿：

"我把安国军那五千人，一个一个地审问，宁枉毋纵，你不说，就连累无辜的人陪你死！我明天——"

还没说完，那人朝她头脸上大口地喷射，是腥臭的血和口涎，还夹杂一两颗被磨锉得松掉的牙齿……一片狼藉。

他的脸已不成人形了，但他仍是好样的，明知自己活不成，豁出去把她唾骂：

"我死也不会供出来！中国人瞧不起你这走狗！卖国贼！汉奸！淫妇！……"

他说得很含糊，但，字字句句她都听见。他还继续破口大骂：

"你一定死无葬身之地！"

芳子气得发抖。

额角的青筋随着呼吸的粗气鼓跳起来，她一手抢过身旁那烧红的烙铁，不由分说，直捣他口中，粗暴地插进去，左右狂挥——他当场惨死。

芳子的伤口因剧动而渗出血来。

但她意犹未足，如被激怒的失控的野兽，她是一个遇袭的人，被这些卑贱的人枪击，还要受辱，她快变成一个失去权势失去一切的空壳子了……

她狂喊：

"你们冤枉我。"

拔枪，如烧旺的炭火，噼啪地迸射着火星子，子弹射向牢房，四周的囚徒中枪倒地。芳子把子弹耗尽，还未完全泄愤。

——一步一步地，她走上染血的不归路！

失眠了接近一个月。

精神亢奋，时刻在警戒中，生怕再有人来暗算。

夜里眼睁睁望着天花板，即使最细碎的杂声，她整个人猛地坐起，就向着墙壁开枪，四周都是弹孔。她左耳的听力，也因伤减退了。

过了很久，情况稍为好转。

她离开热河，回到日本休养——也许是日方"软禁"的花招。

而日军魔爪伸张，自东北至华北，逐步侵占，建设"集团部落"，严格控制群众，防止抗日武装力量扩大。

宪兵、警察、特务、汉奸，乱抓乱砍。名人被绑架，百姓不敢谈国是，政府不抵抗，壮丁遭审讯虐杀。城乡都有妇女被强奸、轮奸、通身剥得精光，乳房被割，小腹刺破，肠子都流出来了，阴户还被塞进木头、竹枝、破报纸……

大雨中，爱国的青年和学生，在街巷游行示威。

回答敌人炮声的，是他们的呐喊：

"打倒军国主义！"

"赶走侵略者！"

"反满抗日！中国猛醒！"

"抵制日货！"

"打倒汉奸、卖国贼！"

"反对'不抵抗政策'！"

"中国人不打中国人！"

"还我同胞！还我河山！"

"血债血偿！"

游行队伍如万头攒动的海洋，浪涛汹涌，沸腾而激动。合成一颗巨大的民族自尊心，淌着血！暴雨淋不熄人民心中的烈火。

这样子齐心协力，还是苟活在敌人铁蹄的逼迫下。

很多热血的人，都丢工作，离家乡，加入抗日的行列。没有国，哪有家？

个人生死不足惜，就把它豁出去吧。

游行示威的人丛中，赫然出现洗净铅华油彩的云开！

他在舞台上，独当一面，控制大局。但在洪流之中，只是为国效力的一分子。

他没有后悔过。

一个晚上。

戏班帐篷的暗角，十来人，影影绰绰。

一帧宇野骏吉和川岛芳子的官式合照被人愤怒地在上面划一个大大的"×"。

旁边有张地图。

是"东兴楼"的图册。

东兴楼？

三年后，芳子又回到中国了。

这回她的立足处是天津。

天津离北京城很近，面向塘沽，是华北一个军事和外交的重要城市。

城市富饶。

日租界的松岛街，有座美轮美奂、排场十足的中国饭馆——东兴楼。

这是宇野骏吉安顿她的一个地方。说是安顿芳子，也是安顿一批安国军的散兵游勇——事实上，这支杂牌军也等于解散了。只有芳子，还是把"总司令"的军衔硬撑着，不忍遽弃。她的部属，也因家乡抗日气势旺盛，无法回去，便投靠她，弄了间饭馆来过日子。实际上，强弩之末了。

这楼房，今天倒是喜气盈盈的。

跟中国各处都不一样。

中国各处都血淋淋。半壁河山陷敌了，如待开膛挖心。

苟安于满洲国的溥仪，于一九三五年四月，从大连港出发，乘坐"比睿丸"访问日本去。到了东京，拜会裕仁天皇，一起检阅军队，参拜明治神宫。酒不醉人人自醉的"皇帝"，一回到新京，便发表了充满谀词的《回銮训民诏书》。

所有满洲国的学校、军队、机关……都召开集会，上下人等一齐被迫背诏书，以示亲善尊崇。

东北各地，按照他迎接回国的日本天照大神神器——一把剑、一面铜镜和一块勾玉，布置神庙，按时祭祀，并规定无论何人走过庙前，都得行九十度鞠躬礼。

连表面上是"内廷行走"，实职乃关东军参谋，溥仪的幕后牵线人吉冈安直，渐渐也皮笑肉不笑地道：

"日本犹如陛下的父亲，嗯，关东军是日本的代表，嗯，关东军司令官也等于是陛下的父亲了，哈！"

东北华北的日军不停增调，登堂入室，直指北平、上海、南京。满洲国傀儡皇帝的辈分也越来越低,低到成为"儿子"。武装被解除。

直至御弟溥杰服从军令，与嵯峨胜侯爵的女儿嵯峨浩在东京结了婚，日方通过《帝位继承法》，明文规定：皇帝死后由子继之，如无子则由孙继之，如无子无孙则由弟继之，如无弟则由弟之子继之。

关东军真正想要的，是一个带日本血统的皇帝。即使溥仪有子，出生后五岁，必须送到日本，由军方派人教养。

这就是恐怖的事实。

不过，刀，一向是藏在笑脸背后的。

东兴楼不也是很堂皇地，迎向傀儡司令金璧辉的一张笑脸么？关东军也算待她不薄吧？

宏伟的饭馆，堆放着花牌、花环、花篮子。门前老大一张红纸，上书："东主寿筵，暂停营业"。

楼上是房间，楼下有庭院建筑。正厅今天作贺寿装置。

川岛芳子出来打点一切。

她仍男装打扮，长袍是灰底云纹麻绸，起寿字暗花，披小褂。手拎的折扇，是象牙骨白面。一身灰白，只见眉目和嘴唇是鲜妍的黑与红，堕落的色调，像京戏化妆——未完成的，永远也完成不了的。

人客还没来，却来了一件奇怪的东西。

芳子的秘书千鹤子出来接待。

把布幔掀起，啊，是一座精光闪闪、灿烂夺目的银盾。

上面刻了"祝贺川岛芳子诞辰"，下款"北支派遣军司令宇野骏吉"。

千鹤子向她报告：

"芳子小姐，银盾送来了。"

"是否依照我吩咐，把字刻上去。"

"是，上刻为'宇野先生所送'。"

芳子点头：

"把它摆放在大厅正中，让人人都看到！"

千鹤子乖巧地听命。芳子又叮嘱：

"宇野先生一来，马上通知我。"

"是！"

芳子审视这自己一手策划订造的贺礼，相当满意。

这座夸耀她与要人关系依然密切的银盾，正是不着一字，便具威仪——宇野骏吉眼中的川岛芳子，金璧辉司令，地位巩固。

谁有工夫追究银盾背后的秘密？谁也想不到是她送给自己的礼物呀。非常奏效的个人表演，不想前瞻的自我欺哄——一个没被戳破的泡泡。

芳子上前正看，退后侧视。把它又搬移几寸。

她把眼睛眯起来。有点淘气，又有点酸楚。分不清了。看起来，像个廿岁少年，实际上，她已经超过三十岁了。即使是寿筵，她也不愿意算计：一生中，最美好的日子，爱国，为国效力的日子，是否还在？抑或已逝去不回？到底是卅多岁的女人。但妖艳的魅力犹存，在挣扎着。

"金司令！"

"芳子小姐！"

"东珍！"

"显玗格格！"

"十四格格！"

人客陆续来了。不同的人客，对她有不同的称谓——华北政务委员会情报局长、满洲国事务部大臣、三六九画报社长、实业部总长、日满大使馆参事官、新闻记者、日本俳优、中国梨园名角、银行经理、戏院老板、皇军军官……

男的盛装，女的雍容。

馈赠的礼物都很名贵，有些更是送上了巨额的礼券。

大家场面上还是给足了面子。

当她正准备招呼客人的时候，担任翻译官职务的部属老王带了一个愁眉苦脸的中年男子，殷勤地来到芳子身畔：

"金司令，这位姓朱的先生希望您能见见他。"

"姓朱的？"

芳子一皱眉：

"哦——就是那丝绸店掌柜的事。哎，没工夫。改天——"

"不，不，请金司令千万帮个忙。我大哥被关押起来了，说不定受严刑拷打，他年岁大，这苦吃不消呀。"

芳子问：

"老王，他有供过什么吗？"

"打是打了，可没什么口供。"

姓朱的虽是汉子，也急得眼眶都红起来：

"真是冤枉的！拜托您给说一下。"

芳子不耐烦地：

"要真是抗日游击队，我能有什么办法呢？"

"您别开玩笑了，我们家打祖辈起就是北京的老户，除经营丝绸批发以外，没有干过其他任何事。大哥都五十多了，怎么胆敢参加什么游击队？都是善良的老百姓哪！"

朱家自从出了事，四方奔走，终于摸到了川岛芳子的门径，通过翻译官老王疏通。遇溺的人，抓住稻草也不放，何况是大家吹捧得权重一时的金司令？

自后门想也递送过好些珍贵的礼物吧，不然怎得一见？

与其说是"门径"，也许就落入她众多勒索"圈套"中的一个呢。

芳子发着脾气：

"今天过生日，怎的挑个大日子来麻烦我？"

姓朱的继续哭诉：

"请高抬贵手，向皇军运动一下。我们可以凑出两万块，金司令请帮忙！"

"这数目不好办，我跟他们……也不定可以关照呢。"

"面粉一袋才三块哪金司令——"

老王把他拉过一旁，放风说：大概总得拿出六万来。这么老大一笔款子……但又是性命攸关，讨价还价，声泪俱下。

芳子只不搭理，迳自走到正厅去。

她知道，最后必然落实一个数目，比如说：三四万。然后她狐假虎威打一通电话到宪兵部队，还不必惊动司令，那被抓的人就会被释放了。

——但凡有中国人的地方都有"后门"，要不，哪有这排场？

　　镁光不停地闪，芳子如穿梭花丛的蝴蝶，在不同的要人间周旋、合照留念。

　　在她身后，也许瞧不起的大有人在。

　　军官与大使的对话是：

　　"说是司令，不过作作样子吧。"

　　"女人怎作得大事？"

　　"套取情报倒很准确：说蒋介石国民政府只想停战，保留实力。先安内后攘外。"

　　"他们怕共产党乘机扩张，势力更大。"

　　"中国人内讧，是皇军建功的大好机会！"

　　"消息来源，想是用美人计的吧？"

　　"天下男人都一样馋，哈哈哈！"

　　"你呢？你跟她也来过吧？"

　　"嘘！"

　　芳子已来到二人跟前寒暄了：

　　"佐佐木先生，你来喝寿酒，也带着这样的一块破布？是'千人针'吧？"

　　他连忙正色：

　　"哦，这是由很多个女人用红线钉好，送给出征的军人，希望他们'武运长久，平安回国'。我一穿军服，就给放在口袋里。芳子小姐原来也知道的？"

　　"我也是出征的军人呢！"

　　芳子娇媚地，又笑道：

　　"女人都把希望寄托在男人身上，不晓得算是聪明，还是笨蛋？"

　　说说笑笑一阵，芳子一双精灵的眼睛四下搜寻，她等的人还没到。宇野骏吉，连这点虚荣也不给她？她还喊过他"干爹"，她还那样曲意地逢迎过！

筵席摆设好，先是八小碟。

侍应给各人倒上三星白兰地。

芳子坐在主人首席，招呼着：

"大家先吃点冷盘，待会有我们东兴楼最好的山东菜款客。天津人说最好的点心是'狗不理包子'，真不识货，其实中国有很多一流的菜式，譬如说，成吉思汗锅……"

应酬时，偷偷一瞥手表。

方抬头，便见到宇野骏吉的副官。

他来到芳子身畔：

"芳子小姐，宇野先生有点事，未能前来贺寿，派我作代表，请多多体谅！"

又是他！

又是派一个副官来作"代表"。他眼中已没有她了？一年一度的诞辰也不来？

手下马上安排座位。

芳子脸上闪过一丝不悦，但强颜一笑。

她向座上的嘉宾道：

"唔——干爹这阵子真忙。算了算了，希望明年别又叫我失望！"

菜上桌了。水陆俱陈的佳肴，圆桌面摆个满满当当，暂时解了围。

来的人济济一堂，芳子还是笼罩在一片虚假的逢迎中。

政途岌岌可危。

她在无数的危难之中欺骗着自己，有点累。十载事，惊如昨，但不能倒下去！还得继续"角力"。累！

气氛还是欢乐的。

只耐不住隐隐的伤痛。

她嘴角泛起古怪的微笑。

若无其事，把一个针筒和一些白色溶液自旁边的抽屉取出来。

然后，向众人一瞥，只信手撩起灰长袍下摆，卷起裤管，就在小腿上打了一针。

完全不当作一回事。

举座鸦雀无声，目瞪口呆。

她闭目幽幽叹一口气。一张眼，重新闪着亮光。众目睽睽之下，她只把针筒收好。

芳子环视各人，微侧着头：

"伤口一痛，就得打这个。打完不能喝水。来，大家干杯！"

她把酒杯举起来敬饮。

一点疾飞的火光，把酒杯打个正着。玻璃碎裂，琥珀色液体溅湿芳子上翻的白袖管。

是枪弹！

乔装为仆人、宾客，或送礼随从的抗日革命分子发难了，开始狙击。

匣枪一抖一抖地跳动。火器发作，满室是刺鼻的烟。

芳子抖擞过来，非常机警，马上滚至桌子底下。

革命分子先取宇野的副官，及后的目标，全是日本军官。

这次的计划，头号敌人自是宇野骏吉和川岛芳子。谁料宇野骏吉早着先机，听到一点风声，他没出现！

来人到处寻找芳子，但被她射杀。

寿筵摇身一变，成为战场了。一片混乱，杯盘狼藉浴血，死伤不少。

芳子大怒。

她的枪法没失准，在桌下向其中两人发射，皆中。

一个大腿中弹，失足倒地，帽子跌下，露出一张脸来。

——她认出了！

是他？

是云开！

自从那个晚上，云开一下子在世上消失。他不再唱戏，宁可不吃这碗饭，把前途砸了，也不屈不挠。

芳子也因此对梨园的角色特别地恨。马连良、程砚秋、新艳秋、白玉霜……都吃过苦头，被勒索、侮辱过。但凡演猴戏的，她都爱召来玩儿——但其中再也没有他！

每个角儿，在舞台上都独当一面，挥洒自如，只是人生的舞台上，芳子就远远在名角之上了。

谁料她也是一个被玩儿的角色？——

印象最深刻，拿他没办法的一个男人，竟纠党对付她来了。

她发觉是云开，一时间，不知好不好再补上一记，恨意叫她扳动手枪，怯意反让她软弱了——是怯！

面对那么义无反顾的小伙子。他吃过多少碗干饭？享过什么荣华？就舍下台上的风光去打游击？

此时，局面已为芳子及宪兵控制了。宇野骏吉的副官受了重伤，但他领了一个队，在外头布防——是上司的先见。

宇野骏吉竟没打算把这险恶向芳子知会一下呢。

突袭的革命分子，死的死，一干人等，约二十多，全被逮捕。

芳子在废墟似的现场，目送云开也被带走。

他的腿伤了，不停流血，寸步难行。宪兵架着他，拖出去。

地面似给一管粗大的毛笔，画上一条血路。

芳子在人散后，独自凝视那鲜红淋漓一行竖笔，直通东兴楼的大门。

一股莫名的推动力在她体内冲激——即使他是罪魁祸首⋯⋯芳子霍地站起来。

夜更深了。

当芳子出现在天津军备司令部的牢房外，当值军官恭敬地接待她。

芳子一点权威犹在。她还是被尊为"金司令"的，只趁有风好驶𢃇。

未几，狱吏二人，把云开押出来。他已受过刑，半昏迷。她二话不说，一下手势。

部属领去欲出。军官面有难色。

"芳子小姐——"

她脸色一沉：

"在我'金司令'的寿辰生事，分明与我作对。得，这桩事儿我自己向宇野先生交代。"

她大模大样地离去了。

云开不知道他在什么地方。

艰难地把眼睛张开一道缝，身陷的黑暗渐渐散去。

当他苏醒时，哆嗦了一下，因为失血太多，冷。只一动，所有的痛苦便来攻击了，全身像灌了铅，腿部特别重，要爆裂一样。

他痛得呻吟起来。

这是什么地方？

——他躺在高床软枕中。

精致而华丽的睡房，一片芳菲，壁上挂了浮世绘美人画，微笑地注视着房中的三个人。

三个人？

气氛变得柔靡。

一个瞎眼的琴师，在房中一隅，弹奏着三味线。

在他那寂寞而黑暗的世界里，谁知人间发生什么事？谁知同在的是什么人？他只沉迷于自己的琴声中。

芳子披上一件珍珠色的真丝睡袍——说是白，其实不是白。是一只蚌，企图把无意地闯进它身体内的砂粒感化，遂不断地挣扎，分泌出体液，把它包围，叫它浑圆，那一种晶莹的，接近白的颜色。

医生已收拾好工具，离去了。

女人坐在床边，拎着一杯酒，看着床上的男人。

看一阵，良久，又呷一口酒。

她就是这样，舒缓地，在他身边——天地间有个证人，她刻意摆放在这里，三味线流泻出无法形容的平和。

芳子静静地，欣赏着他的呻吟。

止痛针药的效力过了。

云开呻吟更剧。

芳子拿出她的针筒，开了一筒白色溶液。

她走到床前，很温柔地，提起他的大腿。那是武人的腿，结实有力。或者它会坚实凌厉，但此刻，它只软弱如婴儿。

她轻轻拨开衣裤，抹去血污。她经验老到地按捏，找到他的脉络，一条强壮的青绿色的蛇。

她把针尖对准，慢慢地、慢慢地，吗啡给打进去。

云开微微抽搐一下。

一阵舒畅的甜美的感觉，走遍全身了。

如烟如梦，把他埋在里头，不想出来。

芳子终于把一筒液体打完了。

她爱怜地，为他按摩着针孔——那几乎看不出来的小孔。

云开的剧痛又止住了。

他轻轻地吁了一口气。嘴角挂着一丝微笑。

此刻他特别地软弱，是的，如婴儿。

神志还没完全清醒，所以没力气骗自己——眼前的女人可爱！

解除了一切挂虑、束缚、顾忌、敌意，忘记身份。如春风拂过，大雪初融，是这样地感动。青壮的男人，因为"药"吗？抑或是别的一些东西？恍恍惚惚，非常迷醉——回到最初所遇。他把手伸出来，她抓住，放在她那神秘的、左边的乳房上，隔着一重丝。

芳子只觉天地净化，原始的感触。

忽然她像个母亲呢。

云开沉沉睡去了。

像个母亲，把叛逆的婴儿哄回来。他是她身上的肉。

她那么地恨他只因他先恨她。

绷紧的脸，祥和起来。她杀尽所有的人都不会杀他！

若一辈子空空荡荡地过了，也有过这样的一夜。

芳子凝视他，轻抚他的脸，堂正横蛮的脸。

她低唤着：

"阿福！"

琴师用时凄怨时沉吟的日语，随着三味线的乐韵，轻唱着古老的故事。不知道什么故事，一定是历史。一定是千百年的前尘：

三千世界，

众生黩武。

花魂成灰，

白骨化雾。

河水自流，

355

红叶乱舞。

……

——直至电话铃声响了。

她自一个迷离境界中惊醒。

梦醒了。异国的语音，日本人手上。

芳子回到残酷的现实中。

天津日租界的"幸鹤"，是惟一的河豚料理店。

店主有割烹河豚二十五年的经验。他来中国，只做日本人生意。也是全天津最贵的馆子。店前悬了两个把鳃鼓得圆圆的河豚灯笼。

宇野骏吉今儿晚上把它包下来，因为来了肥美的河豚，当下他宴请了芳子。

她有点愕然。

他"找"她，有什么事？——是云开的事吗？得好生应付呢。

河豚的鳍在炭火上烤得半焦，焖入烫好的清酒中，微薰半热，一阵腥香，味道很怪。

芳子举杯。

"干爹！"

宇野骏吉拧了她一把：

"你瘦了。"

她有点怨：

"如果是常常见面的话，胖瘦不那么轻易发觉的。"

他把一箸带刺的鱼皮挟进口中，一边咀嚼，一边望定她，轻描淡写：

"听说你把一个革命分子带走了。"

芳子便道：

"他在东兴楼闹事，让我难下台，我一定得亲自审问。"

她给他倒酒，也给自己倒。

"关在哪儿审问？"

宇野骏吉明知故问，但不动声色。

"哎——你别管我用什么刑啦！"

芳子笑。

他道：

"我信任你。"

芳子有点心虚，又倒酒：

"添一杯。"

"不要了。保持清醒，才不会误事——你也别喝太多。"

她负气：

"不要紧，我公私分明的。"

一顿，又觉委屈：

"很久没跟你一块喝酒——我还是武士的刀吗？"

宇野骏吉大笑，肚皮却没动过：

"哈哈哈！要看你了！"

店主亲自端来一个彩釉碟子，上面铺了一圈薄切一片片的河豚刺身，晶莹通透，如盛开的菊花瓣，芳子吃了一口，绵绵的，带清幽的香。她岔开话题：

"好鲜甜。"

他不经意地，又道：

"不错！我们日本人说：吃河豚的，是'马鹿'；不吃的，也是'马鹿'。"

芳子知有弦外之音。他知道多少？

他继续：

"河豚有剧毒，吃了会死，是笨蛋；但按捺住不吃，又辜负了天下珍品。芳子，你爱吃吗？"

"爱。"她镇定地应对，"这又不是第一回。吃多了，本身带毒，活得更长。"

"哈哈哈！"宇野骏吉笑起来，马上又止住了，想自她脸上找出点漏洞来。这样地说晴就晴，说雨就雨，分明案中有案，芳子只感到忐忑，便借把菜跟豆腐扔进火锅清汤中熬煮，动作忙碌起来。

一切都在汤里舞动。

火热火热的。

"好了。"

她把涮得刚熟的鱼布到他跟前。

"都说女人像猫——猫喜欢鱼腥。"他道，"中国人也说，猫嘴里挖鱼鳅，很难吧。"

"干爹对俗语倒有研究。"

芳子听得一点醋意了。

——也许不是醋意，是她一种渴想上的错觉，她但愿自己还一般重要，像当年。仍是禁脔多么好！

她太明白了，这只是男人的霸占欲，即使他不看重她，知道她窝藏了一个，心中有根刺——鱼刺，卡在喉头，不上不下，鲠着不惬意。鱼刺那么小，一旦横了，得全身麻醉来动手术。是危险的时刻。

"中国俗语有时蛮有意思的，可惜中国人死剩一张嘴，还要自己人对骂。三等国民！芳子，你大概也恨中国吧？"

芳子白他一眼：

"你刚才在说猫呢。"

"哦，对，说女人像猫。中国的猫。"

"中国的猫最狠！"芳子扮出一副凶相——张牙舞爪，"谁动它刚产下的小猫一下，情愿把自己孩子吃回肚子中！"

"真的？"宇野骏吉夸张地，"那倒需要很大的勇气了。"

语气中有恫吓，有试探。他要对付她了？

芳子仰天狂笑，花枝乱颤：

"干爹，哈哈哈！你觉得我像猫么？我像么？哈哈！"

她把酒一饮而尽。

后事如何谁知道呢？

她半生究竟为了什么呢？两方的拉拢，中间的人最空虚。末了往哪方靠近都不对劲，真有点恨中国！

即使满洲国的国旗，黄地，画了红、蓝、白、黑四色横条，代表汉、满、蒙、回、藏五族协和，但那只是一面旗，什么"大清皇朝"？真滑稽，成了征讨和被征讨的关系。

如果在前线，干干脆脆地死去，到天国里指挥日满两个国家吧——多幼稚的妄想。

她不过是困兽。猫。

宇野骏吉饶有深意地对她说：

"你回去好好办事吧。"

芳子又得与云开面对面了。

真是怪异的感觉，这么地纠缠。明明挣脱了，到头来还是面对面。

他瘦了，尖了。颧骨和眉棱骨都突出了点，经了几天治疗，好医生的针药，伤势复元了，但脸色苍白，长了些络腮胡子，神情郁闷——看来更成熟了，为苦难的国家催逼的。

也许没这一场劫难，他也不过是一个唱戏的武生，美猴王，筋斗翻到四十岁，设帐授徒传艺，一生也差不多。

若那个晚上他中了要害，一生也完了。

不过他对芳子道：

"我要走了。"

芳子大模大样地坐下来：

"谁说'放'你走？"

她回复她本色——抑或，掩饰她本性？

云开只一愕。

"坐下来！"她端起架子，"你们的组织很危险。工人、大学生，大部分被捕，你走出去，就自投罗网。"

云开倔强地：

"难道我要躲在这里？真没种！"

芳子冷笑一声。决定以"审讯"的口吻跟他周旋到底：

"躲？你是我犯人，我现在私下审讯，你最好分尊卑识时务。"

又正色，带几分摆布道：

"坐呀，你站着，我得把头抬起来跟你说话。"

云开没好气重重坐下。

"我没话可说。我不会出卖同胞！"

"我是想叫你们把摊子给收起来。你们以卵击石，不自量力。"芳子转念，又道，"而且，我也是你的同胞。"

她站起来，走到放灵牌的佛龛处，一直供奉着"祖先灵位"，她亲手写的，祖宗的姓氏"爱新觉罗"。芳子指给开云看——她希望他明白她。

"我没有一分钟忘记自己是清室后裔，是中国人！我跟你同一阵线，应该好好合作。"

云开不以为然，只怒道：

"你杀中国人！"

她低头一想。恨他冥顽不灵。恨所有误解她的中国人。满腹牢骚：

"任何斗争都流血，不要紧！中国什么都没有：钱？没有！炮弹？没有！科技？没有！只有数不尽的人，人命太贱，起码有半数无大作为，死一批，可以换来几百年几千年的安定——历史是这样嘛！"

云开鄙夷：

"以你的聪明，难道看不透日本人在利用你？"

"你真浅见，"芳子撇嘴一笑，"谁利用谁，要到揭盅才知道。"

云开一个在戏班长大的小子，哪来复杂心计？他身体中只活活流动着男儿本色的血，寻常百姓，非常痛恨中国人打中国人，致今外敌有机可乘。他昂首道：

"所谓'忠臣不事二主'，我识字儿少，不过戏文都教我：忠孝节义，忠肝义胆，精忠报国……"

芳子听了，奸狡一笑，抓住把柄：

"嗳——不错！中国人就是奴性重，讲'忠'君。几千年来非得有个皇帝坐阵，君临天下就太平了。"

"大学生都不是这样说的。"

"大学生？"她看他一眼，"他们都被军部处决了！"

云开一听，好像脑门心上挨了一铁锤，整个人自沙发上一弹而起：

"处决？——"

他苍白的脸陡地血涌通红。当初同仇敌忾，共进共退，心红火热的一伙人呢？不明不白地惨死去？虽是立志豁命，他忍不住，泪流满面。

芳子冷冷道：

"生还者只你一个。

——是她让他虎口余生，他竟不领情。他只痛心疾首地狂哭大喊：

"为什么杀大学生？他们念过书，比我重要，我情愿你杀了我，换回他们的生命！"

芳子一阵心寒。

"我跟你势不两立！"

她听得这个人说着这样的一句话，气得心头如滚油燃烧，她说什么干什么，前功尽废。

"我是识英雄重英雄。才自军部把你救出来，你跟我作对？什么东西？"

他骄傲地站起来，面对芳子，毫不感谢：

"好！我这条命算你的，你要拿回就拿回吧！"

他望定她，只一字一顿，像宣誓：

"只要我有一口气，都是你的敌人！"

这回他一说完，掉头就走了，决绝地、矢志不移——

"站住！"

一声大喝，芳子已掣枪在手。直指云开。

云开一怔。

他见到这无情的金属管子。他吃过她一枪，她不会吝啬一颗子弹。

只是，瞬即回复强硬。

瞥了一眼，转身，仍向大门走去。他的腿伤初愈，走起来犹有点蹒跚。

但他在手枪的指吓下，义无反顾。

一步，两步，三步。他不怕死。

"砰！"枪声一响。

云开站定，闭目不动。

才一阵，他张开眼睛——子弹只在耳畔擦过。发丝焦了。

她分明可以，但放他一条生路，什么因由？

云开并没回过头去，只衷心而冷漠地，说不出来的况味：

"金司令，谢了！"

他，昂首阔步地离去。走向天涯，此番真个永别。

芳子不明白自己为什么窝囊至此！只震惊于他对生死的不惜吗？是敬重吗？回心一想，她好像不曾见过这样单纯的一个人——也许他是最复杂的，对比之下，自己才一事无成。

她开始鄙视自己，日子都活到哪儿去？坚强地支撑起的架子坍了，她甚至以为白发已觑个空子钻出来，一夜之间人苍老了，生气勃勃的眼色黯淡了，漫长而无功的路途耗尽了女人黄金岁月——爱新觉罗·显玗沦为满身疮痍的伤兵，连最后一宗任务也完成不了。

直至他整个人自她生命中消失。

他走了！

芳子崩溃下来，发狂地，把那握得冷汗涔涔的手枪指向四壁，胡乱地发射，玻璃迸碎，灯饰乱摇。灯灭了，一地狼藉，全是难以重拾的碎片，她灵魂裂成千百块，混在里头——她见到前景：军国主义的强人，扫帚一扫，全盘给扔弃废物箱中。

日军正式全面侵略中国，已经不需要任何幌子。芳子再无利用价值。

满洲国成为踏脚石。

一九三七年七月七日晚十一时，日军驻丰台部队，在宛平城外卢沟桥附近，借口夜间演习中，失踪士兵一名，要求派部队进城搜查，乘机炮轰。

援兵急至，三路围攻北平，大举进攻之下，国民政府官兵得不到蒋介石支援，终于失利，被逼撤退。北平、天津全部失陷。

日机轰炸上海，炸弹落于闹市及外滩，日以继夜地狂轰滥炸，这繁华地，十里以内，片瓦无存，尸横遍野……

上海失陷以后，日军侵占南京，进城后，对无辜市民和放下武器的中国士兵进行了长达六个多星期的血腥大屠杀、奸淫、抢劫、焚烧、破坏……国民政府弃守。

遇害人数，只南京一地，总数在三十万以上。

日军疯狂地叫嚣：

"三个月灭亡支那！"

自此挥军南下，实行"三光"政策：烧光、杀光、抢光。

整个中国，被恐怖仇恨的一层黑幔幕，重重覆盖！

中国人卑微如狗一般，向皇军鞠躬，鞠躬不够深，马上他连命也没有了！

芳子再无用武之地，但为了维持空架势，只能继续向手无寸铁的店东掌柜勒索些钞票，向军部打打小报告，向东条英机夫人攀交情——换得一点虚荣。

当汪兆铭（精卫）逃离重庆，于香港发表停止抗战，"和平救国"的宣言后，一九四〇年，他在南京成立新的"国民政府"。激烈的斗争，反而在重庆政府与南京政府之间展开了，还有共产党对峙。

——中国统治者自身的矛盾，四亿只求温饱的老百姓更苦了。逃难成为专长。

有的逃得过，有的逃不过。

一天，关东军总部收到这样的报告：

"职宇野骏吉报告：安国军已解散，司令川岛芳子对皇军圣战确有帮助，但此刻我军大获全胜，宣传品已非必要，芳子再无利用价值。且此人曾私下释放抗日革命分子，可见立场不稳，职预备下绝密令，派人将之'解决'。"

军部照准。

暗杀绝密令交到一个可靠的特务手上。

他一直负责文化、艺术、报道等宣教工作，日已在满洲国成立了"满映"，把原来是日本姑娘的山口淑子，经了一番铺排，改头换面为中国演员李香兰，给捧红起来，拍了不少电影。对"日满亲善"、"五族协和"颇有建树，他以此身份亮相人前。

不过，实际是为军部工作。

他就是山家亨。

在司令部接到指示后，身子一震，有点为难——为什么派去的人是他？

时钟指着三时二十分。

芳子还没醒过来。

她一脸残艳，脂零粉褪，口红也半溶，显然是昨宵未曾下妆，便往床上躺了——如一个倦极的戏子。

她睡得不稳。梦中，发生一些没来由的事儿吧，她的脸微微抽搐，未几，安分下来。但又如幽灵突地附体般，一惊而醒。

一醒，床前有个人影。

背对着光，他面目模糊。

芳子大吃一惊，霍地欲起。

——这男人是山家亨，她的初恋情人，原以为旧事已了，但他不知何时，已进入她房间来。

山家亨不忍下手。

因为，床上躺着这女人，憔悴沦落，沉默无言，即便她多么地风光过，一身也不过血肉所造，也会疲乏，支撑不了。

她不复茂盛芳华。

目光灰蒙蒙，皮肤也缺了弹力吧。芳子接连打了两个呵欠，挣扎半起：

"你！"

她终于坐起来。

"你来干什么呢？"

山家亨不答。望着床头小几上的吗啡针筒。

芳子问：

"很久不见了。无事不登三宝殿——谁派你来？"

她收拾散漫的心情，有点警觉。

山家亨只一手扯开窗帘，阳光霸道地射进来。透明但微尘乱舞的光线，伸出五指罩向她，她眯睐着眼。

"我来问候你。不要多心。"

"哈！"芳子一笑，"一个随时随地有危险的人比较多心，别见怪。"

她知道他是什么人，他也知道她是什么人，如今是命运的播弄。当初那么真心，甜甜蜜蜜，经了岁月，反而尔虞我诈的。

山家亨道：

"你振作点——当初你也是这样地劝过我。"

哦，振作？

信，一千日元。江湖。天意……

一封她几乎忘记的信。劝他振作——

"起来吧。"山家亨道，"打扮好，出去吸口新鲜空气。"

芳子望定他。

终于她也起来，离开高床软枕。她到浴室梳洗。

故意地，把浴室的门打开了一半。她没把门严严关好，是"强调"她信任，不提防。她用水洗着脸，一壁忖测来意——自来水并不很清，不知是水龙头有锈，抑或这一带喉管受破坏，杂质很多，中国的水都不很清。

山家亨在门外，几番趑趄，他明白，更难下手了。

芳子在里头试探着：

"如果你找我有事——我是没办法了。不过在初恋情人的身边，是我的光荣！"

她出来，用一块大浴巾擦干头发。

对着镜子，吹风机呼噜地响，她的短发渐渐地帖服，她在镜中向他一笑。

"芳子，你把从前的样子装扮过来，给我欣赏可好？"

她回头向着山家亨，妩媚地：

"时日无多的人才喜欢回忆——我命很长，还打算去求神许愿哪。"

"你还想要什么？"

芳子侧头一想：

"要什么？——真的说不上呢。要事业？爱情？亲人？朋友？权力？钱？道义？……什么都是假的。"

山家亨沉吟一下。

"那么，要平安吧。"

"看来最'便宜'是这个了。"芳子道，"你陪我去——陪我回，行吗？"

他三思。

芳子的心七上八下，打开衣橱，千挑万选，一袭旗袍。真像赌一局大小了。近乎自语，也像一点心声。她抓他不牢，摸他不透，只喃喃：

"你知道吗？女人所以红，因为男人捧；女人所以坏，因为男人宠——也许没了男人，女人才会平安。"

末了她挽过山家亨的臂弯：

"走吧。"

经过一番打扮，脂粉掩盖一切颓唐疲乏，芳子犹如披过一张画皮，明艳照人。

人力车把二人送至一座道观前。

下车后，拾级而上。

芳子依旧亲热地挽着他，什么也不想、不防、不惧。

难道她没起疑吗？

山家亨一抬头，便见"六合门"牌匾。

纵是乱世，香火仍盛呢。

道观前一副对联：

说法渡人指使迷津登觉路

垂方教世宏开洞院利群生

还是相信冥冥中的安排，把命运交付，把精神寄托。

内堂放置了长生禄位。门 × 氏、× × × 君、× 堂上历代祖先……"音容宛在"的大字下，是剑兰、玫瑰、黄菊，还有果品、糖饼致祭。

檀香的味儿在飘忽。

芳子感慨：

"真奇怪，人命就是这样子——死之前很贱，死后才珍贵。"

山家亨促她：

"你去上香。"

"你呢？"

他摇头：

"我不信的。"

芳子上香，背对他：

"——但我信。"

山家亨无意地触摸一下，他腰间一柄手枪。军令如山。

观内有乩坛。

坛内铺上细沙，一个老者轻提木方两端，如灵附体，尖笔在沙上划出字样，划得很快，字字连绵不断，如图如符。旁人眼花缭乱。此时一个妇人在求药方。

只有老者看懂了，把字念出来。助手在旁用毛笔记下：

"左眼白内障求方。熟地五钱，川连三钱，牛七三钱，淮山三钱，乳香钱半……"

直至方成，妇人恭敬下跪，不忘叩头表示谢意。持方而去。

芳子怂恿山家亨：

"有心事吗？你去扶乩，求问一下。"

"我没事。"

"那，预卜一下未来也好。"

芳子瞅着他，企图看穿他的一张脸，阅读他脑袋里头的秘密。

山家亨点点头：

"好吧——我想知道，任务能否顺利完成？我姓王。"

乩笔动了……

老者一壁扶着，一壁念白：

"王先生求问任务能否顺利完成？戌年生，王侯之相。十年后将因女人而惨死，自杀身故，遗尸荒原，为野犬所食。若过此劫，则时来运转，飞黄腾达。"

山家亨听得一身冷汗。

如冷水迎头浇下。

他不知道这是否可信，中国鬼神真有这么玄妙的指示么？

"十年后将因女人而惨死……"——那预兆了什么？

二人都似濒临绝境，不是你死，便是我亡。

一切要看他了。

自己才四十多，精壮干练，信不信好？

不知何时，芳子已来至山家亨身后，目睹他的挣扎。她不发一言地站着。

他懵然不觉。

信？不信？

山家亨转身，正正地对着沉默的芳子。他下意识地倒退了一步，把她看得更清楚。毅然接受了命运的安排——也许是神明一早洞悉他的决定。代他说出来吧？

他其实不忍杀她。

"芳子，"他什么也没戳穿，只尽在不言中，大家心里明白，"我送你回日本去！"

他放过她？

芳子脸上闪过怀疑。

他真的放过她？

塘沽。

这是天津外的港口，一个僻静的码头。

四野无人。

山家亨帮她拎着行李箱子。

芳子环视，心中犹有疑团——她过去的经历，叫她不能也不敢相信任何人，包括最亲近的人，最不提防的人，看来最没杀伤力的人。

她自己，已是不可信的了。

会有报应吗？

山家亨的一举一动，她都提高警觉，眼神闪烁，是欲擒故纵？是在僻静地点才下手？抑或，他是真心的？

世上有这种事吗？

山家亨把手伸进口袋中。芳子紧张得心房扑扑跳动。生死一线，系于这个被自己不可一世地辱骂过的男人。她不是善男信女，她曾叫他好看……

当年，一点情分。

他记得的是哪样？

山家亨自口袋中，掏出一沓钞票，是日元。很周到，把钞票无言地塞进她皮包内。

芳子望着他：痛恨自己多疑。她觉得自己卑鄙！

此情此景，又能说什么好？

"——扶乩有时很灵验。你再考虑一下？"

山家亨一笑，摇头：

"我根本不信，你保重，上船吧。"

驳船把她载往邮轮，逃亡至日本去。

此行并不风光。是他高抬贵手，放她一条生路。

他送别她，她知道自己将蛰伏，也许再无重逢机会了。

感谢他在绝境前的一点道义。

道义。他甚至没有拥抱她。

她上船了。

二人隔着一个海，中国的海。中国的女人逃到日本去，日本的男人立在中国土地上——谁是主宰？

山家亨坚强地转过身，不看她，就此迳自离去。男子汉大丈夫，算不得什么。

芳子没动。

眼眶有泪。

生命无常，芳华冉去。最好的最不希望消逝的，常常无疾而终。

大海中，是哪一艘船上荡漾着无线电广播呢？抑或是自己恍惚的记忆？莫名其妙地，像无主孤魂，距她三步之遥，窥伺着？它尾随她，伴她上路。

渡边哈玛子还是李香兰的歌声？

是一阕挑逗的、软媚的歌。高潮之前的晕眩，颤抖地：

> 支那の夜　支那の夜よ
> 港の灯り　紫の夜に
> ……

她繁华绮艳的岁月，十年。

> 春天的梦令人相思的梦
> 太阳高高在天空
> 玫瑰依旧火般红
> 我们又回到河边重逢
> 唉呀唉呀
> 醒来时可恼只是一场
> 春天的梦相思的梦

相思？

——一事无成，两手空空。

她花过无穷的心血，几乎把自己掏尽了，到头来像旷野上亡命的落日，一眨眼，一只大手把它扯下无底深渊。

还以为有自己的"国"呢。却连"家"也没有，连歇脚的地方也没有。

暮春三月的东京。

樱花蓬蓬然漫山遍野盛放。

惯常扰攘的天空今天没有云，像幅白绸布，上面缀满绯红色的樱瓣，层叠得无穷无尽，粉腻微香，含愁带恨。

芳子随便披了件和服，蓝条子，因不思装扮，胡乱打个结，条子都在身上歪斜起来，分不清是非曲直，斑驳地裹住她。

她躺在一丛一丛的矮树下，连翻个身也懒，跷起一条腿，瘫软了身子。旁边有几个清酒的瓶子，同它们主人一样，东歪西倒。

眯着眼睛望向无云的芳菲的天空，是谁？像女人的手指，蘸了颜色，一下一下一下——漫不经心地乱点。

樱花自岛国的南方，随着行脚，开放至北方。自南至北，差不多一个月，樱花的季节便告终。每年都是如此。它灿烂动人，却是不长久的，好像刚看上一眼，低头思索一个古老的问题，想不透，抬头再看，它已全盘落索。

清酒喝多了，肚子胀胀的，芳子觉得便急。

她不必美而给任何人欣赏了，她忘记了自己是谁，意外地感到为他人而活是不够聪明的呀。她攀上樱花树的枝桠，蹲在那儿。

不管有没有人——这午后的公园事实上也没游人，芳子就势把和服下摆一掀，撒了一泡尿。

尿洒落地面，激起一点味道不好闻的水珠。

一头小猴子马上机灵走避。

它走得不远，只顽皮地向女主人眨着小眼睛。

放浪形骸任性妄为的芳子已经半醉，蹒跚地跳下树来，向它一笑，便又倒地，不愿起来，一个"大"字，手脚向四方伸展。

猴子乖巧地来到她身边，养得驯熟了，越来越像人——像人？

芳子喃喃，含糊地：

"阿福，阿福，只有你陪着我了！"

阿福抓耳挠腮，瞪圆了小眼睛。它不会笑，从来没有笑过——这头在浅草买来的猴子是不笑的，即使乐不可支，脸上没笑靥，万物中只有人会笑，人却很少笑。

芳子对自己一笑。

一阵春风，落英洒个满怀，如一腔绯红色的急泪，倾向她一身，险被花瓣埋葬。

花又死了。

那么短暂、无情、凄厉。

夕阳蹑手蹑足地走远。

来了一个人。

他是川岛浪速。

他很老了，拄着拐杖，立在夕阳底下，形如骷髅。

芳子微张眼睛，见到他的身影。

她不想见到他。

——但，过了千万个筛子，她身边的男人一个一个地冉退，最后，原来，只剩下他！

奇怪。

她原来最痛恨的，甚至竭力自记忆中抹去，抹得出血的男人，是这个。

他那么老，任谁无法想象，很多很多年以前，从前，川岛浪速焕发清瘦，一派学者风范，是"满蒙独立"运动的中心人物，胸怀大志，居心叵测——敌不过岁月，刚如武士刀，终也软弱如樱瓣。一不小心，让过路人踩成花泥，渗入尘土，再无觅处。

芳子自他身上看到自己了。

她不相信呀。明明车如流水马如龙，明明花月正春风。她不信！

她闭起双目。

川岛浪速面对着夕阳。

一种苍凉的低吟，也许世上根本没有任何人听见，也许他不语，只是风过。风中的歔欷：

"我们的天性，如一块脆薄的玻璃，稍受刺激，就全盘破裂，不可收拾……"

芳子自花泥中爬起来。

跌跌撞撞地，回家去。

家？

阿福跳上她肩膊，二者相依为命。它就是她的骨肉，她的至爱。没有一个人是可靠的——只有它最可靠。告诉它自己的故事，每一回，它都用心听着，也不会泄漏。

它肚子里头一定载满她灵魂的片段，末了合成一个生不逢时的伟大的人。芳子想。

她很放心地，爱着它。

她知道自己不会被辜负。狠狠地嗅吸猴子身上特别的气味。

花季过去了。

夏天，日本开的是紫藤。

然后是漫山红叶，燃烧了好一阵，比什么花都好看。猴子有小病，放它山中跑，自己会得找草药吃。

终于天下着细雪。簌簌地飘落，大地轻染薄白，唤作"雪化妆"。

芳子全身赤裸，浸浴在温泉中。

泉水烫人，雪花撒下，马上被吞噬了，犹顽强地不肯稍霁。

芳子低头望着自己不堪的裸体。

她最近瘦了，骨头很明显，却没到戳出皮肤的地步。

皮肤仍然白皙，不过女人的双手骗不了人，更骗不了自己，手背上青色的脉络，看得分明。即使她双手染过鲜血，此刻也只余青白，就像漂过的花布。

三十六岁了。

半生过了，一生还未完——还有很长日子吧？

微贲的乳房，在温泉的水面上露出一大半，有一条无形的线，刚好划过，上面浮着她那颗颠倒过众生的、妖艳的红痣。颜色没有变，还是一滴血色的眼泪。

血未枯，人便毁了？

她再也无大作为了？

如此地过完一生？

芳子在水面上，瞧见自己窝囊的表情，是一朵花吧，也得灿烂盛开到最后一刻，才甘心凋谢！

回到东京后，日夕躲在房间里，每天无所事事地活着。

春天上山去赏花，冬天乘火车到温泉区洗澡——是这样无聊苦闷的日子，她没落了？后半生也敲起丧钟？肃亲王十四格格是茫茫人海中一个老百姓？

真不忿！

芳子突地一跃而起，全身赤裸，水淋淋地飞奔而出。

猴子不知就里地，只望望她。

她就是那样，身无寸缕，一腔热血，急不及待地，打了一通电话。

对方是日本首相东条英机的夫人胜子。有一个时期，芳子跟她交往密切，攀上交情，几乎喊她干娘。

她想，要就蛰伏下去，要就找一个硬硬朗朗的靠山，重出江湖。时为一九四三年了，太平洋战争也爆发了，日美的关系发展成这个样子，中国又水深火热，芳子的意向是怎样呢？——两个都是"祖国"嘛。

只有停战，进行和平谈判，日本同中国结合……在她一时冲动之下，巴不得背插双翅，飞到中国，会见蒋介石，担任和平使者——

她以为自己相当胜任呢。

电话几经转折，才接到胜子那儿去。

芳子满怀希望地贡献自己：

"东条夫人？我是芳子呀——你记得吧？——"

对方静默了一下。

芳子心焦如焚：

"是芳子——很久没见面了啦——对了对了——我希望回中国去，中日和谈需要人作桥梁，国民政府我很熟呢，我有信心——不，我没说过退休——"

对方可是敷衍地应付她，自信心澎湃的芳子一点也不觉察，迳自推销她最后的利用价值：

"——要开最后一朵花！——你跟东条先生说一下，派我——"

听筒蓦地"呜呜"长鸣。

电话已被挂断。

"喂喂——夫人——"

没有人理睬芳子了。

没有人理睬芳子了。

陆军大将东条英机，即首相位以来，根本不打算和平谈判过，日本的野心，是先建大东亚共荣圈：中国、香港、新加坡、马来亚、暹罗……整个亚洲——以至全世界。

川岛芳子是微不足道的一枚棋子。放她一条生路，就该老实点，真是给脸不要脸。

但心念一动，如平原跑马，易放难收。

芳子又任由自己的马脱缰了。

也许是一种血缘上的召唤，一生纠缠的孽。她分明可以静静地度过余生，忘掉前尘，安分守己——但，她脱不了身。

挣不开，跑不了，忘不掉。

这么地纠缠，谁在招引她？

抑或是不甘心？

芳子乘船回中国去。

她穿旗袍，戴墨镜，围着围巾，任凭大风吹摆。

到她终于立定在一度的活动中心：天津东兴楼之前，楼已塌了。

"东兴楼"三个字的招牌已成破板，一片颓垣败瓦，血污残迹。东山再起已是空谈。

猴子初到陌生环境，蹲在她肩上，动也不敢动，只张目四看——如此苍凉的一个废墟！

芳子拎起行李箱子上路。

即使有阿福相伴，还是孤单的，上哪儿好呢？不若到北平吧。

一路地走，突地，有个粗暴的声音把她喝住：

"喂！见到皇军要鞠躬的！"

芳子背影一颤。

她倔强地站住——呀，英雄沦落！

徐徐地，徐徐地，拿下墨镜，正视那意气风发的宪兵。他很年青，是新兵，一代新人换旧人。芳子不语，只对峙着。

良久。僵局。他非要她鞠躬！

芳子终于坚定但辛酸，一字一字地问：

"你知道我是谁？"

第三章

——"你知道我是谁？"……

坚定但辛酸的声音，在法庭中回荡。

芳子的态度依然傲慢，高高在上，没把任何人放在眼内——当然，在这时势，她已是一个落网受审讯的汉奸了，任何人也不把她放在眼内。

她过去峥嵘的岁月，一个女子，在两个国家之间，作过的一切，到头来都是"错"？要认"罪"？

芳子冷笑一声：

"嘿，跟我来往的都是大人物，什么时候轮到你们这些名不见经传的小法官来审问？真是啼笑皆非。连你们政府首长，甚至蒋介石，不也算是我的下属吗？"

法官讪讪地，但所言也属实。

她把下颔抬得高高的。

向王族挑战？

她心底还是非常顽固地，只觉王女身份是最大的本钱，与生俱来的皇牌。没觉察，时间是弄人的。

时间？

法官跟她算时间的账。

他出示一大沓相片，一张一张展现在芳子眼前。他读出名字：

"现在你认认这几个人……"

半生经历过的男人，原来那么厚！

她打断：

"不，法官大人，不必再让我看下去，我一个都不认识！"

法官又取过一大沓文件：

"这些全是你当安国军总司令时的资料，在此之前，已有为数十名称为你部属的犯人作证，且有明文记载，你曾指挥几千名士兵，虐杀抗日志士，发动几次事变，令我国同胞死伤无数。"

芳子转念，忙问：

"当时是多少年？"

"民国二十年，即一九三一年起，整十年。"

芳子像听到一个大笑话一般，奸狡地失笑：

"哎，法官大人，我是大正五年在日本出生的，大正五年，等于民国五年，即是一九一六年，你会算吗？当时，哦一九三一年，我才不过是个可爱的少女，如何率领几千名部属在沙场上战斗？怎会卖国？"

法官一听，正色严厉地责问：

"被告怎可故意小报年龄，企图洗脱罪名？"

目下是一九四六年，芳子看来也四十岁的中年妇人了，干瘦憔悴，皱纹无所遁形，若根据她的说法，无论如何是夸张而难以置信的。司马昭之心，路人皆见。

人人都看透这桩事儿，是她自个儿认为巧妙。

不过穷途末路的川岛芳子，身陷囹圄，证据确凿，仍要极力抓住一线生机。

不放过万分之一的机会。

她也正色，死口咬定：

"你们把我审讯了一年，我始终顶得住，不肯随便认罪，不倒下来，是因为——你们把我年龄问题弄错了！"

"你提出证据来。"

芳子一想，便道：

"有，我希望你们快点向我父亲川岛浪速处取我户籍证明文件，要他证明我在九一八事变时，不过十几岁，而且我是日本人。我现在穷途末路，又受你们冤枉，很为难——他千万要记得芳子跟他的关系才好。"

芳子一顿，望定法官，胸有成竹：

"法官大人，当证明文件一到，我不是汉奸，大概可以得到自由了吧？"

——她把全盘希望寄托在此了。算了又算，也许"时间"可以救亡。一个十几岁的少女，又能在满洲干出什么大事来？

川岛浪速若念到"芳子跟他的关系"，人非草木，给她一份假证明，证实了她的日本籍，最高法院又怎能问她以罪？

芳子从容地，被押回牢房去。

北平第一监狱。

牢房墙壁本是白色，但已污迹斑斑，灰黯黯的，也夹杂老去的血痕。每个单间高约三米半，天井上开一四方铁窗，墙角开一小洞穴。睡的是木板床，角落还有马桶，大小便用。

灯很暗。

囚衣也是灰色的。

有的房间囚上二三十人等。

芳子是个问题人物，她单独囚禁，住的地方，去年死过人，这死在狱中的女犯犯杀害情敌的罪。

小洞穴给送来菜汤、玉米面窝头，非常粗糙。芳子接过，喃喃：

"想起皇上也在俄国受罪，我这些苦又算什么呢？"

她蹲下来，把窝头咬了一口。又冷又硬，粉末簌簌撒下，与昔日繁华相比，简直是天渊之别。从没想过蹲在这儿，吃一些连狗也不搭理的东西。

——但她仍满怀希望地望向铁窗外，她见不到天空。终有一天她会见到。

脱离这个嘈吵不堪的地方。

嘈吵。

什么人也有：汉奸、杀人犯、烟毒犯、盗窃犯、盗墓犯……这些女人，长得美长得丑，都被划作人间的渣滓吧。关进来了，镇日哭喊、吵闹、唱歌、跳舞、呻吟。又脏又臭，连件洗换的衣服也没有。

不过芳子觉得自己跟她们不一样。

她们是一些卑劣的、没见过世面的犯人，一生未经历过风浪，只在阴沟里鼠窜，干着下作的勾当。

她瞧不起她们。

针尖那么微小的事儿也就吵嚷了一天，有时不过是争夺刷牙用的牙粉。

芳子在狱中，仍有她的威望。总是喝住了：

"吵什么？小眉小眼！"

她发誓如果自己可以出去的话，死也不要再回来。

不知是谁的广播，在播放一首歌，《何日君再来》，犯人们都静下来。

何日君再来？

呜咽如鬼叫的尖寒。

芳子缓缓闭上眼睛，听着这每隔一阵就播放着的歌——也许是牢房中特备的镇痛剂。

四下渐渐无声。

摆在显赫一时的"男装丽人"面前只有两条路：默默地死去，或是默默地活下去。

"芳子小姐！"

她听到有人喊她。

张开眼睛一看，呀，是律师来了。芳子大喜过望：

"李律师！"

他来了，带来一份文件，一定是她等待已久的礼物。

芳子心情兴奋，深深呼吸一下，把文件打开，一行一行，飞快看了一遍，马上又回到开端，从头再看一遍：

> 川岛芳子，即华裔金璧辉，乃肃亲王善耆的第十四王女。只因鄙人无子，从芳子六岁起，由王室进至我家，于大正二年十月二十五日正式成为鄙人之养女……

芳子脸上神情渐变。

继续看下去：

> ……自幼即被一般日本人公认为日本国民之一员。

她不相信！

又再重看一遍，手指用力把文件捏紧，冒出冷汗。

她朝夕苦候的户籍证明是这样的？

——并无将出生年份改为大正五年，也不曾说明她是日本籍。

一切"似是而非"。

这不是她要的！

芳子陡地抬头，惶惶地望定李律师。不但失望，而且手足无措：

"并没有依照我的要求写？——我不是要他写真相，我只要他伪造年龄和国籍，救我出生天！"

李律师满目同情，但他无能为力：

"川岛浪速先生曾经与黑龙会来往，本身被监视，一不小心，会被联合国定为战争罪犯。他根本不敢伪造文书。现在寄来的一份，对你更加不利。"

"但他已经八十多了——"

"芳子小姐，我爱莫能助。"

芳子色如死灰，颓然跌坐，她苦心孤诣，她满腔热切，惟一的希望。

这希望破灭了。

她好像掉进冰窟窿中，心灰意冷，双手僵硬，捏着文件。一个人，但凡有三寸宽的一条路，也不肯死，她的路呢?

她第一个男人!

芳子不能置信，自牙缝中迸出低吟:

"奇怪! 一个一生在说谎的人，为什么到老要讲真话? 真奇怪! "

她萎谢了。凄酸地，手一垂，那户籍证明文件，如单薄的生命，一弃如遗。

一九四七年十月二十二日，午前十一时十五分，法官宣判:

"金璧辉，日名川岛芳子，通谋敌国，汉奸罪名成立，褫夺公权终身，全部财产没收，处以死刑。"

宣判的声调平板。

闻判的表情木然。

芳子默默无语，她被还押回牢房时，身后有听审群众的鼓掌和欢呼。

她默默地走，这回是深院如海的感觉了。一室一室，一重一重，伸延无尽。

芳子知道自己走不出来了。

瘦小的背影，一直走至很远……

掌声欢呼微闻，重门深锁，戛然而止。

忽地怀念起北平的春天。新绿笼罩着城墙，丁香、迎春花、杏花、山樱桃……拥抱古老的京城。亭台楼阁朱栏玉砌，浴在晚霞光影，白天到黑夜，春夏秋冬，美丽的北京城。

她翻来覆去地想：

春天？明年的春天？过得到明年吗？

不可思议。

也许自己再也见不着人间任何春天了。她是一只被剪去翅膀的凤蝶，失去翅膀，不但飞不了，而且丑下去。

关在第一监狱这些时日，眼窝深陷，上门牙脱落了一只，皮肤因长久不见天日而更加白皙，身材更瘦小了，一件灰色的棉布囚衣，显得宽大。强烈地感到，某种不可抗拒的命运向她袭来。但她一天比一天满不在乎。

甚至有一天，她还好像见到一个类似宇野骏吉的战犯被押送过去，各人都得到报应。

看不真切，稍纵即逝。战犯全卑微地低着头。他？

芳子捧着碗，呼噜呼噜地吃着面条，发出诙谐的声音。

她跷起腿，歪着坐，人像摊烂泥。

吃到最后一口，连汤汁也干掉，大大地打一个饱嗝。

肚子填饱了，她便给自己打了一支吗啡针。仰天长叹：

"呀——"

她陶醉在这温饱满足中。个人同国家一样，真正遭到失败了，才真正地无求。

牢房中其他的女犯人，得悉她被判死刑后，常为她流泪难过。女人虽爱吵闹，脾气粗暴，而且杀害丈夫案件之多，简直令人吃惊，但她们本性还是善良的吧？——女人之所以坐牢、处决，完全因为男人！

"我讨厌男人！"芳子对自己一笑。

见到她们在哭，不以为然地：

"哭什么？一个人应该笑嘻嘻地过日子。欢乐大家共享，悲哀何必共分？烦死了。"

她自傍身的钱包中掏出一大沓金圆券，向狱吏换来一个小小的邮票：

"二万五？"

"不，"他道，"三万。"

也罢，三万元换了邮票。她埋首写一封信。纸也很贵，在牢房中，什么也贵，她惟有把字体挤得密密麻麻。

信是写给一个男人——她终于原谅了他。

一开始：

父亲大人：

新年好！

哦父亲大人。

七岁之前的生父，她的印象模糊。七岁之后的养父，叫她一生改变了——谁知道呢？也许是她叫很多男人的一生也改变了。

前尘快尽，想也无益。

芳子继续一个字一个字地写下去：

我时日无多了。简直是秋风过后的枯草残花，但我还是一朵盛开过的花！一个人曾经有利用价值多好！

这小小的牢房没风雨，是安全的乐园，人人不劳而得食，聪明地活着。

我有些抗议，听说报纸建议将我当玩具让人欣赏，门票收入用来济贫。投机分子也把我的故事拍成歌剧，并无征求我同意，不尊重我！

但，人在临死会变得非常了不起，心胸宽了，也不在乎了。我横竖要死的，所以什么也说不知道，不认识，希望不给别人添麻烦，减轻他们罪名，全加在我身上，也不过是死！

没人来探过我，也没给我送过东西。牢房中一些从前认识的人，都转脸走过，没打招呼——不要紧，薄情最好了，互不牵连又一生。

落难时要保重身体，多说笑话呀。

过年了，我怀念红豆大福。

我总是梦见猴子，想起它从窗户歪着脑袋看外面来往的电车时，可爱的样子。没有人理解我爱它。

可惜它死了，若我死了，不愿同人埋在一起，请把我的骨头和阿福的骨头同埋吧。

想不到我比你先走。

你一定要保重！

芳子

写完以后，信纸还有些空白的地方。她便给画了猴子的画像，漫画似的。

然后在信封上写上收信人：

川岛浪速样

恩仇已泯，可忘则忘。

狱吏来向她喊道：

"清查委员会有人要见你！"

芳子没精打采，提不起劲：

"什么都给清查净尽啦。"

她用手背擦擦眼角的污垢，打个大大的呵欠，气味十分难闻。

她已身无长物，前景孤绝，还能把她怎么样？

表现十分不耐烦。头也不抬。

来人开腔了，是官腔：

"没收财产中有副凤凰项圈，由上千颗大小不等的钻石镶嵌而成。不知是不是你的？要证实一下。"

多熟悉的声音！

冷淡的、不带半丝感情的声音。

芳子身子猛地一震，马上抬起头来。

她涣散的神经绷紧了，口舌打结，说不出半句话来。

这个不速之客，是一身洋装的"官"，云开！

云开？

她原以为今生已无缘相见。谁知相见于一个如此不堪的、可耻的境地。

云开若无其事地：

"我在会客室等你。"

他一走，芳子慌乱得如爬了一身蚂蚁。

自惭形秽！

自己如此地落难，又老又丑，连自尊也给踩成泥巴，如何面对他？

芳子手足无措，焦灼得团团乱转。

怎么办怎么办？

手忙脚乱地梳理好头发，又硬又脏，只好抹点花生油。牢房中没镜子，她一向在玻璃碎片背面贴上黑纸，便当镜子用，当下左顾右盼，把牙粉权充面粉，擦得白白的，点心盒子上有红纸，拿来抹抹嘴唇，代替口红，吐点唾沫星子匀开了……又在"镜子"前照了照，不大放心，回头再照一下。

终于才下定决心到会客室去。

深深吸一口气：不可丢脸！

她挺身出去了。

狱吏领到云开跟前。她不愿意让他目睹自己的颓丧萎顿，装得很坚强，如此一来，更加辛酸。

云开有点不忍。

芳子只强撑着，坐他对面。她开口了，声音沙哑，自己也吓了一跳：

"请问，找我什么事？"

云开故意把项圈拎出来，放在桌面上。它闪着绚烂的光芒。但那凤凰飞不起了。

他道：

"我们希望你辨认一下，这东西是不是属于你的？你证实了，就拨入充公的财产。"

芳子冷笑：

"既然充公，自不属于我的了。"

她交加两手环抱胸前，掩饰窘态，盖着怦怦乱跳的心。

他挨近。

芳子十分警惕地瞅着他。

——他来干什么？

她满腹疑团。

云开凑近一点道：

"你认清楚？"

然后，他往四下一看，高度警觉，急速地向芳子耳畔：

"行刑时子弹是空的，没有火药，士兵不知道。在枪声一响时，你必须装作中枪，马上倒地，什么也别管，我会安排一切——我来是还你一条命！"

还她一条命？当然，她的手枪对准过他要害，到底，只在他发丝掠过，她分明可以，但放他这一条生路。

他在她的死路上，蓦地出现了。

芳子久经历练，明白险境，此际需不动声色。听罢，心中了然，脸上木无表情，她用眼睛示意，凝视他一下。

然后，垂眼一看项圈：

"我跟政府合作吧。不过——"

她非常隔膜地望着云开，也瞥了会客室外的狱吏一眼，只像公告：

"你们把所有财产充公了，可不可以送我一件最后礼物？我要一件和服，白绸布做的——全部家当换一件衣服吧，可以吗大人？"

芳子眼中满是感激的泪，她没有其他的话可说。五内翻腾起伏。

云开暗中紧紧握住她的手。

她的手。枯黄苍老的手指，不再权重一时的死囚。一切将要烟消云散，再无觅处。

云开用力狠狠地捏一下，指节都泛白了。握得她从手上痛到心上。

双方没有说过那个"严重的字"，但他们都明白了，千言万语千丝万结，凝聚在这一握中，很快，便得放开了。

似甜似酸的味儿灌满她，化作一眶泪水，但她强忍着，没让它淌下来，她不能这样地窝囊。云开点点头，然后公事公办地，收拾一切，最后一瞥——

芳子嘴唇噏动，没发出任何声音，但他分明读到她的唇语，在唤：
"阿福！"

她一掉头，离开会客室。

这一回，她要比他先走。她不愿意再目送男人远去。

他的话是真的吗？

——芳子根本不打算怀疑。

因为她绝望过。原本绝望的人，任何希望都是捡来的便宜。

她这样想：自己四十多了，即使活得下去，也是不可测的半生。她叱咤风云的时代结束后，面对的是沦落潦倒、人人唾弃，或像玩具似的被投以怪异的目光。身为总司令、军人，死在枪下是一项"壮举"吧。

且与她交往的，尽是政治野心家、日本军官、特务……对战争负有罪责，双手染满鲜血，是联合国军"不欢迎的人物"，没多少个战犯能够逃得过去。

一打开庭起，也许便是一出戏，到头来终要伏法，决难幸免。

云开的出现，不过是最后的一局赌——芳子等待这个时刻：早点揭盅。迟点来，却是折磨。

一九四八年三月二十五日清晨，曙光未现，牢房中分不清日夜。

芳子的"时刻"到了。

她毫无惧色，眉头也没皱一下，只摊开一件白绸布做的和服——她最后的礼物。

抬头向着面目森然的狱吏：

"我不想穿着囚衣死——"

他木无表情地摇头。

芳子没有多话，既无人情可言，只好作罢。她无限怜惜地，一再用手扫抹这凉薄的料子。白绸布，和服……

那一年，她七岁。

她一生中第一件和服，有点缅怀。

她还哭喊着，企图扯开这披在身上的白色枷锁呢。扯不掉，逼得爱上它。是一回"改造"。

"我是中国人！"——她根本不愿意当日本人。但中国人处死她。

那一年，她七岁。

一个被命运和战争捉弄的女人，一个傀儡，像无主孤魂，被两个国家弃如敝屣。但她看开了，看透了，反而自嘲：

"不准，也无所谓了。枪毙是我的光荣——像赴宴，可惜连穿上自己喜欢的晚装也不可以。"

芳子又向狱吏提出：

"可以写遗嘱吗？"

他又望定她，不语。

芳子把身上所有的金圆券都掏出来了，一大沓，价值却很少。她欷歔：

"连个买纸的钱也不够。"

狱吏递她一小片白纸。

芳子在沉思。

他道：

"要快，没时间了！"

她提笔，是远古的回忆，回忆中一首诗。来不及了，要快，没时间了，快。她写：

有家不得归，

有泪无处垂；

有法不公正，

有冤诉向谁？

芳子珍重地把纸条折叠好，对折两下，可握在手心。解嘲地向狱吏道：

"我死了，中国会越来越好！我一直希望中国好，可惜看不见！"

狱吏一看手表。

她知道时辰已到，再无延宕的必要，也没这能力。生命当然可贵，但……

脸上挂个不可思议的神秘笑容——只有自己明白，赌博开始了。

她昂然步出牢房，天还有点冷，犯人都冻得哆哆嗦嗦。芳子不觉打个寒噤，但她视死如归，自觉高贵如王公出巡。

几个人监押着她出去了，犯人们都特殊敏感，脊梁骨如浇了冷水，毛骨悚然。不知从何时开始，有人哼着这样的歌，哽咽而凄厉，带了几分幽怨：

好花不常开，
好景不常在，
愁堆解笑眉，
泪洒相思带。
今宵离别后，
何日君再来？
喝完了这杯，
进一点小菜，
人生难得几回醉，
不欢更何待……

中间有念白的声音：

来来来，喝完了这杯再说吧！

芳子缓缓地和唱着：

今宵离别后，
何日君再来？
……

颤抖的中国离愁，甜蜜但绝望的追问，每颗心辛酸地抽搐。

芳子手中紧捏她的"绝命诗"。

那白绸布和服，冷清地被扔在牢房一角。

晨光熹微，北平的人民还沉迷在酣睡中，芳子被押至第一监狱的刑场。

她面壁而立。

执行官宣判：

"川岛芳子，满清肃亲王十四格格，原名显玗，字东珍，又名金璧辉，年四十二岁，因汉奸罪名成立，上诉驳回。被判处死刑，于一九四八年三月二十五日凌晨六时四十分执行。"

他们令她下跪。

执行死刑的枪，保险掣拉开。

"咔嚓"一声。

芳子背向着枪，身子微动，紧捏纸条。

处于生死关头，也有一刹的怀疑惊惧突如其来，叫她睫毛跳动，无法镇定，最豪气的人，最坚强的信念，在枪口之下，一定有股寒意吧。芳子也是血肉之躯。

枪声此时一响！

枪声令第一监狱紧闭的大门外，熙熙攘攘来采访的新闻记者不满——因为他们未能耳闻目睹。

早一天，还盛传在德胜门外的第二监狱执行死刑，但临时又改变了地点和时间。

新闻记者们早就作好行刑现场采访的准备，中央电影第三厂的摄影队，也计划将川岛芳子的一生摄制成胶片，可是最后一刻的行刑场面却落了空，"珍贵"的镜头，终于无法纪录下来？为什么有如此忙遽的安排？

大门外，大家都在鼓噪。

士兵严加把守，说是没有监狱长之令，绝对不能开门，不能作任何回答，即使记者们纷纷递上名片，也无人转报。

一番交涉。

——直至一下沉闷的枪声传出。

隔得老远，听不真切。

枪决已经秘密进行了？

没有人能够明白，里头发生什么事。

太阳出来了。

阳光与大地相会，对任何一个老百姓而言，是平凡一天的开始。对死囚来说，是生命的结束——她再也没有明天！

狱吏领来一个人。

他是一个日本和尚。

古川长老随之到监狱的西门外，只见一张白色木板，上面放着一具尸体。

一具女尸。

这女尸面部盖着一块旧席子，上面压了两块破砖头，以防被风吹掉。

死者身穿灰色囚衣，脚穿一双蓝布鞋。

古川长老上前认尸。

他是谁？

他是一个芳子不认识的人，日籍德高望重的名僧，原是临济宗妙心寺的总管，又是华北中国佛教联合会会长，为了传教，东奔西走劳碌半生，现已七十八高龄。

他一直关心芳子的消息，也知道她的兄弟、亲戚、朋友、部属，全都害怕受汉奸罪名牵连，没有一个敢或肯去认领遗体。古川长老以佛教"憎罪不憎人"的大乘精神出发，纵与她毫无渊源，也向法院提出这要求。

老和尚上前掀开盖面的旧席子一瞧——

子弹从后脑打进，从右脸穿出，近距离发射，所以炸得脸部血肉模糊，枪口处还有紫黑色的血污。

他喃喃地念了一些经文，便用脱脂棉把一塌胡涂的血污擦掉。

不过完全不能辨认生前的眉目。

他以白毛毯把尸体裹起来。

就在此时，记者们都赶来了。他们匆匆地忙于拍照、吵嚷，大家挤逼一处，企图看个清楚——到底这是一个传奇的人物！

他们好奇地七嘴八舌：

"枪决了？"

"只拍尸体的相片，有什么意思？"

"作好的准备都白费了。"

"是谁临时通知你们的。"

"真是川岛芳子吗？"

"不对呀，这是她吗？满脸的血污，看不清面孔。"

"奇怪！不准记者到刑场采访？"

"她不是短发的吗？怎么尸体头发那么长？"

"死的真是芳子吗？"

……

古川长老没有跟任何人交谈半字，在一片混乱中，他有条不紊地裹好尸体，再盖上新被罩，再在被罩上盖一块五色花样的布。这便是她五彩斑斓的一生结语。

他沉沉吟吟地诵了好一阵的哀悼经文，血污染红和尚的袈裟。

两个小和尚帮忙把"它"搬上卡车去。

扑了个空的记者们不肯走，议论纷纷。

卡车已开往火化场了。

报馆突接到一通意外的电话：

"我要投诉！"

不过，卡车已开往火化场了。

日莲宗总寺院妙法寺和尚，曾同火化场上的工作人员，把尸体移放到室内。

整个过程中，动作并不珍惜。工作人员惯见生死，一切都是例行公事。

不管躺在那儿的是谁，都已经是不能呼吸没有作为的死物，这里没有贫富贵贱忠奸美丑之分，因为，不消一刻，都化作尘土。

尸体在被搬抬时，手软垂。手心捏着的一张纸条，遗落在一个无人发觉的角落。

再也没有人记起了。

和尚念着经文送葬。

柴薪准备好了。

众人退出。

两三小时之后，烈焰叫一切化成灰烬。

下午一点半左右，火化完毕，古川长老等人把骨灰移出来，拣成两份——一份准备送回日本川岛浪速那儿供奉；一份埋葬。

火化场的墓地，挖有一个坑，在超度亡魂之后，一部分的骨灰便装在盒子里头，掩埋了。

和尚给芳子起了法名："爱新璧苔妙芳大姐"——她没有夫家，养父又在异国，本家无人相认，所以只落得一个"大姐"的名号。

在墓地附近，有许多人围观，不过并无哀悼之意。

只生前毫不相干的出家人，焚着香火，风冷冷地吹来，她去得非常凄寂。

爱新璧苔妙芳大姐。

生于一九○七。卒于一九四八。

一生。

但那通抗议的电话没有死心。

监察院也接到控告信了：

被枪决的不是川岛芳子！

死者是我姐姐刘凤玲！

此事一经揭露，社会舆论及法院方面，为之哗然。

这位女子刘凤贞道出的"真相"是——

她姐姐刘凤玲，容貌与川岛芳子相似，也是死因，而且得了重病，在狱中，有人肯出十根金条的代价，买一个替身。她母亲和姐夫受了劝诱，答应了。但事后，他们只领得四根金条，便被赶了回来，还有六根，迄未兑现，连去追讨的母亲，竟也一去不复返……

事情闹得很大，报纸大肆渲染，官方也下令彻查。

扰攘数月，谣传没有停过。

"川岛芳子还活着吗？"

报上都作了大字标题的报道了。

监察院展开调查。可是由于控告人没有写明住址，也未能提出被告人的名字，芳子生死之谜，一直是个疑团。

年老的和尚，出面否认那是一个"替身"，因为是他亲自认尸的。是否基于大而化之的一点善心呢？

世上没有人知悉真相了。

后来古川长老把骨灰送到日本去。

七十八岁的他，抱着骨灰盒子，来至信州野尻湖畔黑姬山庄，见过八十五岁的川岛浪速。两个垂垂老矣的衰翁，合力把芳子的头发和骨灰，掩埋在山庄，还加上一张她生前盖过的羽绒被、用过的暖瓶、没穿过的白绸布和服。

川岛浪速道：

"即便是替身也要供奉——万一是她本人呢？"

这个谜一直没被打破。

川岛浪速在接到骨灰之后九个月，某一天的傍晚，当看护他的女人如常把体温计挟在他腋下时，发觉他悄悄地停止了呼吸。

他过不到冬天。

他再也看不到漫天飞雪的美景。高朋满座的热闹澎湃，成为永远的回忆。

法名"澄相院速通风外大居士"。他死去的妻子福子，他死去的义女芳子，三块方角的灰色石碑并列在川岛家墓地上，沉默不语。

同年，战犯一一被处决，据说有一天，犯人被带上卡车，在北平市内游街，之后，送往市郊刑场。他们倒背手捆着，背后插上木牌子，卡车两侧贴着罪状，都大字写上他们血腥统治、肆意屠杀，坑害国人……的暴行。

群众奔走呼号，手拿石块砖块投掷，一边大喊：

"打倒东洋鬼！"

"血债血偿！"

"死有余辜！"

还没送达刑场，很多早已死过去了。

受尽痛苦，奄奄一息的，到底也还上一条命——其中有一个，便是宇野骏吉。

看来他死得比芳子还要惨。

中国人永远忘不了惨痛的历史教训。

云开对国民政府失望了，他投身延安去。他不是云开，不是阿福——没有人知道他的下落。

满洲国的"皇帝"溥仪，已于一九四六年在沈阳机场被俘，苏联红军押送至东京国际军事法庭审讯。后来，他在东北抚顺战犯管理所写交待材料……

违抗了绝密暗杀令，又违抗了命运的安排，把芳子放走的山家亨呢，他在事后被召回日本去，一到司令部，马上被捕，拘留审讯，不久被判监禁。

停战前一直藏匿着，没敢露面，也怕作为战犯，被送回中国。他潦倒、欠债……当年英挺轩昂，一身中国长袍，戴毡帽，拎着文明棍，讲一口流利北京话的名士派，穿着破衣，到处借贷。

后来失踪了。

一九五〇年一月份的《周刊朝日》有这样的一则花边：

……一只野狗在猪圈粪堆里吃一个男人的头！脑袋右边有几处还有头发，脸和脖子则被啃得没什么肉了。

这是山梨县西山村这小村子中的大事件。

人们赶紧找尸体，终于在松树林中发现了：一具用麻绳捆在树干上的无头男尸，尸体旁放着黑皮包、安眠药、一些文件和六封遗书……

　　山家亨，死时五十三岁。

　　他不相信某一天，道出他命运的乩语："戌年生，王侯之相。十年后将因女人而惨死，自杀身故，遗尸荒原，为野犬所食。"

　　乩语指引过他：

　　"若过此劫，则时来运转，飞黄腾达。"

　　——冥冥中，应了前一段。

　　他因女人，命该如此吧？

　　那个女人呢？

　　她是生？是死？

　　岁月流曳，没有一个人是重要的。一切都像虚贴于风中的剪影。

　　一切得失成败是非爱恨功过。三千世界，众生黩武。花魂成灰，白骨化雾。河水自流，红叶乱舞……

　　过了很多很多年——

　　日本战败，忍辱负重，竟然在举世羡妒的目光底下跃为强国。

　　东京最热闹、最繁华的地方便是银座。这里现代建筑物林立。东京金融贸易中心、银行，还有著名的百货公司：三越、松坂屋、西武、东急……

　　星期日，银座闹区的几条马路，辟作"步行者天国"，洋溢着节日气氛。富饶的大城市，总充塞着欢快而兴致高昂的游人，熙来攘往，吃喝玩乐。

　　只见一个老妇的背影。她穿白绸布和服，肩上蹲了头可爱的小猴子呢。

背影一闪而过，平静而又荒凉，没入热闹喧嚣人丛里，不知所踪。

她是谁？

她是谁？

她是谁？

没瞧仔细。也许是幽幽的前尘幻觉……

著作版权合同登记号：01-2013-1837

图书在版编目（CIP）数据

胭脂扣 / 李碧华著 .-- 北京：新星出版社，2013.11（2023.12 重印）
ISBN 978-7-5133-1174-8

Ⅰ . ①胭… Ⅱ . ①李… Ⅲ . ①中篇小说 - 小说集 - 中国 - 当代
Ⅳ . ① I247.5

中国版本图书馆 CIP 数据核字 (2013) 第 077021 号

胭脂扣

李碧华 著

责任编辑	汪　欣		**特约编辑**	林妮娜　蒋屿歌
装帧设计	韩　笑		**内文制作**	王春雪
责任印制	李珊珊　史广宜			

出 版 人　马汝军

出　　版　新星出版社
　　　　　　（北京市西城区车公庄大街丙 3 号楼 8001　100044）

发　　行　新经典发行有限公司
　　　　　　电话（010）68423599　邮箱 editor@readinglife.com

网　　址　www.newstarpress.com

法律顾问　北京市岳成律师事务所

印　　刷　山东韵杰文化科技有限公司

开　　本　850mm×1168mm 1/32

印　　张　12.75

字　　数　300 千字

版　　次　2013 年 11 月第 1 版　　2023 年 12 月第 28 次印刷

书　　号　ISBN 978-7-5133-1174-8

定　　价　59.00 元